W0309897

HEDWIG COURTHS-MAHLER

Die schöne Kalifornierin

HEDWIG COURTHS MAHLER

Die schöne Kalifornierin

WELTBILD VERLAG

Genehmigte Lizenzausgabe für
Weltbild Verlag GmbH, Augsburg 1997
© Gustav Lübbe Verlag GmbH, Bergisch Gladbach
Einbandgestaltung: Peter Engel, München
Titelbild: Eric Bach, München
Gesamtherstellung: Presse-Druck Augsburg
Printed in Germany
ISBN 3-89604-183-5

I

In Reichweite des Golden Gade Park und nahe genug am Meeresstrand, so daß man vom Fenster aus die blaue Flut durch die Bäume schimmern sah, stand das mit runden Kuppeln und schlanken Türmchen geschmückte Haus von Senator Mister Frederick Forester. Es war eines der schönsten Gebäude in San Franzisko – in dem neuen San Franzisko, das nach dem Erdbeben im Jahre 1906 aus Schutt und Trümmern erstanden war und sich glänzender denn je entwickelt hatte.

Und der Garten, der das schöne weiße Haus umgab und an den Golden Gade Park grenzte, zeigte eine bezaubernde Fülle von Blumen, blühenden Sträuchern und Obstbäumen, wie sie nur in dem gesegneten Kalifornien zu sehen sind. Senator Forester ließ aus diesem Garten von seinen Dienern die reifen Früchte hereinholen und als Dessert auf seine Tafel bringen. Hauptsächlich die saftigen, goldrot schimmernden Pfirsiche und die nicht minder saftigen goldgelben Riesenbirnen durften nie auf seiner Tafel fehlen und verbreiteten, frisch gepflückt, ein köstliches Aroma.

Dieser segensreichen Obstfülle Kaliforniens verdankte Senator Forester seinen immensen Reichtum.

Er war erst nach dem großen Erdbeben nach San Franzisko übergesiedelt. Aber in Kalifornien war er bereits früher ansässig geworden. Als er vor Jahren sein Domizil in Kalifornien aufgeschlagen hatte, hatte er für sein gesamtes Vermögen Land gekauft und sich zunächst auf Viehzucht verlegt. Nur nebenbei hatte er auch Obstbau betrieben. Dann aber merkte er, daß sich seine

Ländereien, die er ständig vergrößerte, hervorragend zum Obstbau eigneten. Der Bestand an Obstbäumen war sehr groß und er pflanzte immer neue an, als er die Ertragsfähigkeit bemerkte. Nach und nach umfaßte sein Besitz große Obstplantagen und um die Ernten verwerten zu können, baute er eine große Konservenfabrik. Er konnte nun jährlich einen enormen Gewinn verbuchen und sein Konservenumsatz vergrößerte sich rapid, da sie einen guten Ruf besaßen. Er nannte sein Unternehmen »Kalifornische Fruchtkonservenfabrik«, und unter diesem Markenzeichen fanden seine erstklassigen Erzeugnisse reißenden Absatz.

Als 1906 die Stadt San Franzisko von einem Erdbeben heimgesucht wurde, war Frederick Forester schon ein reicher Mann. Sein überaus reger Geschäftssinn erkannte damals eine neue Chance, seinen Reichtum zu vermehren. Er beteiligte sich mit seinem ganzen riesigen Vermögen am Aufbau der neuen Stadt. Weniger Jahre vorher hatte er sich mit einer hübschen, jungen Deutschamerikanerin verheiratet, die ihm auch ein ansehnliches Vermögen mit in die Ehe gebracht hatte.

Er lebte in einer friedlichen Gemeinschaft mit ihr. Im zweiten Jahr dieser Ehe schenkte ihm seine Frau ein Töchterchen, die sie Gladys taufen ließen. Als die Erdbebenkatastrophe über San Franzisko hereinbrach war die kleine Gladys sieben Jahre alt.

Damals wohnte Frederick Forester noch auf seiner Hazienda in San Mateo, nicht weit von seinen übrigen ausgedehnten Ländereien entfernt. Seine Obstkonservenfabrik hatte er gerade in ein Aktienunternehmen umgewandelt, und er suchte nach einem neuen, gewinnbringenden Betätigungsfeld, das ihm das Leben in einer großen Stadt ermöglichen würde. Bis dahin hatte er immer auf dem Land, oft in großer Einsamkeit, gelebt. Nun, da er sein Unternehmen in eine Aktiengesellschaft umgewandelt hatte und einen tüchtigen Betriebsdirektor angestellt hatte, wollte er die Annehmlichkeiten eines städtischen Aufenthaltes genießen. Seine hübsche Hazienda bei San Mateo behielt er als Sommeraufenthalt und übergab sie einem Pächter, sich nur eine Wohnung in dem Landhaus reservierend.

Als sich nun in dem zerstörten San Franzisko nach allem Schrecken das neue Baufieber regte, hatte der Geschäftssinn Frederick Foresters ein neues Betätigungsfeld gefunden. Zunächst zeigte er sich als Wohltäter für viele, die durch die Katastrophe obdachlos geworden waren. Er gab ihnen auf seiner Hazienda Unterkunft und Verpflegung. Seine Frau Maria und seine kleine Tochter Gladys verteilten mitleidig Kleider und Nahrungsmittel an die Hilfsbedürftigen und trösteten und halfen, wo sie nur konnten. Er selbst beteiligte sich sehr großherzig an diesem guten Werk, und der sonst sehr ernste, fast düstere und wortkarge Mann konnte sich an Liebeswerken nicht genug tun. Das wurde ihm hoch angerechnet.

Und dann half er mit all seinen Mitteln San Franzisko wiederaufbauen. Dabei macht er allerdings ein sehr gutes Geschäft, aber er half schließlich auch vielen Menschen wieder zu einem neuen Heim.

Dafür war man ihm sehr dankbar.

Er zog nun selbst nach San Franzisko und tat sich mit einem bekannten Architekten zusammen, dem er die nötigen Baugelder zur Verfügung stellte. Sein neuer Compagnon, Mister John Garring, machte sich einen Namen als Architekt und war künstlerischer Leiter der neuen Firma. Frederick Forester aber war die Seele der Geschäfte und der kaufmännische Leiter der Firma Garring & Cie. Frederick Forester hatte darauf bestanden, daß der Architekt mit seinem Namen für die Firma zeichnete. Seinen eigenen Namen wollte er nicht genannt wissen. Jedenfalls florierte das Unternehmen unter den bestehenden Verhältnissen und war das erste dieser Art am Platz. Allgemein galt Frederick Forester als großer Wohltäter, weil er sein Vermögen für einen wohltätigen Zweck eingesetzt hatte. Daß ihm bei dieser Gelegenheit reicher Gewinn zufiel, betrachtete man als selbstverständlich, gut und richtig. Schließlich wurde er zum Senator gewählt.

Der Amerikaner bezeichnet alles, was mit Geschäften zu tun hat, mit »Business«. Diesem Begriff beugt sich alles. Daß man vor allen Dingen mit allen Business machen muß und will, ist oberstes Gebot. Daß Frederick Forester mit seiner Hilfsaktion auch Business machte, erhöhte nur sein Ansehen als tüchtiger Geschäftsmann. Mit dem Namen »Greenhorn« dagegen bezeichnet man jenseits des großen Teichs verächtlich jene Neulinge, die es nicht verstehen, Business zu machen, und jeder versucht, sie übers Ohr zu hauen. Sie verfielen dem Spott der geschäftstüchtigen Yankees. Achtung errang sich nur, wer verstand, Business zu machen.

Und das verstand Frederick Forester wie kein zweiter und errang sich bald eine ganz hervorragende Stellung in San Franzisko.

Die Amtsdauer eines Senators in San Franzisko beträgt immer vier Jahre. Aber Frederick Forester war bereits zum dritten Mal wiedergewählt. Das erstemal übertrug man ihm dieses Amt im Jahr 1909, und er bekleidete es noch immer, als der Erste Weltkrieg längst zu Ende war. In der Öffentlichkeit wußte man nicht genau, welcher Nationalität Senator Forester angehörte. Er lebte bereits seit vielen, vielen Jahren in Kalifornien und war kalifornischer Bürger geworden. Daß er ein Deutscher von Geburt war, wußten nur seine Vertrauten. Er sprach nie darüber und schien es nicht ungern zu sehen, daß man ihn für einen Engländer hielt.

Seine eigne Tochter hatte erst, als sie erwachsen war,

von ihrer Mutter erfahren, daß auch in den Adern ihres Vaters deutsches Blut floß. Wenige Monate nachdem Gladys Forester das von ihrer Mutter gehört hatte, starb diese.

Gladys war, als sie ihre Mutter verlor, sechzehn Jahre alt. Sie hatte ihre kleine, zarte Mutter sehr geliebt, viel mehr als den stets ernsten und düsteren Vater. Aber zwischen Mutter und Tochter hatte schon lange ein geradezu umgekehrtes Verhältnis bestanden: Gladys bemutterte und beschützte ihre kleine Mama, denn sie war eine resolute, energische junge Dame. Sie hatte von Kind auf fleißig Sport getrieben und sich die in Amerika notwendige Selbständigkeit schon sehr früh angeeignet.

Schon als Kind, als sie noch mit den Eltern auf der Hazienda lebte, hatte sie stundenlang auf dem Pferderücken gesessen, hatte fleißig geturnt, Schwimmsport getrieben und gerudert. Auf der Schulbank war sie nie lange festzuhalten gewesen.

Die zarte, schwache Mutter hatte sie gewähren lassen. Der Vater hatte sich wenig um sie gekümmert, da er von seinen Geschäften in Anspruch genommen war. Mit einem Mädchen wußte der wortkarge, ernste Mann auch nicht viel anzufangen. Wenn sie als Junge auf die Welt gekommen wäre, hätte er wohl mehr Interesse an seinem einzigen Kind an den Tag gelegt. So kümmerte er sich wenig um seine Tochter, überließ die Erziehung seiner Frau und sah Gladys nur mit aufglänzenden Blicken nach, wenn sie im tollen Ritt an ihm vorüberjagte, oder sonst wie ein übermütiger Knabe herumtollte.

So wäre Gladys' Erziehung vielleicht sehr fragwürdig geblieben, wenn ihr Vater ihr nicht in San Franzisko eine sehr tüchtige, lebenskluge und vernünftige Erzieherin gegeben hätte.

Diese Erzieherin, eine junge Deutsche, die schon einige Jahre eine ähnliche Stellung in einer kalifornischen

Familie bekleidet und durch den Tod ihres Zöglings frei geworden war, besaß einen großen Einfluß auf das wilde, aber gutmütige Kind. Sie verstand es, Gladys scheinbar freien Willen zu lassen und dabei ihr Verantwortlichkeitsgefühl zu wecken. »Ein Mensch, der eine Persönlichkeit werden will, muß sich vor allen Dingen selbst erziehen, liebe Gladys. Es würde dir nicht viel helfen, wollte ich dir täglich hundertmal etwas verbieten, was du gern tun möchtest. Du mußt selbst beurteilen lernen, was für dich gut und nützlich ist und was dir Schaden bringt. Erst wenn du selbst erkannt hast, was zu deiner Weiterentwicklung notwendig ist, wirst du es mit Freuden und ohne Zwang tun. Du bist ein gutes, liebevolles Kind, das habe ich unter deiner ungestümen Art bald herausgefunden, und du hast einen klaren Kopf und scharfe Augen für deine Umgebung. Wenn du willst, wirst du bald eine wohlerzogene liebenswerte junge Dame sein – aber wenn du nicht willst, hilft dir all mein Reden und Warnen nichts. Ich halte dich jedoch für klug genug, zu wollen, und ich schlage dir vor, daß wir beide immer freundschaftlich beraten und besprechen, was du tun und lassen sollst. Soviel in meiner Macht steht, will ich dich erkennen lehren, was dir zu deinem Besten dient. Wahrscheinlich werden wir dann gut miteinander auskommen, und du wirst Nutzen haben von dem, was ich ich lehren kann. Du mußt bedenken, daß alle äußeren Schätze vergänglich sind und bleibenden Wert nur das hat, was wir in unserem Innern aufstapeln.«

So hatte Fräulein Clara Breitfeld zu Gladys Forester gesagt an dem Tag, da sie ihre Stellung als Erzieherin antrat. Und Gladys hatten diese ruhigen, sachlichen Worte imponiert. »Miß Clara«, wie sie ihre Erzieherin vom ersten Tag an nannte, imponierte ihr durch ihre Schlichtheit und Bestimmtheit. Sie waren von Anfang an vorzüglich miteinander ausgekommen. »Miß Clara«, wie sie bald von allen genannt wurde, hatte sich eine Lebensstellung im Hause des Senators Forester geschaffen. Sie hatte sich nicht nur Gladys' Zuneigung erworben, sondern auch das unbedingte Vertrauen ihrer Eltern. Ihre tüchtige, energische Persönlichkeit erwies sich als ein Segen für den ganzen Haushalt des Senators, denn als seine Frau zu kränkeln begann, nahm Miß Clara ohne weiteres sich des Haushalts an, und es kam ganz von selbst, daß sie die Zügel dort ebenso fest in die Hände nahm wie bei Gladys' Erziehung.

Clara Breitfeld war eine ziemlich unscheinbare Persönlichkeit. Hübsch war sie nie gewesen, auch nicht in der Zeit ihrer Jugendblüte, aber sie war ein ehrlicher, tapferer und liebenswerter Mensch mit einem warmen Herzen und einer erfrischenden Wahrhaftigkeit des Wesens. Ihre blauen Augen blickten klar und unverzagt ins Leben. Gladys konnte nur Gutes von ihr lernen. Ihre Miß Clara wuchs ihr mehr und mehr ans Herz, und ihr Einfluß auf Gladys' Erziehung war segensreich.

Als Gladys Mutter starb, erschien es allen Hausbewohnern, dem Senator und Gladys an der Spitze, als selbstverständlich, daß Miß Clara nun offiziell die oberste Leitung des Haushalts in die Hände nahm. Der Senator war froh, daß sie sich dazu bereit erklärte. Er erhöhte ihr Gehalt und gab ihr für den Haushalt die nötigen Vollmachten, und so lief weiterhin alles wie am Schnürchen. Die unscheinbare Miß Clara war eine grundgescheite Persönlichkeit, fiel dem Senator nicht mit unwichtigen Dingen zur Last und imponierte der Dienerschaft durch ihre Tüchtigkeit.

Auch Gladys erschien es sonnenklar, daß nur Miß Clara ihre Mutter ersetzen konnte, wie sie diese bis zu ihrem Tod ergänzt hatte.

Der Tod von Gladys' Mutter hinterließ also keine

unausfüllbare Lücke. Gladys beweinte ihre kleine zarte Mama zwar schmerzlich, aber sie verlor in ihr nicht eine Beschützerin und Beraterin, sondern ein geliebtes hilfloses Wesen, jedoch nicht mehr.

Clara Breitfeld war schon Waise gewesen, als sie ihre erste Stellung in Kalifornien angetreten hatte. Sie besaß keine Verwandte mehr, und war deshalb ohne Zögern mit nach Kalifornien gekommen. Ihr warmes, liebevolles Herz hatte sie an ihren Zögling gehängt. Als dieser starb, war sie sehr unglücklich gewesen – nicht nur, weil sie ihre Stellung dadurch verlor.

Nun hatte sie allen Liebesreichtum ihres vereinsamten Herzens auf Gladys übertragen. Sie äußerte das aber nicht etwa auf sentimentale Weise und sprach es nie aus. Aber Gladys wußte sehr wohl, daß Miß Claras Herz ihr gehörte, und sie erwiderte diese Zuneigung durch eine ehrliche Sympathie und herzliche Freundschaft, ohne je viel davon zu sprechen. Erzieherin und Zögling waren vornehme und wertvolle Naturen, und sie schätzten sich gegenseitig.

So waren die Jahre verrauscht. Der böse Weltkrieg war an diesen Menschen vorübergegangen wie eine Katastrophe, bei der sie nur entfernte Zuschauer gewesen waren. Wohl las Clara Breitfeld mit geröteten Wangen und feuchten Augen alle Berichte über das Unglück ihres deutschen Vaterlandes, aber sie war doch schon zu sehr Amerikanerin geworden, so daß nur noch ganz feine Wurzelfasern ihres Seins mit der alten Heimat verwachsen waren. Seltsamerweise interessierte sich Gladys Forester vielmehr für Deutschlands Untergang als Miß Clara. Sie konnte sich sehr aufregen, wenn schlimme Kunde aus Deutschland kam, und konnte nicht verstehen, daß ihr Vater darüber so ruhig schien.

Eines Tages sagte sie bei Tisch ziemlich heftig zu ihrem Vater: »Ich begreife dich nicht, Papa, daß du nicht mehr erschüttert bis durch das Unglück, das dein Vaterland getroffen hat.«

Da hatte der Vater ihr langsam sein seltsam versteinertes Gesicht zugewandt und erwidert:

»Mein Vaterland? Ich bin kalifornischer Bürger.«

»Aber du bist ein Deutscher von Geburt und müßtest eigentlich im innersten Herzen mit deinen Landsleuten fühlen. Ich höre so oft Leute in deiner Gegenwart auf Deutschland schimpfen. Dagegen lehnt sich alles in mir auf. Du hörst ruhig zu. Und doch weiß ich, daß hier in den Kreisen der Deutschamerikaner alle voll Teilnahme mit der deutschen Heimat fühlen, daß sie sich gegen die Ungerechtigkeit empören, mit der man gegen Deutschland vorgeht. Mir selbst tut das Herz weh, wenn ich höre, wie es um Deutschland steht. Nur von dir höre ich nie, daß du für deine alte deutsche Heimat eintrittst.«

Frederick Forester hatte danach seine Tochter eine Weile mit ernsten, düsteren Blicken angestarrt. Dann sagte er hart und laut:

»Wo es mir gutgeht, ist mein Vaterland. In Deutschland ist es mir nie gutgegangen – ich habe dort maßlos gelitten in einer harten, freudlosen Jugend. Deshalb denke ich nicht gerne an dieses Land. Erinnere mich nicht daran.«

Gladys hatte diese ernsten, schweren Worte ihres Vaters seltsam getroffen. Es war das erstemal, daß er ganz leise den Schleier lüftete, der über seiner Vergangenheit lag. Zum ersten Mal erfuhr sie, daß ihr Vater eine freudlose Jugend gehabt hatte. Das half ihr ein wenig, den Vater zu verstehen, der ihr innerlich immer so fremd war.

Auch auf Miß Clara, die mit am Tisch saß, wirkten diese Worte des Senators seltsam. Ihre großen, blauen Augen, das einzige Schöne, das sie besaß, ruhten forschend auf seinem Gesicht. Ihr Brotherr interessierte sie schon lange, und sie hatte sich immer gesagt, daß sein eigenartig düsteres, wortkarges Wesen einen Grund haben müsse. Ein hartes Herz besaß er nicht, dafür hatte sie manchen Beweis, aber ein Mensch, dem es so gut ging, durfte doch nicht ein so finsteres Wesen zur Schau tragen. Er hätte vielmehr dem lieben Gott für alle Güte durch innere und äußere Fröhlichkeit danken müssen. Nun aber sagte sie sich:

»Es muß in seiner Vergangenheit etwas gegeben haben, das einen Schatten auf sein ganzes Leben geworfen hat.«

Der Senator sah Miß Claras forschenden Blick. Seine Stirn rötete sich.

»Warum sehen Sie mich so forschend an, Miß Clara? Erscheint es Ihnen so ungeheuerlich, daß ich in meinem Herzen mein neues Vaterland über das alte stelle?« Sie hielt seinem finsteren Blick mutig stand und sah ihn mitleidig an.

»Nein, Mister Forester, nicht ungeheuerlich scheint es mir. Ich bedauere Sie nur von Herzen, daß sie keine schöne Erinnerung an Ihre deutsche Heimat behalten haben.«

Seine Lippen zuckten.

»Und Sie, Haben Sie eine schönere Erinnerung an Deutschland behalten? Ich denke, es ist auch Ihnen drüben erbärmlich schlecht gegangen. Sie erzählten mir ja von Ihrem Bruder, den der Kampf ums Dasein früh ins Grab gebracht hat. Und eine so tüchtige Person wie Sie mußte drüben für einen Hungerlohn arbeiten. Sie sind dann schließlich ebenfalls vor dem vielgepriesenen Vaterland davongelaufen, als sich Ihnen im fremden Land eine bessere Existenz bot.«

»Das ist wahr, Mister Forester – aber solche Kämpfe vergißt man. Es bleibt nur die Erinnerung an gute Stunden. Es hat doch ein jeder eine frohe Kindheitserinnerung und ich glaube, gerade diese Kindheitserinnerungen machen uns die Heimat zur Heimat. Haben Sie nicht solch helle, lichte Erinnerungen, die sich strahlend auch von der ärmsten Vergangenheit abheben?«

Er machte eine abwehrende Bewegung.

»Nicht viele! Was da drüben liegt, ist alles für mich stumpf und glanzlos. Jedenfalls gab mir das neue Vaterland mehr als das alte, und deshalb bin ich dem neuen Vaterland dankbar und fühle mich ganz als amerikanischer Bürger.«

Clara Breitfeld nickte in ihrer verständigen Art.

»Damit haben Sie recht! Auch ich bin der neuen Heimat dankbar für alles Gute, was sie mir gab. Aber wir Frauen haben doch alle einen Schuß Sentimentalität im Blut und können von alten Erinnerungen nicht so leicht loskommen wie die Männer. Ihre Frau Gemahlin, zum Beispiel, die in Kalifornien geboren war und von deutschen Eltern stammte, besaß diesen Schuß Sentimentalität auch, und sogar Miß Gladys, die man eine smarte Amerikanerin nennt und die mit frisch-frohen Augen ins Leben blickt, besitzt ihn, sobald von der Heimat ihrer Vorfahren die Rede ist.«

»Ganz gewiß, Miß Clara«, warf hier Gladys ein. »So gern ich in San Franzisko lebe, so viel des Guten und Schönen ich hier besitze – tief im Herzen lebt doch eine stille Sehnsucht nach der deutschen Heimat meiner Eltern und Großeltern. Ich möchte so gerne, so gerne einmal diese Sehnsucht stillen, möchte Deutschland wenigstens kennenlernen. Willst du nicht einmal mit mir nach Deutschland reisen, Papa?«

Mister Forester schüttelte energisch den Kopf.

»Daran ist nicht zu denken! Deutschland war ein dunkles Land für mich, als es noch im alten Glanz erstrahlte. Ich mag es jetzt in seiner Erniedrigung noch viel weniger wiedersehen. Auch kann ich mich von meinen Geschäften nicht so lange entfernen. Jetzt ist eine Reise dorthin überhaupt nicht ratsam, es geht ja noch alles drunter und drüber. Aber wenn du später einmal hinüberfahren willst – Miß Clara wird dich sicher gern begleiten. Nicht wahr, Miß Clara – Sie werden sich nicht sträuben, der alten Heimat einen Besuch abzustatten?«

»Oh nein, Mister Forester – im Gegenteil. Da bin ich sofort dabei«, sagte diese munter.

Der Senator nickte.

»Nun gut! Sobald drüben wieder Ordnung herrscht, kannst du, liebe Gladys, dich mit Miß Clara auf die Reise begeben. Im übrigen findest du dann vielleicht auch einen männlichen Begleiter. Dick Garring hat mir erst gestern gesagt, daß er die Absicht habe, eine Reise nach Europa, hauptsächlich nach Deutschland zu machen, um sich dort umzusehen und zugleich Geschäfte abzuwickeln. Ihr könntet dann gut zusammen reisen.«

Gladys sah erfreut auf.

»Ist das dein Ernst, Papa?«

»Du weißt – was ich sage, gilt.«

»Dick hat mir noch kein Wort gesagt, daß er nach Deutschland reisen will.«

»Er hat sich neulich erst dazu entschlossen.«

»Well! So werde ich heute dies Thema anschneiden, wenn ich mit Dick zusammen bin.«

»Seht ihr euch?«

»Wir treffen uns um fünf Uhr zu einer Segelpartie. Deine Erlaubnis zu einer Reise nach Deutschland ist mir also sicher?«

»Gewiß.«

»Und wie lange darf ich bleiben?«

»Nun – sagen wir drei Monate. In dieser Zeit kannst du dir nicht nur Deutschland, sondern auch noch die schönsten Teile Europas ansehen. Nicht wahr, Miß Clara, das genügt?«

»Ich glaube ja. Aber – wenn ich Miß Gladys begleiten soll – was wird dann aus dem Haushalt – aus Ihnen, Mister Forester? Sie werden nicht so ganz ihre gewohnte Ordnung haben.«

Der Schatten eines Lächelns flog über sein Gesicht.

»Ich bin allerdings sehr verwöhnt, aber es wird schon gehen. Sie werden die Leute inzwischen noch genügend hintrimmen, daß alles wie am Schnürchen läuft. Ein Vierteljahr wird doch Ihr gutes Beispiel und Ihre Autorität vorhalten.«

Miß Clara hob den Kopf mit einer resoluten Bewegung.

»Ich hoffe es, Mister Forester, und werde mein möglichstes tun.«

Er nickte ihr zu.

»Ich weiß, Sie sind sehr tüchtig.«

Damit erhob sich Mister Forester und verließ das Speisezimmer, um wie es seine Gewohnheit war, draußen auf der Terrasse unter dem Sonnenzelt eine Zigarre zu rauchen und dabei eine kurze Siesta zu halten. Dabei durfte ihn niemand stören.

Gladys und Clara Breitfeld hatten sich ebenfalls erhoben. Sie sahen sich mit strahlenden Augen an.

»Freuen Sie sich auf die Reise, Miß Clara?« fragte Gladys.

Clara Breitfeld atmete tief, und ihre Augen ruhten auf der schlanken, weißgekleideten Mädchengestalt.

»Und ob ich mich freue, Miß Gladys. Mir ist, als hätte ich ein herrliches Geschenk erhalten.«

Gladys ließ sich in einen Sessel am Fenster fallen und stützte den Kopf in die Hand. Sie sah mit ihren großen braunen Augen, in denen ein Sonnenstrahl zu zittern schien, nachdenklich zu ihrer Erzieherin empor, die diese Aufgabe jetzt mit der einer Hausdame vertauscht hatte.

»Haben Sie jemals Heimweh gehabt, Miß Clara?«

Diese lehnte sich über das Rückenpolster eines Sessels und sah auf Gladys herab.

»O ja – im Anfang hat es mich tüchtig geschüttelt, als mir hier noch alles fremd war. Aber als ich dann mein Herz an meinen kleinen Zögling gehängt hatte, ging es bald besser. Wo wir Frauen lieben dürfen, haben wir bald eine Heimat gefunden.«

»Und dann haben Sie nie mehr Heimweh verspürt?«

»Doch, noch einmal, als mein Zögling starb und er auf dem Calvary Cemetery begraben wurde – als ich inmitten all der Gräber stand, da faßte mich das Heimweh noch einmal wie eine Krankheit. Ich sagte mir, wie schrecklich es sein würde, wenn ich einmal in diesem fremden Land begraben würde. Ja, Miß Gladys – so sentimental können eben nur die Deutschen sein. Und – wenn ich damals nicht sehr schnell Sie gefunden hätte, dann wäre ich nicht in Kalifornien geblieben.«

»Also – ich habe Sie festgehalten, liebe Miß Clara?« fragte Gladys lächelnd.

Miß Clara sah mit ernsten Augen auf die junge Dame herab.

»Sie wissen es, Miß Gladys – wenn ich es auch nie ausgesprochen habe, daß Sie der einzige Mensch auf dieser Welt sind, dem mein altes Herz gehört. Alles, was mir näherstand, habe ich verloren. Sie sind mir lieb und teuer geworden – wie das eigene Kind.«

Gladys nahm ihre Hand und sah sie mit einem liebevollen Blick an.

»Liebe gute Miß Clara – ja – ich weiß, daß Sie mich liebhaben. Das fühlt man. Und auch ich habe Sie herzlich lieb. Niemandem, außer meinen Eltern, habe ich soviel zu danken wie Ihnen. Sie haben soviel Sorgfalt darauf verwandt, mich zu einem guten Menschen zu erziehen, und ich habe mir Mühe gegeben, Ihnen diese Aufgabe nicht gar zu schwer zu machen. Glauben Sie mir, ich weiß, obwohl auch ich nie darüber gesprochen habe, daß ich es nur Ihnen verdanke, wenn etwas aus mir geworden ist. Ich war ein recht ungebärdiges Füllen, als Sie zu uns kamen. Mama war immer leidend und viel zu zart und schwach, um einen Wildfang wie mich zu bändigen. Und Papa? – Wissen Sie – ich habe immer das Gefühl gehabt, daß Papa sich im Grunde viel zu sehr über meine jungenhafte Wildheit freute, als daß er sie hätte eindämmen mögen. Ich glaube, er hätte es lieber gesehen, wenn ich ein Junge gewesen wäre. Mit einem Mädchen wußte er nicht recht etwas anfangen – er nahm mich nicht für voll. Erst in den letzten Jahren habe ich mir anscheinend seine Wertschätzung und Anerkennung erworben.«

Miß Clara nickte lächelnd.

»Es hat ihm sehr imponiert, daß Sie, als sei das für eine junge Dame selbstverständlich, zu Mister John Garring ins Geschäft gegangen waren und Arbeit verlangt hatten als Ihr gutes Recht.«

Gladys lachte.

»Nun ja – ich ging zu Onkel Garring an meinem achtzehnten Geburtstag und sagte zu ihm: Lieber Onkel, ich teile dir mit, daß mir Miß Clara gesagt hat, meine Erziehung sei beendet – soweit ich erzogen werden kann. Als dein Sohn Dick achtzehn Jahre alt war, durfte er in die Firma Garring & Cie eintreten und arbeiten. Was Dick recht ist, ist mir billig. Ich habe keine Lust, ein nutzloses Leben zu führen, und habe jeden Tag sechs Stunden Zeit übrig, die ich mit ernster Arbeit ausfüllen will. Bitte, gib mir Arbeit.«

»Das war smart, wie Mister Dick Garring versicherte«, sagte Miß Clara lachend.

Gladys aber machte ernste Augen.

»Es war selbstverständlich, nachdem ich Ihre Erziehung genossen hatte. Sollte ich sechs Stunden, die ich täglich für mich hatte, im süßen Nichtstun verbringen und mich langweilen? Nein, dazu ist mir Ihre Lehre vom Segen der Arbeit zu sehr in Fleisch und Blut übergegangen. Und ich besitze trotz meines deutschen Blutes genug amerikanischen Wassers, um am Business Gefallen zu finden. Also – ich forderte mein Recht auf Arbeit. Onkel Garring sah mich erst eine Weile verblüfft an, dann lachte er und sagte in seiner famos kurzen, energischen Art: Well, sagen wir vier Stunden täglich, von vormittags zehn bis nachmittags zwei Uhr. In dieser Zeit kannst du dich hier im Geschäft nützlich machen. Ich weiß auch schon wie, du hast ein großartiges Sprachtalent und einen flüssigen, eleganten Stil. Deutsch und Französisch beherrschst du perfekt. Du wirst die geschäftliche Korrespondenz in diesen beiden Sprachen erledigen. So bekommst du einen Einblick in die Geschäfte der Firma. Aber strenge Pflichterfüllung in diesen vier Stunden ist Bedingung, sonst wirst du sofort wieder entlassen. In diesem Haus wird ernsthaft gearbeitet. Du kannst dir in Dicks Büro einen Platz einrichten lassen, wenn du es nicht vorziehst, im Büro deines Vaters zu arbeiten.«

Miß Clara lachte.

»Und da Sie Ihre geschäftlichen Erstlingserfolge nicht unter der väterlichen Aufsicht erringen wollten, zogen Sie es vor, in Mister Dicks Büro einzuziehen. Ich glaubte erst, daß dabei nicht viel herauskommen würde. Daß Sie in Mister Dicks Gegenwart ernsthaft arbeiten könnten, hielt ich für ausgeschlossen.«

»Oh – da haben Sie uns verkannt. Dick und ich sind sehr ernsthaft bei der Arbeit, und wir vertragen uns famos – wenn wir nicht gerade streiten. Oder eigentlich vertragen wir uns dann erst recht. Und es ist ganz egal, ob wir bei der Arbeit, bei Sport oder Vergnügen sind, er ist überall mein old fellow. Einen besseren Kameraden kann ich nicht finden. Und er ist bei der Arbeit ebenso ernst und gewissenhaft wie wir bei Sport und Spiel ausgelassen und lustig sind. Und auch ich bin ehrgeizig und will den Posten, den man mir übertragen hat, zur Zufriedenheit der beiden Chefs von Garring & Cie ausfüllen, gerade so, als sei ich eine Angestellte. Ich glaube, ich kann ohne Selbstüberhebung sagen, daß ich meine Pflichten treu erfülle. Seitdem ich von allen Seiten das Lob ernte, eine tüchtige Korrespondentin zu sein, hat Papa in seinem Verhalten mir gegenüber eine gewisse Wertschätzung an den Tag gelegt. Erst sah er meiner Arbeit mit leisem Spott zu, aber das änderte sich bald. Jetzt werde ich schon regelmäßig dazugerufen, wenn wichtige geschäftliche Konferenzen stattfinden. Man befragt mich, bei welcher Firma in Paris Gobelins und Aubussons bestellt werden, wo wir Intarsien und Gemälde beziehen sollen und von welchen deutschen Firmen Möbelstoffe, Metallbeschläge und Holzschnitzereien zu liefern sind. Dick sagt mir jeden Tag, ich sei charmant und würde mein Geschäft wie ein gewiefter Kaufmann verstehen. Onkel Garring schmunzelt, streichelt meine Wange und sagt: »Du bist ein fabulous young Lady.« Papa aber nickte mir nur zu, als wolle er sagen: Sie ist meine Tochter und muß deshalb eine fabelhaft tüchtige junge Dame sein. Und er spricht manchmal ganz ernsthaft mit mir über Geschäfte. Darauf bin ich sehr stolz.«

»Ich freue mich sehr, Miß Gladys, daß Sie soviel Freude an Ihrer Arbeit haben.«

Gladys atmete tief und sagte dann:

»Ich müßte mich ja vor Ihnen schämen, wenn all Ihre Erziehungskunst an mir verlorengegangen wäre. Sie haben mir immer wieder durch Wort und Beispiel gezeigt, daß ein Mensch nur dann wertvoll ist, wenn er nützen kann. Wie oft haben Sie mir begreiflich gemacht, daß die Drohnen im menschlichen Leben verächtlich und bedauernswert sind. Ich will keine Drohne sein.«

Miß Clara drückte die Hände aufs Herz und sah Gladys mit leuchtenden Augen an.

»Ich habe nicht umsonst gelebt, Miß Gladys. Es freut mich sehr, daß Sie sich so prachtvoll entwickelt haben, körperlich und geistig. Und ich kann es Ihnen nachfühlen, daß es Sie ausfüllt, nützen zu können. Sich Ihres jungen Lebens auch sonst noch genügend zu freuen, haben sie ja noch Zeit genug.«

Gladys erhob sich.

»Reichlich genug. Aber jetzt lasse ich Sie allein, Miß Clara, ich will die Einladungen zu unserem Ball fertigmachen. Da er am Donnerstag nächster Woche stattfinden soll, müssen die Einladungen noch heute verschickt werden. Sonst bekommen wir Absagen.«

Miß Clara freundlich zunickend, verließ Gladys das Zimmer. Sie ging durch einige schön und reich ausgestattete Räume und dann durch die vornehme große Halle hinauf zu ihren Zimmern, die in der ersten Etage lagen.

»Hallo! Gladys!«

Ein junger Mann im Segeldreß stand unter den Fenstern von Gladys' Zimmer und rief hinauf. Seine kräftige Gestalt balancierte dabei auf den gespreizten Beinen und seine Hände steckten in den Hosentaschen. Er war hellblond, hatte blaue Augen und einen gebräunten Teint, und aus seinen sympathischen Zügen sprach jugendlicher Übermut.

Am offenen Fenster erschien Gladys Forester.

»Bist du da, Dick?«

»Well! Es ist fünf Uhr.«

»Nur nicht so vorwurfsvoll, old fellow, ich bin ja schon fertig, pünktlich wie immer.«

»Das muß man dir lassen, Darling, für eine Lady bist du sogar unheimlich pünktlich. Also, komm herunter.«

»Sogleich.«

Gladys verschwand, und Dick Garring schlenderte langsam, die Hände in den Hosentaschen, zum Portal des Hauses.

Kurz darauf erschien Gladys in einem weißen Leinenkleid mit langer, weiter Bluse, die den Hals frei ließ. Über das goldbraune Haar hatte sie eine weiße Mütze gezogen, die das schöne Gesicht reizvoll umrahmte.

»Gehen wir zur Segeljacht hinüber, old fellow!« sagte sie munter.

»All right!«

»Du, Dick, nimm bitte die Hände aus den Taschen,« bemerkte Gladys.

Dick Garring sah sie seufzend an.

»Willst du mich schon wieder erziehen?«

»Ein deutscher Mann würde es nie wagen, sofern er als gut erzogen gelten will, mit einer Dame zu reden oder mit ihr zu promenieren und dabei die Hände in den Taschen zu haben.«

»Ich bin kein deutscher Mann,« erwiderte Dick Garring stur.

»Aber ich will, daß du ritterlich und höflich bist, wie es ein Gentleman gegen Damen ist.«

Er zog phlegmatisch die Hände aus den Taschen.

»Well! Ich bin also ritterlich und gebe diese schöne bequeme Pose auf.«

»Bequem – ja. Aber keinesfalls schön.«

»Hm! Eine Lady hat immer recht.«

Gladys lachte hell auf.

»Ei, Dick, du hast ja schon etwas gelernt. Aber jetzt wollen wir von einer anderen Sache reden. Papa sagte mir, du hättest die Absicht, nach Deutschland zu reisen.«

»Well! Habe ich.«

»Warum hast du mir nichts davon gesagt?«

»Weil ich es erstens erst gestern beschlossen habe und weil ich zweitens annahm, daß es dich nicht interessieren würde.«

»Aber Dick, es interessiert mich doch alles, was dich betrifft.«

»Du widersprichst dir selbst, Darling. Vor zwei Wochen und drei Tagen hast du mir versichert: Du bist mir eine völlig uninteressante Persönlichkeit, mein lieber Dick.«

Dabei ahmte Dick Garring genau den Tonfall damenhafter Überlegenheit nach, mit dem Gladys diese Worte gesprochen hatte.

Sie lachte vergnügt.

»Das scheint einen kolossalen Eindruck auf dich gemacht zu haben. War es genau vor zwei Wochen und drei Tagen?«

»Und drei Stunden und fünfzehn Minuten. Ja – es stimmt genau. Es war an jenem Tag, zehn Minuten, bevor wir beide das Büro verließen, in dem wir arbeiten.«

Gladys dachte nach und nickte dann energisch.

»All right, my Boy! Ich hatte noch einen sehr eiligen Brief nach Deutschland zu schreiben, um eine Bestellung durchzugeben. Und du kamst mir mit der höchst unwichtigen Frage dazwischen, ob eine blaue oder eine graue Krawatte erschöpfender deine Persönlichkeit unterstreiche. Ich fand, daß eine Krawatte nur zum Anzug zu passen brauche, nicht zur Persönlichkeit. Du sagtest darauf, der Anzug gehöre aber zur Persönlichkeit. Da war ich rabiat geworden und habe dir versichert, daß du eine völlig uninteressante Persönlichkeit bist.«

»All right!«

»Nein, mein lieber Dick, es ist nicht all right. Das habe ich doch nur für den Augenblick gemeint, weil ich einen wichtigen Brief zu schreiben hatte.«

»Oh – ich glaubte, for ever.«

»Nein, nicht für immer, das hast du auch gar nicht geglaubt. Also, du willst nach Deutschland reisen?«

»Ja.«

»Und wann?«

Dick zuckte die Achseln.

»Heute – morgen – in einer Woche oder in einem Jahr. Jedenfalls muß in Deutschland erst alles wieder in Ordnung sein. Ich bin kein Prophet. Am besten würde es mir in sechs Monaten passen, und ich hoffe, daß ich dann reisen kann. Warum interessiert dich das so sehr?«

»Weil ich mit dir reisen möchte.«

Sie waren inzwischen am Strand angelangt, wo Dick Garrings kleine Segeljacht an einem Bootsteg lag. Dick war gerade vom Steg in die Jacht gesprungen und fiel, von Gladys Worten überrascht, auf einen Sitz. Mit großen runden Augen starrte er zu ihr empor.

»Du willst mit mir reisen?«

Sie nickte. »Hast du etwas dagegen?«

»Nein!«

»Dann tu bitte nicht so verwundert, das ist nicht schmeichelhaft für mich. Ich denke, du freust dich auf meine Begleitung.«

»Ich halte das für einen Scherz, Gladys.«

»Gib mir die Hand und hilf mir beim Einsteigen, Dick. Man läßt eine Dame nicht allein in ein Boot klettern.

Dick sprang auf und hob sie mit starken Armen wie eine Feder ins Boot.

»Verzeih! Ich war fassungslos. Ist das wirklich kein Scherz?«

»Nein, mein lieber Dick, es ist tiefster Ernst.«

»Du willst mit mir nach Deutschland reisen?«

»So gewiß, wie ich jetzt mit dir durch das Golden Gade segeln werde – vorausgesetzt, daß du dich nicht weigerst, in meiner Gesellschaft zu reisen.«

Er sah sie lachend an, so daß seine weißen Zähne aus dem gebräunten Gesicht blitzten.

»Ich will es mir überlegen.«

Wie eine um ihren ungeratenen Sohn bekümmerte Mutter schüttelte sie den Kopf.

»Aber Dick, so eine Antwort gibt man doch einer Lady nicht auf solch ein Angebot.«

»No?«

»Ganz gewiß nicht.«

»Was gibt man denn für eine Antwort?«

»Man sagt: Miß Gladys Forester, es wird mir ein unbeschreibliches Vergnügen und eine große Ehre sein, wenn ich die Reise in Ihrer angenehmen Gesellschaft antreten darf.«

Dick machte ein vergnügtes Spitzbubengesicht.

»Nonsens – ich muß jetzt sagen: Rede endlich einmal vernünftig, Gladys – willst du wirklich mit mir nach Deutschland reisen?«

»Das steht fest, my Boy. Aber zieh jetzt erst die Segel auf, daß wir lossegeln können. Alles weitere erfährst du unterwegs.«

Dick machte sich nun mit dem Segel zu schaffen. Seine kraftvollen Bewegungen verrieten, daß er vorzüglich damit umzugehen verstand. Ein Diener, der in der Jacht gewartet hatte, half ihm dabei. Als die Segel gesetzt waren, wandte sich Dick fragend zu Gladys um.

»Ready?«

»Please.«

Die zierliche Jacht schoß wie ein großer weißer Schwimmvogel davon, der seine Flügel ausgebreitet hat. Als sie freie Fahrt hatten, setzte sich Dick zu Gladys, während sein Diener den Tee bereitete.

»Nun erzähle, Gladys.«

Sie berichtete, was sie bei Tisch mit ihrem Vater besprochen hatte, und zum Schluß sagte sie vergnügt:

»Da ist es doch selbstverständlich, Dick, daß wir zusammenreisen.«

Dick nickte zustimmend.

»Ganz selbstverständlich, Darling.«

Sie reichte ihm die Hand.

»Abgemacht!«

Der Diener servierte, während die Jacht leicht und elegant über die ruhige See dahinglitt, den Tee mit Gebäck und sie machten, während sie den Tee einnahmen, vergnügt Reisepläne.

Dick Garring war achtundzwanzig Jahre alt, sieben Jahre älter als Gladys. Von Kindheit an – seit Gladys mit ihren Eltern nach San Franzisko gekommen war, bestand zwischen ihnen eine herzliche Kameradschaft. Sie standen wie Geschwister zueinander, und als sie erwachsen waren, fiel es weder Dick noch Gladys ein, diesen Ton zu ändern. Sie flirteten nicht miteinander, aber wie sie als Kinder alle dummen Streiche zusammen gemacht hatten, so hielten sie jetzt in ihrer Arbeit getreue Kameradschaft und genossen viele Jugendfreuden gemeinsam.

Aber Dick Garring war sehr stolz, wenn seine Freunde Gladys schön und liebenswert fanden, und Gladys erzog Dick zu ritterlichen Tugenden Damen gegenüber und interessierte sich sehr für all seine großen und kleinen Flirts.

Ihre Väter hatten früher wohl manchmal in Betracht gezogen, Dick und Gladys eines Tages miteinander zu verheiraten, aber sie mußten bald einsehen, daß die beiden jungen Leute nie anders als geschwisterlich oder kameradschaftlich zueinander stehen würden. Weder Dick noch Gladys fiel es ein, ihrem Verhältnis eine andere Note zu geben. Während jedoch Dick Garring schon manchen Flirt, manches Abenteuer hinter sich hatte, wie das in den Kreisen der goldenen Jugend auch hier üblich war, hatte sich Gladys' Herz noch nie einem

Bewerber geöffnet. Trotz ihrer einundzwanzig Jahre war sie ein unbeschriebenes Blatt, zwar hatte sie viel Verehrer und ernsthafte Bewerber, zwar nötigte ihr einmal dieser oder jener ein vorübergehendes Interesse ab, aber sobald sie diese Männer näher kennenlernte, stellte sie immer wieder fest, daß es nur eine Täuschung gewesen war. So war bisher auch nicht die geringste Aussicht vorhanden, daß die Tochter des reichen und angesehenen Senator Forester einen ihrer Verehrer mit ihrer Hand beglücken würde.

Ihr Vater ließ ihr auch in diesem Punkt völlig freie Hand. Es eilte ihm scheinbar nicht, seine Tochter zu verheiraten. Aber er sah es gern, wenn sie umschwärmt wurde und wenn sie den Festen in seinem Haus einen erhöhten Glanz gab. In den letzten Jahren merkte man ihm doch zuweilen an, daß er sehr stolz auf seine schöne und begabte Tochter war. Daß sich zwischen ihr und Dick Garring keine zarten Bande spinnen ließen, tat ihm freilich sehr leid, aber für einen anderen Verehrer seiner Tochter hatte er kein Interesse.

Er schien nicht einmal selbst für seine Tochter ein besonderes Interesse zu finden, wenigstens ließ er es sie nie merken. Aber es hatte ihm ungemein imponiert, daß sie sich so energisch in der Firma Garring & Cie. durchgesetzt hatte. Ja, er hatte bereits mit seinem Compagnon Garring darüber gesprochen, daß er es gerne sähe, wenn seine Tochter Prokura erhalten würde. John Garring hatte eine hohe Meinung von Gladys Tüchtigkeit und Zuverlässigkeit und stimmte sofort zu. Sein Sohn Dick hatte ebenfalls Prokura, und er konnte verstehen, daß Frederick Forester für seine Tochter das gleiche erstrebte.

Gladys ahnte noch nichts von diesem Vorhaben ihres Vaters. Es war aber jedenfalls der Ausdruck seiner höchsten Anerkennung, daß er auf diesen Gedanken gekommen war. Für die nächste Woche war eine große Gesellschaft mit Ball im Hause des Senators Forester geplant. Und an diesem Tag sollte Gladys' Ernennung zum Prokuristen der Firma Garring & Cie. gefeiert werden.

Davon wußte sie aber nichts, und auch Dick war nicht unterrichtet. Denn wenn er es gewußt hätte, hätte es vielleicht auch Gladys erfahren. Die beiden waren so sehr ein Herz und eine Seele, daß sie nicht leicht ein Geheimnis voreinander haben konnten. Gladys sollte überrascht werden, und sie glaubte, das Fest in ihres Vaters Haus sei zur Feier ihres Geburtstages vorgesehen, denn sie vollendete zugleich an diesem Tag das einundzwanzigste Lebensjahr.

Die Segeltour verlief erst ziemlich ruhig, aber dann setzte plötzlich ein heftiger Sturm ein und peitschte das Meer zu riesigen Wellen empor. Zwar kehrten sie sofort um, aber bis sie den Hafen erreichten, hatten sie noch eine stürmische Fahrt zu bestehen. Die kleine Jacht tanzte wie eine Nußschale auf den Wellen und wurde dann wieder in die Tiefe geschleudert. Aber Dick und Gladys waren seefest, und Dick verstand famos zu steuern. Gladys umklammerte mit einem Arm den Mast und stemmte sich gegen den Sturm. Lachend schüttelte sie den Gischt der Wellen, der zu ihr aufspritzte, ab und jubelte, wenn die Jacht auf- und niedertanzte.

Dick meisterte mit starken Armen die Segel. Sein energisches Gesicht straffte sich, und die Muskeln spielten, wenn es galt, das Segel in die richtige Lage zu bringen. Wenn not am Mann war, dann half Gladys, während der Diener sich bemühte, das Geschirr sicher zu verstauen. Der Sturm preßte die Kleider fest an Gladys schlanke Gestalt, und Dicks blondes Haar flatterte im Wind. Aber das alles focht die beiden jungen Leute nicht an. Sie freuten sich über die wilde Fahrt und harte Arbeit. Leicht war es nicht, die Jacht an den Bootssteg zu bringen, aber die beiden jungen Menschen meisterten dieAufgabe. Als die Jacht endlich fest verankert war, trug Dick Gladys auf seinen Armen duch die aufklatschenden Wellen an Land, nachdem er Schuhe und Strümpfe ausgezogen hatte.

»Oh – es war eine herrliche Fahrt, Dick. So schön war sie lange nicht,« sagte Gladys, Dick seine Schuhe und Strümpfe überreichend, die sie gehalten hatte.

Dick ließ sich im trockenen Sand nieder und zog Schuhe und Strümpfe an.

»Famos, Darling! Und du bist tapfer und furchtlos. Ich mag es nicht leiden, wenn Ladies schreien und jammern, wenn es beim Segeln ein wenig wild zugeht.«

Kameradschaftlich gingen sie durch den Garten zum Haus des Senators.

»Komm mit, Dick, und laß dir von Miß Clara einen Drink und einen Imbiß vorsetzen. Du bist sicher hungrig und durstig.«

»Und du?«

»Ich halte mit.«

»All right!«

Sie gingen ins Haus und saßen einträchtig noch ein halbes Stündchen zusammen, während Miß Clara für Dick einen kräftigen Drink mixte und auch Gladys ein Glas Wein zu sich nahm.

Dabei besprachen sie noch einmal mit Miß Clara zusammen ihren Reiseplan. Es stand jetzt fest, daß diese Reise nicht lange aufgeschoben werden sollte.

II

In einer kleinen, östlichen Vorstadt Berlins, in der dritten Etage eines jener Mietshäuser, deren Räume eigentlich als Puppenstuben gelten sollten, stand am Fenster eine schlanke junge Dame. Das Zimmerchen, in dem sie sich befand, war schlicht möbliert, und zwischen den Möbeln war wenig Platz.

Die junge Dame mochte neunzehn oder zwanzig Jahre alt sein. Sie schaute zum Stadtbahnhof, der sich dem Haus ziemlich gegenüber befand und beobachtete die Menschenmenge, die soeben zum Ausgang des Bahnhofs drängte.

Und endlich löste sich aus diesem Schwarm eine wohlbekannte Gestalt. Sie sah mit großen, erwartungsvollen Augen ihrem Bruder entgegen, einem hochgewachsenen jungen Mann, der mit schnellen elastischen Schritten auf das Haus zueilte.

Wenige Minuten später öffnete Rose Marie Dernburg die Tür der kleinen Wohnung, die sie mit ihrem Bruder teilte. Diese Wohnung bestand aus drei winzigen Zimmerchen und einer noch kleineren Küche. Der Flur war ein schmaler Gang, auf dem sich zwei Menschen kaum ausweichen konnten. Rose Marie Dernburg sah fragend zu ihrem Bruder auf.

»Endlich, Hans! Ich habe voll Unruhe auf dich gewartet«, sagte sie, seine Hand fassend und ihn in den schmalen Flur ziehend.

»Die Zeit ist dir lang geworden, Rose Marie, aber bestimmt nicht länger als mir«, sagte der junge Mann, seinen Hut auf den Garderobenständer hängend.

»Und – hattest du Erfolg? Hast du eine Anstellung erhalten?«

Er seufzte.

»Nein – wieder nicht. Ich war an drei verschiedenen Stellen. Aber nirgends war etwas frei. Es wird hier zu wenig gebaut, und für einen jungen Architekten, der noch nicht bekannt ist, gibt es anscheinend kein Betätigungsfeld in Deutschland. Man müßte auswandern.«

Rose Marie war blaß geworden.

»Armer Hans! Also wieder nichts!«

Er streichelte über ihr Haar.

»Mach nicht so ängstliche Augen, Rose Marie. Ganz ohne Erfolg war mein Weg doch nicht. Ich habe wenigstens einen kleinen Auftrag bekommen. Ein Baumeister hat mir einige Skizzen in Arbeit gegeben. Wenn sie gut ausfallen, kann ich vielleicht hie und da noch etwas bekommen. Nur fest anstellen konnte er mich nicht, obwohl ihm meine Arbeiten gut gefielen.«

Sie traten in das kleine Wohnzimmer, das sich zwischen den Schlafzimmern der Geschwister befand. Hier war der Tisch, der mitten im Zimmer stand, sauber gedeckt. Ein bescheidenes Mahl war aufgetragen. Die Geschwister ließen sich am Tisch nieder und aßen schweigend. Dann atmete Hans Dernbach auf.

»Wenn wir nur hier einen etwas größeren Arbeitsraum hätten. Dann könnte ich versuchen, von verschiedenen Firmen Aufträge zu bekommen, und die Zeichnungen hier anfertigen. Aber in diesem Liliputzimmer kann man sich kaum umdrehen. Aber solange ich keine feste Stelle habe, muß es einfach gehen. Sieh nicht so sorgenvoll drein, Rose Marie – es müssen doch einmal wieder bessere Tage kommen.«

Sie zwang sich zu einem Lächeln.

»Ich bin gar nicht so verzagt, wie du glaubst, Hans. Wir haben uns ja immer noch weiterhelfen können.«

Er faßte ihre Hand.

»Hauptsächlich hast freilich du das Nötige herbeigeschafft.«

»Das ist doch selbstverständlich, Hans – ich war gesund. Dein Arm behinderte dich lange, etwas zu verdienen. Ich bin froh, daß die Massage dir so gut getan hat und dein Arm nun wieder ganz gesund ist. Denke nur, wie furchtbar die Tage waren, als du von der Front heimgekehrt warst. Wir mußten ja glauben, daß dein Arm für immer steif bleiben würde.«

Hans Dernburg atmete tief und gepreßt und strich sich über die Stirn. »Das waren freilich bittere Zeiten. Und der ganze Umsturz um uns her. Armes Ding – alles hast du mit mir tragen müssen. Überhaupt – dein junges Leben hat dir bisher wenig Freude gebracht.«

Rose Marie streichelte des Bruders Hand.

»Daß ich dich nur wiederhabe, daß du wieder ganz gesund und kräftig bist, lieber Hans. Nun wird auch alles andere wieder besser werden. Ich habe so feste und frohe Zuversicht, daß irgendwo auf der Welt noch ein Glück auf uns wartet.«

Hans Dernburg zwang sich zu einem Lächeln.

»Kleine Rose Marie – wir wollen hoffen, daß deine Zuversicht nicht enttäuscht wird. Aber nun erzähle – wie hast du den Vormittag verbracht?«

»Wie immer, Hans. Als ich die Wohnung in Ordnung gebracht hatte, war ich von acht bis zehn bei Frau Geheimrat Sauer gewesen, um ihr vorzulesen und einige Briefe zu schreiben. Dann habe ich dem Drogisten Böhmer die Bücher in Ordnung gebracht. Um Zwölf Uhr war ich damit fertig. Dann bin ich schnell nach Hause gegangen, um unser Mittagessen zu richten. Zwischendurch habe ich einige Seiten des Manuskripts von Dr. Stahringer auf der Schreibmaschine getippt. Ich hoffe, bis heute abend damit fertig zu werden. Dann bekomme ich zweihundert Mark! Wie gut, daß ich damals die Schreibmaschine aus Vaters Nachlaß nicht verkauft habe. Jetzt könnte ich mir keine neue leisten, sie sind ja sündhaft teuer geworden.«

»Wie alles andere auch, meine liebe Rose Marie. Aber auch ich bin froh, daß du sie noch hast und daß die Dr. Stahringer so fleißig Manuskriptarbeiten verschafft. Sie werden immerhin gut bezahlt.«

»Ja, weil sie nicht von jedem abgeschrieben werden können, wegen der vielen Fremdwörter.«

Hans erhob sich. »Ich will nun gleich an die Arbeit gehen, damit ich bis morgen abend die Skizzen fertig bekomme. Dann bringe ich auch Geld nach Hause.«

»Gottlob! Dann können wir die Miete bezahlen und die Kohlen bringen lassen, die wir auf unsere Karte bekommen. Am ersten Februar bekomme ich dann das Geld von der Geheimrätin und dem Drogisten, das hilft uns wieder ein Stück weiter.«

»Und ich werde hoffentlich auch noch einige Aufträge bekommen. Wir wollen nicht verzagen. Wie geht es der Geheimrätin?«

»Nicht sehr gut, Hans. Die Ärmste ist sehr niedergeschlagen. Sie tut mir leid. Denke doch, den ganzen Tag muß sie zu Hause sitzen, auf das mürrische Dienstmädchen angewiesen, die über jede kleine Handreichung stöhnt. Sie hat mir heute wieder gesagt, wie leid es ihr tut, daß sie mich entlassen mußte. Aber sie müsse jeden Pfennig sparen, damit es zum Nötigsten reicht. Eine Gesellschafterin könne sie sich eben nicht mehr leisten, sie müsse froh sein, wenn es für ein Dienstmädchen reiche. Sie müsse schon hier und da etwas abknapsen, damit sie mich wenigstens für ein paar Stunden zum Vorlesen bezahlen könne.«

Hans nickte.

»Ja, ja, Rose Marie, diese armen reichen Leute von einst sind sehr zu bedauern. In Friedenszeiten reichten die Einkünfte der Geheimrätin bequem für ein sehr behagliches Leben. Sie konnte sich eine Köchin und eine Gesellschafterin halten und sich alle Annehmlichkeiten schaffen. Jetzt reicht es kaum für das Notwendigste, und da sie bei ihrer Gebrechlichkeit eine Dienerin braucht, sind allerlei Entbehrungen die Folge.«

»Wenn du nicht wärst, Hans, wenn ich nicht so gern

mit dir zusammenlebte, wäre ich wirklich bei ihr geblieben und hätte alle Arbeiten eines Dienstmädchens getan, denn sie war immer lieb und gut zu mir, als ich noch Gesellschafterin bei ihr war.«

»Und ich war froh, dich bei ihr in guter Obhut zu wissen, als ich an der Front war. Gottlob hattest du wenigstens so lange eine sichere Bleibe bei ihr, bis ich zurückkam.

Die große Teuerung kam ja erst nach dem Krieg, Hans.«

»Leider. Weißt du Rose Marie, wenn ich erst wieder mehr verdiene,dann läßt du dir von der armen Geheimrätin die Stunden nicht mehr bezahlen.«

»Ganz bestimmt nicht! Sobald wir dieses Geld entbehren können, verzichte ich darauf und widme ihr jede freie Stunde. Aber nun wollen wir an die Arbeit gehen, Hans.«

Das geschah.

Dann hörte man in dem kleinen Zimmer nur das Geräusch der Schreibmaschine und das Rascheln der Kartons, auf denen Hans Dernburg seine Skizzen zeichnete.

Erst als es dunkel wurde, machten sie eine kleine Pause. Da richtete sich Hans Dernburg auf. »Ich habe mir eben überlegt, Rose Marie, daß ich auch einige Entwürfe für Innendekorationen machen werde. Wenn zur Zeit auch wenig gebaut wird, so gibt es doch unter den Neureichen eine ganze Anzahl, die sich ihre Wohnungen neu ausstatten lassen. Vielleicht habe ich jetzt mehr Glück mit Skizzen für Innenausstattung. Große Pläne lassen sich im Augenblick doch nicht verwirklichen. Warum sollte ich da nicht meine Kräfte der Innenarchitektur widmen? Ich habe mich doch immer sehr dafür interessiert und mir ausgemalt, daß ich einst Häuser bauen dürfte, die ich auch innen bis auf den letzten Bilderhaken ausstatten könnte.«

Rose Marie hatte die fleißigen Hände sinken lassen und nickte ihm zu.

»Versuche es, Hans. Überhaupt – wir wollen uns nicht noch mehr sorgen, als unbedingt nötig ist. Heutzutage braucht man sich wenigstens nicht um die Repräsentation nach außen zu sorgen. Wer achtet denn noch auf uns? Früher, als die Eltern noch lebten und als Vater mit aller Anstrengung sein Geschäft zu halten versuchte, mußten wir nach außen Wohlstand demonstrieren, um seinen letzten Kredit nicht zu gefährden.«

Hans fuhr sich über die Stirn.

»Schrecklich, diese letzten Jahre vor dem Krieg, Rose Marie, als Mutter gestorben war und Vaters Energie vollends erlahmte. Da hatte ich oft das Gefühl, als müsse alles ringsum in Trümmer gehen. Es kam mir fast wie eine Erleichterung und Ablenkung vor, als ich damals in den Krieg ziehen mußte, kaum daß ich mein Studium beendet hatte. Aber als ich dann draußen an der Front deinen Brief bekam, in dem du mit mitteiltest, daß der Kriegsausbruch die Firma Dernburg vollends ruiniert und Vater sich erschossen hatte in seiner Verzweiflung, da traf es mich wie ein Schlag. Ich sah dich ganz allein, hilflos vor dem Nichts, und wußte nicht, wie ich dich vor dem Untergang retten sollte. Fast mechanisch ersuchte ich um Urlaub, der mir auch gewährt wurde, und reiste heim. Heim? Wir hatten kein Heim mehr.«

»Nein – die Gläubiger hatten uns alles genommen. Uns blieb nichts bis auf diese wenigen, wertlosen Möbel aus unseren ehemaligen Fremdenzimmern – und Vaters Schreibmaschine, die er zu Hause benutzte und auf der ich heimlich, aus Langeweile, geübt hatte. Wie gut, daß man sie nicht beachtete und daließ. Ich war sehr froh, daß du kamst, denn ich stand den Ereignissen wirklich völlig hilflos gegenüber«.

»Kein Wunder, du warst ja kaum sechzehn Jahre alt

und solltest den Ansturm der Gläubiger aushalten. Gottlob konnten wir sie befriedigen, weil sich gerade damals der Warenmangel bemerkbar machte und wir jahrelang wertlos daliegende Möbelstoffballen, die früher kein Mensch kaufen wollte, für gutes Geld verkaufen konnten. So konnten wir wenigstens unseren guten Namen aus dem Konkurs retten und brauchten nicht vor nicht abgefundenen Gläubigern die Augen zu verschließen. Das hätte ich nicht ertragen. Aber um die gute alte Möbelstoff-Firma Dernburg & Sohn, die mit Vater zugrunde ging, war es schade. Sie hat einmal einen sehr guten Ruf besessen, weit über die deutschen Grenzen hinaus.«

»Es war aber nicht Vaters Schuld, daß der Glanz dieser Firma mehr und mehr erlosch, Hans. Es war viel Unglück mit im Spiel.«

»Ich weiß es, Rose Marie, du brauchst Vater nicht zu verteidigen. Unter unserem Großvater florierte die Firma allerdings noch, wenn sich auch damals schon durch große Konkurrenz erste Anzeichen des Niedergangs bemerkbar machten. Und als unser Vater die Firma nach dem Tod des Großvaters in dieser schwierigen Situation übernahm, war er noch sehr jung und unerfahren. Es traten einige geschäftliche Schwierigkeiten auf, die er wohl überwunden hätte, wenn ihn nicht gerade damals ein neuer Schlag getroffen hätte – der schlimme Anfang vom Ende.«

»Ich weiß, Hans, du meinst die Sache mit Vaters ungetreuem Kassierer, der mit zweihunderttausend Mark durchbrannte, gerade als diese Summe besonders nötig war. Mutter hat mir das oft erzählt.«

»Ja, das meine ich. Damals begann die Firma Dernburg & Sohn zum ersten Mal zu wanken. Unsere Eltern waren gerade von einer kurzen Hochzeitsreise zurückgekehrt. Vater verlor den Kopf vor der schweren Krise und handelte in seiner Aufregung ungeschickt. Er mußte Geld zu hohen Zinsen aufnehmen, um den guten Ruf seines Hauses zu retten, und geriet dadurch in Abhängigkeit eines Wucherers, der ihn immer tiefer hineinzog.«

»Jener ungetreue Kassierer war der Anlaß zum Untergang der Firma.«

»Ja, er schadete Vater weit mehr als nur durch die entwendete Summe, denn er drängelte ihn von einem soliden Fundament auf schwankenden Boden. Er hat allerdings nach Jahren Vater die entwendete Summe wieder zukommen lassen. Trotz steckbrieflicher Verfolgung war er ungehindert ins Ausland gekommen.«

»Vater wurde das geraubte Geld mit Zins und Zinseszins von einer Bank in Hongkong übersandt, nicht wahr?«

»Ganz recht, nachdem ihn jener unehrliche Kassierer – er hieß Friedrich Forst – in einem Schreiben um Verzeihung gebeten und die Zahlung von Hongkong aus angekündigt hatte.«

»Ein ehrlicher Spitzbube also, dieser Friedrich Forst. Aber er trägt trotzdem die Hauptschuld am Untergang der Firma Dernburg & Sohn.«

»Und unseres Vaters! Das ist unbestritten. Vater hatte durch jenen Schlag die Übersicht verloren und sich in Geschäfte eingelassen, die er sonst nie gemacht hätte. Als der Betrüger dann nach Jahren die geraubte Summe zusandte, konnte Vater damit nur einen Teil der eingegangenen Verpflichtungen ablösen. Er blieb verschuldet, und die Firma kam nie mehr hoch. Man tätigte nur sehr vorsichtig Geschäfte mit ihr, der gute Ruf und der unbeschränkte Kredit waren dahin. Vater sah von Jahr zu Jahr den Untergang näher kommen. Deshalb wollte er auch nicht, daß ich Kaufmann wurde und in die Firma eintrat. Er sagte nach meinem Abitur: Versuche dich auf eigene Füße zu stellen, die Firma Dernburg & Sohn ist ein zu schwankender Boden. – Ich hatte ohnedies viel mehr Lust, Architekt zu werden als Kaufmann, und ging mit solchem Feuereifer an mein Studium, daß ich es schneller schaffte, als es im allgemeinen üblich ist. Aber kaum war ich fertig, da kam der Krieg. Und von der Front brachte ich einen gelähmten Arm heim.«

Rose Marie sprang auf und umarmte den Bruder.

»Aber dein Arm ist gottlob wieder heil und gesund, mein lieber Bruder. Das, was du gelernt hast, trägst du als sicheren Schatz bei dir, das kann dir niemand nehmen. Denke nicht mehr an die schwere Zeit, da du befürchten mußtest, dein Arm könnte gelähmt bleiben.«

Hans Dernburg streckte die Arme aus und griff mit beiden Händen in die Luft, als müsse er sich überzeugen, daß er wirklich im Besitz von zwei gesunden Armen war.

»Gottlob! Gottlob! Meine kleine Schwester, nun wollen wir sehen, ob wir das Schicksal nicht meistern können. Ich will, wie du, daran glauben, daß auf uns noch ein Glück in der Zukunft wartet. Auf irgendeine Art ist uns noch immer Hilfe zuteil geworden. Als ich damals, nach Vaters Tod auf Urlaub kam und nicht wußte, was tun, um dich in Sicherheit zu bringen, da ließ mich Frau Geheimrat Sauer zu sich kommen, berief sich darauf, daß unsere Mutter mit ihr befreundet gewesen sei, und bot mir an, dich trotz deiner Jugend als Gesellschafterin ins Haus zu nehmen. Ich werde es der guten alten Dame nie vergessen, welchen Stein sie mir damit vom Herzen nahm. Du warst in Sicherheit, ehe ich mich dessen versah, und Frau Geheimrat gestattete uns auch noch, diese wenigen geretteten Möbel und meine Kleider auf ihrem Speicher unterzubringen.«

Rose Marie nickte.

»Und ich hatte bei ihr Zeit genug, um mich im Maschinenschreiben zu üben, meine Sprachkenntnisse zu erweitern und mir auch sonst noch allerlei anzueignen.

Wie dankbar bin ich ihr. So konnte ich gleich, als du heimkamst und Frau Geheimrat mich entlassen mußte, Arbeit bei Dr. Stahringer finden. Er ist sehr zufrieden mit mir, und demnächst will er mich eine Übersetzung in die englische Sprache machen lassen. Fällt sie gut aus, soll ich weitere Übersetzungen bekommen. Und ich werde schon dafür sorgen, daß sie gut ausfällt.

»Du bist tapfer, meine kleine Schwester«, sagte Hans lächelnd.

»Du bist es ja auch, mein großer Bruder. Seit du gesund bist, habe ich keine Angst mehr. Wir werden uns schon durchkämpfen.«

Er strich zärtlich über ihr kastanienbraunes Haar. Sie hatte inzwischen die Lampe angezündet. Diese warf metallisch schimmerndes Licht über ihr Haar, daß es wie flüssiges Kupfer glänzte.

»Wenn ich dir doch ein besseres Leben bieten könnte.«

Sie sah mit ihren schönen Augen lächelnd zu ihm auf.

»Wenn es nur nicht schlimmer wird, lieber Hans. Gib acht – eh' wir's gedacht, ist unsere Kammer voll Sonne. Und jetzt wollen wir fleißig weiterarbeiten.«

Wieder herrschte Stillschweigen zwischen ihnen, bis Rose Marie hinaus in die Küche ging, den Tee bereitete und mit einigen Brotschnitten zurückkam.

Während sie den Imbiß nahmen, plauderten sie einige Minuten, dann setzten sie ihre Arbeit fort, bis das Pensum erfüllt war.

Am nächsten Morgen, als Rose Marie das fertige Manuskript zu Dr. Stahringer brachte, erhielt sie zweihundert Mark und einen neuen Auftrag.

Vergnügt trat sie den Heimweg an.

Und als Hans Dernburg am darauffolgenden Tag die bestellten Skizzen ablieferte und nicht gleich neue Arbeit erhielt, sondern auf später vertröstet wurde, machte er sich sogleich daran, seinen Vorsatz auszuführen und einige Entwürfe für Innendekoration zu machen. Diese legte er bei einer großen, vornehmen Firma für Innenausstattung vor. Diese Firma befand sich im Westen Berlins.

Das Glück war ihm hold. Der Verkäufer, der ihm entgegenkam, um nach seinem Wunsch zu fragen, war zufällig ein ehemaliger Kriegskamerad von ihm. Er sagte diesem offen, was ihn herführte, und es gelang ihm durch dessen Fürsprache, sofort bis zum Chef des Hauses vorzudringen.

Der Chef des Hauses besah sich die Arbeiten, die Hans in seiner Mappe hatte. Die Skizzen für Innendekoration gefielen ihm außerordentlich. Es lag zwar momentan kein Bedarf vor, aber – man konnte diese bestechenden Skizzen einrahmen und im Verkaufsraum aufhängen lassen. Und der Chef der Firma kaufte Hans alle vier Skizzen ab, zu einem sehr anständigen Preis. Er forderte Hans auch auf, wieder nachzufragen und Neues vorzulegen.

Es kam wie ein Freudenrausch über den jungen Mann. Erregt drückte er draußen seinem Kriegskameraden die Hand und unterhielt sich noch eine Weile mit ihm über seine Wünsche und Zukunftshoffnungen. Dann verließ er den Verkaufsraum. Die vier Entwürfe hatten ihm tausend Mark eingebracht. Eine fast übermütige Stimmung überkam ihn. Soviel Geld auf einmal hatte er lange nicht mehr in Händen gehabt. Freilich war jetzt alles so teuer, daß mit tausend Mark nicht viel anzufangen war; aber er überlegte doch, womit er seiner Schwester eine kleine Freude machen konnte.

Fünfzig Mark wollte er anlegen für eine kleine Überraschung. Das übrige Geld wollte er der Schwester bringen, die es für den Haushalt verwalten würde.

Er ging von einem Schaufenster zum anderen und studierte eingehend die Preise an den schönen Waren. Aber betrübt erkannte er bald, daß er in dieser Zeit für fünfzig Mark keine Luxusgegenstände erwerben konnte.

Er schraubte seine Erwartungen immer weiter zurück und kaufte schließlich in einem Feinkostgeschäft einige leckere Cakes, die Rose Marie früher so gern genascht hatte. Dann kaufte er etwas kalten Aufschnitt, einige Brötchen und für den Rest der Summe einige Früchte.

So war das Geld noch am besten angelegt. Das sollte ein Schlemmermahl werden. Heute abend wollte er Rose Marie mit all diesen Köstlichkeiten bewirten.

Voll freudiger Ungeduld eilte er nach Hause.

Und Rose Marie freute sich, als er seine Schätze auspackte und ihr von seinem kleinen Erfolg erzählt. So froh wie an diesem Abend waren die Geschwister schon lange nicht mehr gewesen.

Und Hans Dernburg streckte die Arme aus und prüfte, ob die Kraft auch nicht daraus gewichen war. Diese Angst wurde er noch immer nicht ganz los. Aber er fühlte, daß seine Arme wieder gesund und stark waren.

An diesem Abend plauderten die Geschwister lange und angeregt miteinander.

Und wieder sagte Hans Dernburg zu seiner Schwester:

»Wenn es in Deutschland nicht klappt, versuche ich im Ausland eine Stelle zu bekommen.

III

Im Hause des Senators Frederick Forester wurde eine große Gesellschaft gegeben. Das ganze Gebäude und der Garten waren festlich erleuchtet. Gladys Forester stand in einem wundervollen Kleid aus perlfarbener weicher Seide mit einem Überkleid von rosa Chiffon, in dessen Saum blühende Malven eingestickt waren, neben ihrem Vater und empfing die Gäste des Hauses. Sie reichte mit ihrer schlanken Gestalt dem Vater bis zur Schulter. Dieser blickte heute etwas herzlicher auf seine schöne, anmutige Tochter herab. Heute vormittag, als er ihr zum einundzwanzigsten Geburtstag gratulierte, hatte er ihr ein Schriftstück überreicht, woraus sie ersehen hatte, daß ihr Vater ihr die Prokura für die Firma Garring & Cie. erteilt hatte. Das hatte Gladys große Freude gemacht, und inniger als sonst hatte sie dem Vater gedankt.

Auch dieser war herzlicher als sonst gewesen und hatte mit einem Lächeln gesagt:

»Du hast dir diese Auszeichnung verdient, Gladys, durch deinen Fleiß und deine Tüchtigkeit. Und da ich keinen männlichen Erben habe, du also meine alleinige Erbin bist, ist es richtig, wenn du mit der Firma verwächst. Du und Dick Garring seid die künftigen Chefs der Firma, wenn eure Väter nicht mehr am Leben sind. Wir beide, Onkel Garring und ich, hätten es gern gesehen, wenn ihr beide euch auch noch anders liiert hättet. Aber wir haben eingesehen, daß euer Verhältnis zueinander nie einen anderen als rein kameradschaftlichen Charakter haben wird. Behaltet ihn auch als künftige Chefs und jetzige Prokuristen bei. Eure Zusammenarbeit wird dann immer eine gedeihliche sein. Dick hat Prokura, um seinen Vater zu vertreten, du bekommst heute Prokura, um mich vertreten zu können, wo es nötig ist. Ich hoffe, es macht dir Freude, daß ich dir damit einen Beweis meines Vertrauens und meiner Hochachtung gebe.«

Gladys hatte ihn mit strahlenden Augen angesehen.

»Ich kann dir nicht sagen, wie sehr ich mich freue, und wie stolz ich bin auf diesen Beweis deines Vertrauens, lieber Vater.«

Er hatte ihr lächelnd ein elegantes Schmucketui überreicht. Darin befand sich eine Schnur köstlicher Perlen.

»Da die Frauen ihr Herz gern an Schmucksachen hängen, habe ich dir hier noch ein anderes Geburtstagspräsent zugedacht.«

Gladys ließ erfreut die Perlen durch ihre Finger gleiten.

»Ich danke dir, lieber Vater! Auch über diese Perlen freue ich mich sehr, weil ich eine Frau bin. Aber über die Prokura freue ich mich noch viel, viel mehr, weil ich mir sage, daß ich mir dieses Geschenk ein wenig verdient habe.«

Der Senator hatte seiner Tochter lächelnd zugenickt und sie auf die Stirn geküßt. Dann hatte er sich auf sein Zimmer zurückgezogen. Er fühlte sich, wie schon oft in letzter Zeit, nicht recht wohl und wollte etwas ruhen, damit er am Abend den geselligen Anforderungen genügen konnte.

Und nun empfing er an der Seite seiner Tochter die Gäste. Gladys trug um ihren schlanken Hals die Perlenschnur, die wundervoll zu ihrem Kleid paßte.

Unter den ersten Gästen befand sich Dick Garring mit seinen Eltern. Seine blonde Erscheinung wirkte im Frack ziemlich imponierend, aber auf seinem Gesicht spiegelte sich auch jetzt die Lust an übermütigen Streichen. Er trug einen großen Blumenstrauß in den Händen.

»Good by, Darling! Ich habe dir zwar schon einige Male im Laufe des Tages Glück gewünscht, aber damit du siehst, daß du mich immer mehr zu hervorragenden ritterlichen Tugenden erziehst, habe ich dir noch einen Blumenstrauß mitgebracht. Die Blumen heute vormittag galten der neuen Prokuristin, die am Nachmittag dem Geburtstagskind und diese am Abend der Königin dieses Festes.«

Gladys nahm ihm lachend die Blumen ab. »Dick – du machst Riesenfortschritte! Ich bin sprachlos.«

»Bleibe es.«

»Fällt mir nicht ein. Gottlob, daß du eben einen kleinen Rückfall hattest, das bringt mich wieder zu mir.«

»Freut mich.«

Sie reichte ihm die Hand.

»Laß dir danken, Dick. Dreimal Blumen an einem Tag und dazu eine Riesenbonbonniere – das belastet dein Budget enorm.«

Er zuckte gelassen die Achseln, während es in seinen Augen wie Wetterleuchten zuckte.

»Das trägt die Firma. Ich verbuche es unter Spesenaufwand zum Besten des Geschäfts.«

Sie lachte. »Das beruhigt mich enorm.«

»All right! Aber nun will ich dir gleich noch sagen, daß ich heute sehr beruhigende Nachrichten aus Deutschland erhalten habe. Und deshalb habe ich mich entschlossen, Ende Juni nach drüben zu reisen. Hoffentlich paßt dir dieser Termin?«

»Vortrefflich, Dick. Wir reisen also in zirka drei Monaten.«

»Well!«

»Wir sprechen noch darüber. Jetzt will ich erst deine Eltern begrüßen.«

Dick nickte und wandte sich an Miß Clara, deren Lachen sofort bewies, daß er wie gewöhnlich seinen Spaß mit ihr trieb.

Gladys begrüßte nun Mister John Garring und seine Gemahlin. Onkel Garring streichelte ihr die Wange und sah sie bewundernd an, und Tante Garring küßte sie auf die Stirn.

»Was habe ich gehört, Gladys, du bist Prokurist der Firma geworden?« sagte die sehr vornehm aussehende Dame.

Gladys nickte ihr strahlend zu.

»Ja, Tante Garring, ich bin jetzt eine sehr gewichtige Persönlichkeit.«

Mistress Garring wiegte bedächtig den Kopf. »Meine liebe Gladys, eine Lady sollte sich nicht mit Geschäften abgeben, du kennst meine Ansichten darüber. Deine liebe Mutter wäre außer sich gewesen, hätte sie deinen

Drang zum Geschäftlichen gekannt.«

»Ach, meine liebe kleine Mama hatte alles gern, was mir Freude machte. Sie hätte sich sicher auch mit dem Gedanken ausgesöhnt, daß ich mich im Geschäft nützlich zu machen suche.«

»Aber ich kann mich nicht damit abfinden, liebes Kind. Es nimmt dir den schönsten Zauber, den feinsten weiblichen Charme, daß du wie ein Mann im Büro arbeitest.«

Mistress Garring war die Tochter eines deutschen Freiherrn, der wegen seiner Schulden nach Amerika ausgewandert war und dort sein Glück gemacht hatte. Sie war so ganz, bis in die Fingerspitzen, große Dame und konnte nicht verstehen, daß die Tochter des Senators Forester, eine Millionenerbin, im Geschäft arbeitete. Sie selbst ließ sich von Sohn und Gemahl verwöhnen und verstand es natürlich glänzend, in der Gesellschaft zu repräsentieren und über eine große Dienerschar zu befehlen. Sie war nicht wenig stolz darauf, die Tochter eines deutschen Freiherrn zu sein. Aber abgesehen von dieser kleinen Schwäche, war sie eine liebenswürdige und gutmütige Frau. Sie hatte Gladys sehr lieb und früher die Hoffnung gehegt, Gladys als Schwiegertochter zu bekommen. Aber seit diese sich zu einer nützlichen Mitarbeiterin der Firma ausgewachsen hatte, war sie ganz zufrieden, daß nichts daraus wurde. Sie wünschte sich ein zartes, echt weibliches, ganz damenhaftes und anschmiegsames Wesen als Schwiegertochter. Und als sie heute erfuhr, daß Gladys Prokura erhalten hatte, und wie ihr Mann sagte, als wohlverdienten Lohn für ihre Tüchtigkeit, sagte sie zu ihrem Sohn: »Nun bin ich doch froh, Dick, daß du nicht Gladys heiratest. Diese Manie von ihr, sich in Geschäfte zu mischen, die nur Männer angehen, würde mir an meiner Schwiegertochter unleidlich sein. Sie hat es doch wirklich nicht nötig.«

Dick hatte darüber gelacht. »No! Sie tut es einfach aus

Lust am Bösen. Aber ich finde es famos von ihr, Mama, sie ist ein smartes Girl, und wenn sie nicht ein so guter Kamerad wäre, würde ich sie nun erst recht heiraten, vorausgesetzt, daß sie mich wollte. Aber sie will mich nicht – du kannst dich beruhigen.«

»Ja, das beruhigt mich allerdings, mein Sohn.«

Dick hatte sie lachend angesehen.

»Wie muß denn die Frau geschaffen sein, die dir als Schwiegertochter angenehm sein würde?«

Mistress Garring hatte eine Weile nachgedacht. Dann sagte sie: »Äußerlich dürfte sie wie Gladys sein. Sie ist ja eine vornehme Erscheinung. Aber sie müßte ganz weiblich sein, zärtlich, anschmiegsam und tadellose Formen haben – schon um dir Kontra zu bieten, mein Sohn, denn du bist zuweilen von einer so nonchalanten Art, daß man graue Haare bekommen könnte.«

Dick hatte seine Mutter lachend umarmt und geküßt.

»Vorläufig sehe ich noch kein einziges graues Haar auf deinem Haupt, meine liebe Mama.«

»Das ist ein Wunder«, sagte sie halb lachend, halb ärgerlich.

Mit einem übermütigen Gesicht küßte er sie noch einmal herzhaft.

»Ich freue mich, daß ich eine so hübsche, vornehme Mutter habe. Und es ist gut, daß ich nun weiß, wie die Eigenschaften meiner künftigen Frau sein müssen, damit ich mich nicht etwa in eine Lady verliebe, die sie nicht besitzt.«

»Oh, du bist ein Spottvogel, mein lieber Dick, und wirst dich leider überhaupt nicht darum kümmern, was deine Mutter sich für eine Schwiegertochter wünscht.«

Davon war auch Dick überzeugt, und es war schon sehr viel für seinen Charakter, daß er das nicht offen sagte. Mistress Garring konnte aber an diesem Abend bei der Begegnung mit Gladys nicht umhin, ihr Mißfallen darüber zu bekunden, daß sie Prokura bekommen hatte.

Gladys konnte sich zum Glück nicht lange mit ihr unterhalten, da neue Gäste eintrafen, die sie begrüßen mußte.

Es wurde ein glänzendes Fest, mit all den Überraschungen, die kalifornische Feste der gehobenen Gesellschaft mit sich bringen. Die Gäste hielten sich nach Wunsch und Laune in den Festräumen, auf der Terrasse oder im Garten auf. Zahllose Lampions sorgten für eine zauberhafte Beleuchtung.

Dem Geburtstagskind Gladys zu Ehren wurde von ihren Freundinnen ein Festspiel auf der großen Rasenfläche vor der Terrasse aufgeführt, die von blühenden Sträuchern umgeben war. Diese Sträucher bildeten natürliche Kulissen, hinter denen hervor zierliche Elfen und drollige Pucks auf dem Rasen tanzten und einen Huldigungsreigen aufführten.

Außerdem waren allerlei interessante Spiele und Überraschungen vorgesehen und natürlich nach der festlichen Tafel ein Ball.

Gespeist wurde im großen Festsaal des Hauses, und die Tafel war wundervoll dekoriert. Miß Clara hatte während ihres Aufenthaltes in Kalifornien gelernt, daß hier sehr großer Wert auf die Ausschmückung der Tafel gelegt wurde. Und sie hatte heute eine wahre Hexerei vollbracht. Vor jedem Platz auf der Tafel stand ein kleines Bukett. Girlanden umgaben die Tafel, aus der elektrische Lampen wie Brillanten herausleuchteten. Mitten auf der Tafel aber war ein von Blumen umrandetes Bassin angebracht, aus dem eine Fontäne Wasser emporwarf. Die Wasserstrahlen wurden durch einen Scheinwerfer so beleuchtet, daß sie in allen Regenbogenfarben sprühten. Es war ein märchenhafter Anblick für die Gäste, die auf das Zeichen eines Gongs in den Speisesaal strömten. Lachend und plaudernd suchten sie ihre Plätze auf und bewunderten die originelle Tafeldekoration. Sobald alle Platz genommen hatten, begannen die Diener das Mahl aufzutragen. Es war hervorragend. Senator Forester nickte Miß Clara zufrieden zu. Sie hatte das Richtige getroffen. Und Miß Clara atmete auf. Sie wußte, daß der Senator gerne glanzvolle Feste feierte. Aber ihre Augen blickten einige Male besorgt zu ihm hinüber. Ihr allein hatte er verraten, daß er sich nicht wohl fühlte.

Gladys hatte, als sie am Arm ihres Tischherrn zur Tafel schritt, Miß Clara zugeflüstert: »Das haben Sie wunderschön gemacht, Miß Clara. In ganz Frisko habe ich noch nie eine so schön dekorierte Tafel gesehen.«

»Ich wollte Ihnen doch eine kleine Geburtstagsfreude machen, Miß Gladys.«

Gladys nickte ihr dankend zu und nahm ihren Platz an der Tafel ein. Ihr Tischherr war der Sohn eines Geschäftsfreundes ihres Vaters, den dieser auszuzeichnen wünschte.

Zu ihrer Rechten jedoch saß Dick Garring, der eine sehr hübsche junge Dame zu Tisch führte. Wenn irgend möglich, richteten Gladys und Dick es so ein, daß sie bei solchen Festen nebeneinander saßen. Sie unterhielten sich am besten miteinander. Und obwohl Dick nach Kräften mit seiner reizenden Tischdame flirtete, behielt er noch Zeit, mit Gladys seine kurzen, deftigen Bemerkungen auszutauschen. Sie verstanden sich so gut, daß es stets nur weniger Worte bedurfte, um sich zu verständigen.

»Siehst du Mistress Boover, Gladys?« fragte Dick, gleich nachdem sie Platz genommen hatten.

»Ja, Dick, ich sehe sie.«

»Gleicht sie nicht einem über seinen eigenen Tod vergnügten Schweinskopf, der mit Trüffeln reich garniert ist. Die Trüffeln mußt du dir unter ihren falschen Locken vorstellen.«

Gladys unterdrückte ein Lachen. »Aber Dick, so etwas sagt man doch nicht von einer Lady – wenn es auch zutrifft.«

»Du mußt aber zugeben, daß es zutrifft.«

»Ich kann es leider nicht in Abrede stellen. Aber ich denke mir, Mistress Boover würde gern auf die Ähnlichkeit mit einem getrüffelten Schweinskopf verzichten, wenn sie etwas schöner sein könnte. Sie tut mir leid.«

»Du bist sehr gutmütig.«

»Sieh doch nicht hin, wenn sie dir nicht gefällt.«

»Ihr Anblick hypnotisiert mich.«

»Sieh dir lieber deine Tischdame an, sie ist reizend.«

»Well, das ist sie.«

»Halt dein Herz fest, Dick.«

»Wegen des Schweinskopfs?«

»Nicht doch – ich meine wegen deiner reizenden Tischdame.«

»Ich möchte mein Herz sehr gern einmal verlieren.«

»Dazu hast du kein Talent.«

»Warum nicht?«

»Weil du zwischendurch an garnierte Schweinsköpfe denken mußt. Wenn man sein Herz verlieren will, muß man alles – sogar sich selbst vergessen.«

Dick Garring fuhr zu Gladys herum und sah sie mit einem übermütigen Blick an.

»Redest du etwa aus Erfahrung, weise Seherin?«

Gladys lachte.

»Leider nicht! Aber bitte – unterhalte dich lieber mehr mit deiner Dame als mit mir, sonst machst du meiner Erziehung keine Ehre.«

»Sie ist noch in das Studium der Menükarte vertieft. Es wäre grausam, sie zu stören, sie würde es mir vielleicht nicht verzeihen.«

»Aber mein Tischherr hat ebenfalls Anspruch auf Unterhaltung.«

Damit wandte sich Gladys ihrem anderen Nachbarn zu und plauderte mit ihm in ihrer frohen, natürlichen Liebenswürdigkeit. Er sagte ihr viele Artigkeiten, aber sie verstand es geschickt, allzu feurige Komplimente zu ignorieren oder sie mit einer lustigen Antwort abzuschwächen.

Während sie sich dann im Verlauf des Essens mit ihm über eine Segelfahrt durch die Franzisko-Bucht und die San-Pablo-Bucht bis nach San Pedro unterhielt, die sie am Tag vorher mit Dick unternommen hatte, stieß Dick sie leise mit den Ellbogen an.

Sie wandte sich zu ihm um.

»Dick, du wirst nie lernen, abzuwarten, bis sich eine Dame mit dir unterhalten will. Weshalb stößt du mich?«

»Ich hatte Angst, du könntest den Moment verpassen, in dem Mister Crawford an einem Hühnerknochen erstickt – es ist nämlich gleich soweit.«

Gladys mußte sich das Taschentuch vor den Mund halten.

»Unglaublich!« stieß sie hervor.

»Daß er Hühnerbeine verschlingt?«

»Nein, daß du so etwas sagst. Wenn Mister Crawford nun wirklich erstickt?«

»Dann würde ich sofort Wiederbelebungsversuche machen und wenn es Erfolg hat, ihn bitten, daß er einmal versuchen soll, ein Hühnerbein auf manierliche Weise zu verzehren. Er ist der reine Vielfraß und schlingt unglaubliche Portionen hinunter. Ein Wunder, daß er nicht auch sein Bukett verschlungen hat, was freilich schade gewesen wäre.«

»Ja, es sieht reizend aus.«

»Wie Mister Crawford ißt?«

»Nein, die Tafeldekoration.«

»Ein famoser Einfall. Wer ist darauf gekommen?«

»Miß Clara natürlich.«

»Sie ist eine tüchtige Lady. Ich werde ihr einen Heiratsantrag machen.«

»Du bekommst einen Korb, Dick.«

Er warf sich in die Brust.

»Ich! Ausgeschlossen!«

»Du bist arrogant. Versuch's nur!«

Er lachte. »Lieber nicht. Miß Clara würde mir sicher eine Lektion halten, daß man ehrwürdige alte Damen nicht in Versuchung führen soll und immer brav und artig sein muß.«

»Oh mein lieber Dick, eine solche Lektion wäre bitter notwendig.«

»Thanks! Mein Bedarf hierin wird reichlich durch dich gedeckt, von Mama gar nicht zu reden. Übrigens – Mama – sieh sie dir an, Darling – habe ich nicht eine stolze, schöne und vornehme Mutter?«

»Ja, Dick.«

»Ich bin mächtig stolz auf sie. Aber nun will ich mich wieder meiner Tischdame widmen, damit du mir nicht Vorhaltungen machst.«

»Bravo, Dick! Du wirst schon langsam zur Einsicht kommen.«

Dick flirtete wieder aus Leibeskräften mit seiner Tischdame. Aber sein Eifer erlosch bald. Sie war zwar sehr hübsch, aber scheinend sehr unzugänglich.

Und endlich nahm er in seiner Ungeduld wieder zu Gladys Zuflucht.

»Gladys – hast du einen Moment Zeit für mich?«

»Ja, Dick. Aber ich finde, du unterhälst deine Tischdame zu wenig.«

Dick seufzte.

»Sie ist sehr reizend – aber nur äußerlich. Ich möchte sie nicht inwendig betrachten.«

»Aber Dick, du bist unmöglich.«

»Hast du mir bereits vorhin gesagt.«

»Also, was wolltest du von mir?«

Er seufzte.

»Ich wollte dich nur bitten, mich ab und zu mit einem netten kleinen Wort zu beglücken, sonst schlafe ich vor Langeweile ein.«

»Unterhältst du dich nicht gut?«

»Nur, wenn du mit mir sprichst. Nach der anderen Seite ist eine Unterhaltung unmöglich.«

»Warum?«

»Dieses äußerlich so reizende Geschöpf kann nur vier Worte sagen: Yes – no – please – thanks. Das ist alles. Ich habe mit mir selbst eine hohe Wette abgeschlossen, daß ich kein anderes Wort von ihr zu hören bekomme.«

Nun mußte Gladys lachen.

»Armer Dick – ist dies das Ende eines schönen Traums?«

Dick verdrehte die Augen so, daß nur das Weiße zu sehen war.

»Well! Er ist ausgeträumt.«

»O Weh. Und nun weiß ich kaum noch eine unter den Töchtern dieses Landes, die ich dir ans Herz legen könnte.«

Wieder seufzte Dick.

»Ich muß auswandern«, sagte er melancholisch.

Gleich darauf war die Tafel beendet, und die Gesellschaft zerstreute sich in die Nebenräume.

Dann begann der Ball. Gladys flog von einem Arm in den anderen und hatte wenig Zeit, sich um Dick zu kümmern. Erst kurz vor Ende des Balls konnten sie miteinander tanzen.

»Nun, Dick, hast du dich gut amüsiert?«

»Am meisten, als Mister Crawford beinahe an einem Hühnerbein erstickt wäre.«

»War das der Höhepunkt des Festes für dich?«

»Unbedingt.«

»Und deine reizende Tischdame?«

»Unterhält jetzt meinen Freund Bobby Weehl mit yes, no, please, und thanks. Denk dir nur, Gladys – wenn ich mich nun blindlings in ihr entzückendes Äußere verliebt hätte, daß ich ihr einen Heiratsantrag gemacht hätte? Ich hätte dann mein Lebtag nichts weiter von ihr gehört als diese vier Worte, die sie allerdings fließend beherrscht. Was wäre dann aus mir geworden?«

»Du übertreibst natürlich wieder gewaltig.«

»Kann man da noch übertreiben? Jedenfalls beobachte ich Bobby Weehl schon eine ganze Weile besorgt, ob nicht Selbstmordgedanken in ihm aufsteigen. Aber er sieht höchst vergnügt aus. Vermutlich liebt er diese vier Worte. Ich aber bin sehr, sehr glücklich.«

»Warum?«

»Weil ich noch ganz unverlobt bin. Dies scheint mir der schönste Zustand der Welt.«

»Meinst du?« fragte Gladys mit einem leisen Seufzer.

Er sah sie forschend an. »Hallo, Darling! Wohin flog dieser Seufzer? Bist du vielleicht verliebt?«

»Nein, Dick – leider nicht. Aber ich möchte es einmal sein, so recht von Herzen.«

Er nickte. »Ich auch! Aber nicht vor unserer Reise nach Deutschland. Bis dahin muß ich ein freies Herz behalten.«

»Vielleicht verlierst du es dann in Deutschland.«

»Oder du!«

»Ich hätte nichts dagegen«.

»Ich glaube, Mama würde auch nicht böse sein, wenn ich ihr eine deutsche Schwiegertochter mitbringen würde.«

»Ich aber sehe nicht ein, weshalb du in so einem Tempo tanzen mußt, wir kommen ja ganz aus dem Takt.

Er lachte.

»Ich bin ein taktloser Mensch, nicht wahr, Darling?«

Sie sah lächelnd zu ihm auf. »Nein, nein, lieber Dick, das lasse ich nun doch nicht auf dir sitzen. Wenn du auch die tollsten Einfälle hast, etwas Taktloses hast du noch nie getan.«

Er drückte ihr die Hand.

»Es ist ein Jammer, Darling!«

»Was denn, Dick?«

»Daß wir beide uns nicht ineinander verlieben können. Ich bin fest überzeugt, daß keine Frau so gut zu mir passen würde wie du. Aber ich habe dich viel zu lieb, um mich auch noch in dich verlieben zu können.«

»Wäre auch schade um unser schönes, kameradschaftliches Verhältnis. Das muß so bleiben, Dick.«

»For ever, Gladys.«

Jetzt schwieg die Musik. Der Tanz war zu Ende. Dick führte Gladys zu ihrem Platz. Sie plauderten noch ein wenig, bis Gladys von einem anderen Tänzer abgeholt wurde. Es war der letzte Tanz.

Eine halbe Stunde später war das Fest zu Ende.

IV

Dick Garrings Eltern hatten das Fest schon eine Stunde früher verlassen. Er selbst war jedoch der letzte Gast, der das Haus des Senators verließ.

Miß Clara war schon mit einem Stab von Dienern dabei, in den Festräumen aufzuräumen. Gladys hatte ihre Hand unter den Arm des Vaters geschoben, während Dick vor ihnen stand, um sich zu verabschieden.

»Lieber Papa, dir wird Ruhe guttun, ich habe dir angemerkt, daß du sehr müde bist. Überhaupt – du siehst aus, als fühltest du dich nicht wohl. Findest du nicht auch, Dick, daß Papa sehr elend aussieht?«

Dick sah den Senator forschend an.

»Allerdings, aber –«

Ehe Dick weitersprechen konnte, wankte der Senator plötzlich und fiel wie ein gefällter Baum, ohne einen Laut von sich zu geben, auf den Teppich.

Entsetzt schrie Gladys auf, und Dick beugte sich bestürzt über den Gefallenen, der mit einem seltsam blaurotem Gesicht dalag.

Erschrocken erkannte er, daß es sich um einen Schlaganfall handelte, und stürzte zur elektrischen Klingel, die das ganze Haus alarmierte.

Diener eilten herbei.

»Schnell – einen Arzt – nehmen Sie mein Auto, das draußen bereitsteht«, sagte Dick hastig zu dem einen Diener.

Jetzt tauchte auch Miß Clara auf.

»Was ist geschehen?« fragte sie bestürzt und schaute auf den Senator, über den seine Tochter sich mit blassem, erschrockenem Gesicht gebeugt hatte.

»Der Herr Senator ist plötzlich von einem Unwohlsein befallen worden. Ich fürchte, es ist ein Schlaganfall. Wir müssen ihn sogleich ruhig hinlegen. Nach dem Arzt habe ich geschickt«, sagte Dick halblaut zu ihr.

Miß Clara faßte sich schnell und gab den herbeieilenden Dienern die nötigen Befehle. Die Diener, von Dick unterstützt, hoben den Bewußtlosen empor und trugen ihn auf sein Bett.

Gladys zog inzwischen hastig in ihrem Zimmer ihr Festkleid aus und suchte sich ein warmes Hauskleid heraus. Sie fröstelte vor Angst und Grauen.

Dann eilte sie an das Lager ihres Vaters, wo Dick und Miß Clara sie erwarteten und ihr mitleidig entgegensahen.

Gleich darauf kam der Arzt, der den Senator untersuchte. Nach einer Weile richtete er sich mit ernstem Gesicht auf.

»Miß Forester – es tut mir sehr leid, Ihnen sagen zu müssen, daß Ihr Vater einem Schlaganfall erlegen ist. Er ist tot.«

Gladys wurde wachsbleich und starrte erst den Arzt, dann Dick mit großen, entsetzten Augen an.

»Das kann doch nicht sein! Mein Vater stand doch noch vor wenigen Minuten gesund und aufrecht vor mir. Es ist doch nicht möglich, daß er so schnell gestorben ist«, stammelte sie fassungslos und erschüttert.

»Ich kann das, was ich gesagt habe, leider nicht widerrufen, Miß Forester. Ihr Vater verschied schon in derselben Minute, als er zu Boden stürzte.«

»Wie ist das nur möglich? Mein Vater war nie krank?«

»Solche Schlaganfälle treffen meist Personen, die bis dahin scheinbar ganz gesund waren. Ein leichtes Unwohlsein dürfte dem jähen Tod wohl vorausgegangen sein.«

»Ja, der Herr Senator klagte schon heute vormittag über Unwohlsein«, fiel Miß Clara ein.

»Oh, warum haben Sie mir das nicht gesagt, Sicher hat er sich bei dem Fest überanstrengt«, stieß Gladys weinend hervor.

»Er wollte nicht, daß Sie davon erfahren, damit Ihre Festfreude nicht gemindert würde.«

»O mein Gott – und ich war so ahnungslos. Erst jetzt, ganz zuletzt, fiel mir auf, daß mein Vater schlecht aussah und seltsam starr vor sich hinblickte. Aber gleich darauf stürzte er zu Boden. Herr Doktor – ist es nicht möglich, ihn ins Leben zurückzuholen?«

Und flehend hob Gladys die Hände zum Doktor empor.

Der schüttelte den Kopf.

»Keine Hoffnung, Miß Forester.«

Da brach Gladys schluchzend am Totenlager ihres Vaters in die Knie, endlich das Schreckliche ganz begreifend. Sie war so hoffnungslos entsetzt über dieses plötzliche Ende ihres Vaters, daß ihr eigen Blut in den Adern stockte.

Dick beugte sich über sie. Auch er war hoffnungslos und zutiefst erschrocken.

»Darling – was kann ich für dich tun?« fragte er mitleidig.

Gladys sah zu ihm auf mit tränenüberströmtem Gesicht.

»Ach Dick, mein armer Vater – ist es denn zu glauben, daß er hier starr und tot vor mir liegt. Nicht ein liebes Wort habe ich ihm mehr sagen können. Und er mir auch nicht. Als sich die letzten Gäste verabschiedet hatten, fragte er nur zu mir: Warst zu zufrieden mit deinem Fest? Ach Dick – um es mir nicht zu trüben, hat er sich überanstrengt.«

»Sie brauchen sich darüber keine Gedanken zu machen, Miß Forester. Der Tod Ihres Vaters wäre auch in jeder anderen Situation eingetreten«, beruhigte sie der Arzt.

»Arme Gladys! Ich bin genauso erschüttert wir du«, sagte Dick. »So ein plötzlicher Tod ist für die Hinterbliebenen immer furchtbar, aber sage dir zum Trost, daß es für deinen Vater selbst ein beneidenswertes Ende ist. So rüstig war er noch bis zum letzten Augenblick, so mitten aus einem tätigen und freudvollen Leben heraus tat er ahnungslos den letzten Schritt.«

Gladys barg das Gesicht in den Händen. Aus einem freudvollen Leben? War ihr Vater wirklich voll Freude gewesen? Es fiel ihr plötzlich beklemmend auf die Seele, daß der Vater eigentlich nur den Eindruck eines von Freude erfüllten Menschens gemacht hatte, was er doch seinen Verhältnissen nach hätte sein müssen. Immer hatte es wie ein trüber, düsterer Hauch über seinem Wesen gelegen.

Sie empfand es bitter in dieser Stunde, daß sie dem Herzen ihres Vaters so wenig nahegestanden hatte und daß er ihr immer ein wenig fremd geblieben war. Woran hatte das gelegen? War sie selbst schuld daran gewesen – oder der Vater? Aber hatten sie alle beide etwas versäumt? Sie hätte viel darum gegeben, wenn sie ihren Vater noch einmal hätte aufwecken können, um ihm diese Frage vorlegen, um ihm ein letztes liebes Wort zu sagen und ein solches von ihm zu hören. Aber es war zu spät, er hatte seine Augen für immer geschlossen.

Was nun folgte, das zog wie ein schwerer Traum an ihr vorüber. Dick und Miß Clara hatten sie endlich überredet, sich in ihr Zimmer zurückzuziehen, um sich ein wenig auszuruhen. Dick hatte noch in der Nacht seinen Vater angerufen und ihm berichtet, was geschehen war. Daraufhin kam Mister John Garring sogleich zurück in das Haus seines Compagnons und traf die nötigen Anordnungen, um Gladys zu entlasten.

Er fand in Miß Clara eine gefaßte vernünftige Stütze. Ihr dankbares Gemüt empfand den Tod ihres Brotgebers als sehr schmerzlich. Er war ihr stets in vornehmer, gerechter Weise entgegengekommen und hatte sie ihre Abhängigkeit nie fühlen lassen. War er auch nie sehr freundlich und liebenswürdig gewesen, sondern immer düster, wortkarg und zurückhaltend, so hatte sie doch sehr wohl empfunden, daß dies mit ihrer Person nichts zu tun hatte. Er war zu keinem Menschen anders, nicht einmal zu seiner Tochter.

Sie hatte immer gefühlt, daß irgend etwas Schweres, Drückendes auf seiner Seele gelegen hatte, vielleicht etwas, das in der Vergangenheit ruhte. Jedenfalls verlor sie in ihm einen Wohltäter, ihre dankbare Seele nannte ihn so.

Und ihr Schmerz um sein Ableben war aufrichtig und echt. Aber trotzdem bezwang sie sich und war auf ihrem

Posten, um ihre Pflicht zu tun. Diese Pflicht bestand vor allen Dingen darin, Gladys alles Schwere in diesen Tagen so weit wie möglich abzunehmen. Und so stand sie Mister John Garring tapfer zur Seite.

Senator Frederick Forester war nun schon vor Wochen zur letzten Ruhe bestattet worden.

Gladys war die Universalerbin ihres Vaters. Ein bei Gericht deponiertes Testament hatte sie in alle Rechte einer solchen eingesetzt. Einige Legate waren für treue Diener ausgesetzt – auch Miß Clara war mit einer jährlichen Rente bis an ihr Lebensende bedacht worden, von dem Tag an, da sie sich zur Ruhe setzen wollte. Bis dahin behielt sie ihre Stellung in seinem Haus, als Ehrendame für seine verwaiste Tochter.

Sonst gehörte alles, was der Senator hinterließ, seiner Tochter.

Sie hatte es nie anders gewußt, als daß sie eine reiche Erbin sei, und es machte auf sie keinen besonderen Eindruck. Sie wußte, daß sie Mitinhaberin der Firma Garring & Cie. war, wußte, daß ihr Vater ihr ein großes Barvermögen und eine schöne Hazienda hinterlassen hatte. Aber sie war sich auch bewußt, daß Reichtum und Besitz verpflichten und ihr all diese weltlichen Güter gegeben waren, um sie für sich und andere Menschen nutzbar zu machen.

»Was du ererbst von deinen Vätern,
erwirb es, um es zu besitzen.«

Dies Dichterwort schwebte ihr wie eine Mahnung vor, und sie war fest entschlossen, diese Worte zu beherzigen. Die letzten Wochen hatten ihr auch schon viele Pflichten gebracht, und sie war deshalb noch nicht dazu gekommen, den Schreibtisch ihres Vaters zu ordnen.

Aber nun fand sie endlich einen Tag der Ruhe für diese Arbeit. Sie hatte Miß Clara gesagt, daß sie für die nächsten Stunden ungestört sein wollte.

Es war immerhin möglich, daß sich in dem Schreibtisch ihres Vaters noch irgendwelche Anordnungen fanden, denn er hatte bis zum letzten Tag daran gearbeitet.

Fest entschlossen, heute die Durchsicht des Schreibtisches zu beenden, nahm sie daran Platz. Es war ein Möbelstück, daß sich der Senator nach eignen Angaben und Entwürfen hatte bauen lassen. Ein großer stabiler Unterbau mit einer geräumigen Schreibplatte trug hinter dieser Platte einen Aufsatz mit zwei Schränken. Dieser Schreibtisch hatte in dem großen, vornehm eingerichteten Zimmer seinen Platz an der rechten Fensterwand erhalten, dicht neben dem Fenster, so daß das Licht günstig darauf fiel. Er war ganz dicht an die Wand gerückt, und Gladys wußte, daß sich hinter den Schränken des Aufsatzes eingebaute Safes befanden.

Die Rückwände dieser Schränke waren zugleich die Türen für die Safes und wurden durch einen Federdruck geöffnet und geschlossen, der bis vor kurzem Geheimnis des Senators gewesen war. Aber noch vor seinem Tod hatte er seiner Tochter diese sinnreiche Einrichtung gezeigt und sie zugleich informiert, wie die Safes zu öffnen waren. Er hatte dabei ihre Schmuckkassette in dem Safe untergebracht.

Gladys besaß jedoch keinen Schlüssel zu dem Schreibtisch ihres Vaters; solange er lebte, hatte er diesen Schlüssel stets bei sich getragen. Wenn sie ihren Schmuck haben oder wieder fortschließen wollte, mußte sie es ihrem Vater sagen. Seit dem Tode des Vaters besaß sie nun auch alle seine Schlüssel. Aber sie war nur ein einziges Mal dazu gekommen, den Safe zu öffnen – am Tage nach dem Ableben ihres Vaters, als sie die am Festabend getragene Perlenschnur wieder in ihre

Schmuckschatulle eingeschlossen hatte. Seither hatte sie keinen Schmuck gebraucht. Gladys begann nun den Schreibtisch Fach für Fach durchzusehen. Sie fand alles in musterhafter Ordnung. Alle Papiere waren übersichtlich geordnet, und alle Gegenstände hatten seinen bestimmten Platz.

In einem der Fächer fand Gladys auch eine Geldsumme – sicher das für den laufenden Monat benötigte Geld für den täglichen Gebrauch. In diesem Geldfach hing auch ein kleiner, zierlicher Schlüssel mit einem ziemlich komplizierten Bart.

Gladys wußte von ihrem Vater, daß dieser Schlüssel ein kleines Schloß öffnete, daß am Mittelpfeiler zwischen den beiden Schränken des Aufsatzes angebracht war. Erst als Gladys den anderen Schreibtisch durchgesehen hatte, öffnete sie mit dem kleinen Schlüssel das Schloß, worauf zugleich beide Türen der Schränke aufsprangen. Diese Schränke enthielten nichts. Sie waren nur als Vorraum zu den beiden Safekammern gedacht und nur dazu da, daß die Safetüren sich beim Öffnen darin bewegen konnten.

Gladys drückte zuerst in dem rechten Schränkchen auf den Druckknopf der Feder, durch die sofort die Safetür aufsprang und sich lautlos in den Angeln bewegte. In dem selben Moment, wo sich die Tür öffnete, begann im Innern des Safes eine elektrische Birne zu leuchten. Gladys sah darin ihre Schmuckschatulle stehen und daneben verschiedene Etuis mit den Schmucksachen ihres Vaters. Auch das Scheckbuch ihres Vaters lag darin – sonst nichts.

Nun öffnete Gladys auf dieselbe Weise den linken Schrank und den dahinterliegenden Safe. Auch hier schaltete sich sofort selbsttätig eine elektrische Birne ein.

In diesem Safe befanden sich verschiedene wichtige Geheimbücher und Dokumente geschäftlicher Art. Sie nahm eins nach dem anderen heraus, um es durchzusehen, und fand auch hier alles in tadelloser Ordnung. Es war ihr leicht, sich darin zurechtzufinden, denn in geschäftlichen Dingen war sie kein Neuling mehr.

In einem dieser Geheimbücher fand sie genau ihren ganzen Besitz verzeichnet, die Nummern und Namen der Wertpapiere, die jährlichen Einkünfte der Firma und der Hazienda. Auch der Pachtvertrag über die Hazienda fand sich, aus dem Gladys entnahm, daß der Pächter und seine Frau ihr Landhaus auf der Hazienda stets für sie und ihren Vater bereitzuhalten haben, falls sie vorübergehend dort Wohnung nehmen wollten, und daß dann die Pächterleute für ihre gesamte Verpflegung Vorsorge treffen müßten.

Gladys war manchmal mit dem Vater, manchmal auch allein oder mit Miß Clara in diesem Landhaus gewesen, um sich dort zu erholen.

Sie fand nun in den Papieren genauen Aufschluß über ihre Rechte und Pflichten als Gutsherrin und konnte sich leicht orientieren bei der Genauigkeit, die in den Papieren ihres Vaters herrschte. Gladys faßte den festen Vorsatz, in ihren Papieren eine so musterhafte Ordnung zu halten, wie es ihr Vater getan hatte.

Nun hatte sie scheinbar alles durchgesehen. Aber als sie noch einmal genau in den Safe hineinschaute, entdeckte sie auf dem Boden desselben eine flache, schwarze Ledertasche – vielleicht eine Art Brieftasche. Sie nahm sie heraus und öffnete sie durch einen Druck auf das Nickelschloß. Sie sah in die Ledertasche hinein und fand darin einen einzigen dicken Brief mit fünf unverletzten Siegeln. Dieser Brief trug die Aufschrift:

»An meine Tochter Gladys Forester. Nach meinem Tode ohne Zeugen zu öffnen.«

Betroffen sah Gladys darauf. Was hatte der Vater für sie in diesem Brief verwahrt?

»Ohne Zeugen zu öffnen.«

Lange sah sie reglos auf diese Worte. Dann erhob sie sich langsam, schritt zur Tür und schloß sie ab. Wohl war sie allein und ohne Zeugen, wohl hatte sie Order gegeben, daß sie ungestört sein wollte, aber vielleicht kam Dick, der würde nicht haltmachen vor ihrer Tür. Und dieses Ohne-Zeugen-zu-öffnen sah sie so mahnend an, daß sie entsprechend handeln mußte.

Was für ein geheimnisvolles Vermächtnis ihres Vaters hielt sie da in den Händen?

Langsam, ein wenig beklommen, ließ sie sich wieder am Schreibtisch nieder. Ihr war, als wenn die ganze düstere Schwere, die oft über dem Wesen ihres Vaters gelegen hatte, sich auf sie herabsenkte. Endlich öffnete sie zögernd den Brief und zog engbeschriebene Blätter heraus, die folgenden Inhalt hatten:

»Mein liebes Kind! Lange habe ich mit mir gekämpft, ob ich dies niederschreiben soll oder ob ich ein Geheimnis mit ins Grab nehmen soll, das düster auf meinem ganzen Leben lag und mich nie froh sein ließ.

So sehr ich mich immer danach gesehnt habe, mir einmal alles vom Herzen zu reden, was mich all die Jahre namenlos bedrückt und gequält hat und mich zu einem düsteren, freudlosen Mann machte, wagte ich es dennoch nicht, mein qualzerrissenes Gemüt vor meinen geliebten Menschen zu öffnen. Vor einem fremden Menschen aber durfte ich mich nicht aussprechen. Deine liebe Mutter war zu zart und schwach, als daß ich sie zur Mitwisserin meines Geheimnisses hätte machen dürfen. Sie wäre unter der Last vielleicht zusammen gebrochen.

Deshalb wünschte ich mir oft, du würdest ein Mann sein. Einem Sohn, der stark und mutig war, hätte ich mich vielleicht anvertrauen können. Er hätte vielleicht mit mir tragen können, was mir allein oft zu schwer war.

Nun aber, da Du erwachsen bist, sehe ich oft mit heimlicher Freude, daß ein starker, tapferer Geist in Dir wohnt, daß Du einen festen Willen hast und einen klaren Blick für alles, was um Dich ist. Es hat mir imponiert, daß Du Dir in der Firma einen so großen Wirkungskreis geschaffen hast und ihn energisch ausfüllst, wie es ein Mann auch nicht gewissenhafter und zielbewußter tun könnte. Und so glaube ich, daß ich es wagen kann, Dir, meiner Tochter, dies Bekenntnis abzulegen, das ich von meiner Seele wälzen muß, wenn ich eines Tages auf eine ruhige Sterbestunde hoffen will.

Ich habe Dir, mein geliebtes Kind, nie gezeigt, wie sehr lieb ich Dich habe. Tief im innersten Herzen habe ich es verschlossen, denn ich fühlte mich nicht wert, mir Deine Liebe durch die meine zu erobern. Du solltes Dein junges Herz nicht zu fest an mich hängen, damit es Dir nicht so sehr weh tun sollte, wenn Du eines Tages erfahren würdest, daß Dein Vater nicht reinen Herzens neben Dir gewandelt ist. Eine schwere Schuld stand zwischen mir und Deiner Mutter, die ich ebenfalls namenlos geliebt habe – sie stand auch zwischen mir und meinem heißgeliebten Kind.

Hüte Dich vor jeder Schuld, mein geliebtes Kind, sorge dafür mit aller Kraft Deines lauteren Wesens, daß Du immer reinen Herzens bleibst. Denn der Übel größtes ist die Schuld. Sie vergiftet jeden Atemzug, jede frohe Minute, jede Stunde des Lebens. Nie kann der Mensch mehr reine Freude empfingen, wenn er schuldig geworden ist, sofern er nicht ganz roh und gewissenlos ist. Und das war ich wahrhaftig nie. Meine Schuld hat mir des Himmels Bläue verschleiert, der Sonne Licht verdunkelt und jeden Bissen vergiftet. Jedes Lächeln wandelt sich nach innen in ungeweinte Tränen, die in die Seele Wunden brannten, die nie heilen und mich martern, Tag und Nacht. Bewahre Dir dein reines Gewissen, mein

Kind, und weise energisch alles von Dir, was Dich in Versuchung führen will. Glücklich – wahrhaft glücklich – kann nur ein Mensch sein, der sich schuldlos weiß.

Und nun vernimm meine Beichte, laß mich ein einziges Mal aussprechen, was mich so freudlos gemacht hat. Solange ich lebte, wagte ich nicht, Dir meine Beichte abzulegen. Ich fürchtete mich vor dem reinen Blick meines Kindes. Wie hätte ich diesen Blick ertragen sollen, wenn Du alles gewußt hättest.

Aber wenn Du diese Zeilen erhältst, werde ich nicht mehr am Leben sein und nicht mehr die Augen vor Dir niederschlagen müssen. Eins gebe ich Dir zu bedenken: Die Erde wird mir erst dann leicht sein, wenn Du verzeihend an meinem Grab gestanden und ein Gebet für mich zum Himmel gesandt hast.

Also, nun höre mich an:

Ich war der Sohn eines kleinen deutschen Beamten und genoß eine überaus strenge Erziehung. Freude gab es nicht in meiner Kindheit – nur ständig Furcht vor Strafe. Das wurde auch nicht anders, als ich den Kinderschuhen entwachsen war und als Lehrling in einem kaufmännischen Betrieb eintrat. Ich kann mich an keinen frohen, sorglosen Tag in meiner Jugendzeit erinnern. Und doch empfand ich eine heiße Sehnsucht nach Lebensfreude, nach Genuß, nach Licht und Sonne. Das waren aber alles Dinge, die für mich unerreichbar waren. Ich führte ein Schattendasein, in dem es nur Pflichten, harte Arbeit und quälende Einsamkeit gab. Die einzige Erholung, wenn man es so nennen darf, waren die sonntäglichen Besuche im Elternhaus. Aber diese Besuche wurden mehr und mehr zu einer stumpfen Qual, hauptsächlich nach dem frühen Tod meiner Mutter. Jeden Sonntag wurde ich von meinem Vater einem peinlichen Verhör unterzogen, ob ich auch im Verlauf der Woche nicht die kleinste Pflicht versäumte, mir nicht den

Schatten einer unerlaubten Freude vergönnt hatte. Je älter ich wurde, desto strenger wurden diese Verhöre. Mein Vater hatte eine grausame Art, alle Lebensfreude, jede frohe Regung in meiner Seele abzutöten, daß ich mehr und mehr von nervöser Furcht vor diesen Sonntagen erfüllt wurde. Doch glaubte mein Vater, diese Erziehungsmethode sei vortrefflich, er war überzeugt, es gut mit mir zu meinen, und ahnte nicht, wie grausam er war.

Ich teile Dir dies alles nur mit, um Dir zu erklären, wie meine geknechtete Seele sich in Sehnsucht nach Freiheit, in einem brennenden Lebenshunger verzehrte. Mehr und mehr wurde die Sehnsucht nach Freude, nach Sonne – nach Genuß.

Als ich meine Lehrzeit beendet hatte und mit einem kleinen Gehalt bei einer Firma angestellt wurde, hätte ich aufjauchzen mögen. Jetzt verdiente ich Geld, bekam es in die Hand – Geld – den Schlüssel zu allen Genüssen, zu allen Lebensfreuden. Aber die Freude an diesem ersten selbstverdienten Geld wurde mir grausam getrübt. Mein Vater verlangte über jeden Pfennig Rechenschaft. Nichts durfte ich ausgeben, um mir eine kleine Freude zu verschaffen. Nur das Nützliche, und Notwendigste wurde nach langem Überlegen unter Aufsicht meines Vaters angeschafft – was übrigblieb, mußte gespart werden. Und noch immer mußte ich jeden Sonntag zu einem peinlichen Verhör nach Hause kommen. Wie oft habe ich mich innerlich dagegen aufgelehnt. Aber Vater hatte eine feste Hand und einen fast magischen Einfluß auf mich. Ich ging jeden Sonntag heim und beichtete und legte Rechenschaft ab über jeden Heller. Zur Belohnung und Erbauung las mir der Vater mit seiner heiseren, knarrenden Stimme Moralpredigten vor. Denn er war sehr fromm – aber ich wagte keinen Widerspruch. Auf diese Weise ist mir jedoch jede Frömmigkeit gründlich ausgetrieben worden.

So verging Jahr um Jahr. Meine Stellung verbesserte sich – aber Vaters Einfluß blieb gleich mächtig – und gleich quälend.

Schließlich erhielt ich, meiner Verläßlichkeit wegen, eine Stellung als Kassierer bei der Firma Dernburg & Sohn in Berlin. Ich jubelte heimlich, als mein Chef mir mitteilte, daß er mich der Firma Dernburg & Sohn, Großhandlung für Möbelstoffe, als besonders gewissenhaft empfohlen habe und daß ich als Kassierer dort angestellt würde, vorausgesetzt, daß ich nach Berlin gehen wollte.

Und ob ich wollte! Fort aus der Nähe des strengen Vaters, losgelöst von den fürchterlichen Sonntagen, frei, um alle Schwingen zu regen. Wie ein Taumel kam es über mich. Eine wahnsinnige Angst packte mich, mein Vater könnte mich daran hindern, nach Berlin zu gehen, und ich wappnete mich die ganze Woche mit Trotz und Widerstand.

Ich brauchte ihn jedoch nicht zu erproben. Mein Vater starb ganz plötzlich am Sonnabend jener Woche.

Er hatte es nicht verstanden, sich meine Liebe zu erringen, ich hatte nur immer Angst vor ihm empfunden. Und als er gestorben war, war mir, als sei ich von einem Alp befreit. Eine furchtbare Fessel fiel von mir ab. Wie ein Trunkener stürzte ich mich in die Freiheit, in die Freude, in das Leben. Und wie ein Strom, der den Damm durchbrochen hat, fessellos dahinschießt und alle Hindernisse, die sich ihm entgegenstellen, hinwegreißt, so stürzte ich mich dem Lebensgenuß entgegen. Berlin war ein Quell der Freude für mich.

Aber dieses neue Leben war teuer – sehr teuer. Schnell hatte ich die wenigen tausend Mark vertan, die ich aus dem schlichten Nachlaß meines Vaters erlöst hatte, schnell auch die kleine Summe, die mein Vater mich zu sparen gezwungen hatte. Und mein Lebensdurst war noch nicht gestillt – er war größer denn je geworden. Ich war wie von Sinnen vor Lebensgier, die, so lange eingedämmt, nun zügellos dahinschoß.

Und mit Entsetzen kam mir dann plötzlich die Einsicht, daß ich weit über meine Verhältnisse lebte. Aber ich konnte nicht mehr entbehren, was mich kurze Zeit so berauscht hatte. Ehe ich mich versah, hatte ich Schulden gemacht. Als ich sie zahlen sollte und nicht konnte, griff ich angstvoll nach einem Mittel, das mich vollends ruinierte. Ich vergriff mich an der mir anvertrauten Geschäftskasse – nur einen kleinen Betrag von tausend Markt entnahm ich, um damit zu spekulieren. Damit hoffte ich, alle Scharten auszuwetzen.

Die Spekulation mißglückte, und ich stand vor der Alternative, mich selbst der Unterschlagung zu bezichtigen und meinem Chef alles einzugestehen oder ein Ende zu machen.

Mein Chef war ein junger Mann, der die alte Firma erst vor kurzer Zeit von seinem Vater übernommen hatte. Er befand sich gerade auf Hochzeitsreise. Am Tag nach seiner Rückkehr kam er erst in den späten Nachmittagsstunden ins Geschäft und trat in das Kassenzimmer, in dem ich allein war.

Mir blieb fast das Herz stehen, denn ich fürchtete eine Revision. Aber statt dessen übergab er mir eine große Geldsumme, mit der Weisung, sie bis zum nächsten Morgen im Geldschrank zu verschließen. Er sagte mir, was ich ohnedies wußte, daß am nächsten Morgen fällige Zahlungen von zweihunderttausend Mark zu leisten seien und das Geld bereitliegen müsse. Mir freundlich zunickend, sagte er, sich zum Gehen wendend, daß er mit mir erst am nächsten Tag abrechnen würde, da er sich noch heute seiner jungen Frau widmen wolle.

Als ich allein war, starrte ich wie hypnotisiert auf die Bündel mit Geldscheinen. Wenn das Geld mir gehörte –

wenn ich damit ein neues Leben beginnen könnte! Reich sein – ohne Schulden – hinaus in die Welt, in eine unbekannte Ferne, wo das Leben lachte und winkte. Wenn ich fliehen würde mit diesem Geld? Konnte ich meine Lage damit verschlimmern, selbst wenn ich abgefaßt wurde? Nein – morgen würde ich ja doch als Dieb entlarvt werden. Aber – wenn ich mit dem Geld floh – noch diesen Abend – dann gab es eine Möglichkeit, allen Fährnissen zu entrinnen. Ich weiß nicht mehr, welche Verlockungen durch meine Seele stürmten, weiß nur, daß ich einen harten Kampf ausfocht – und dann doch unterlag.

Ich wollte mich nicht ins Gefängnis sperren lassen, ohne einen Versuch gemacht zu haben, mich zu retten – mich für immer in ein freies, sorgloses Leben zu retten. Dort lagen zweihunderttausend Mark – das war damals für mich eine ungeheure Summe. Ich steckte sie zu mir, schloß den Geldschrank ab und verließ das Geschäft. Noch am demselben Abend verließ ich Berlin, meine Spur sorgfältig verwischend.

Wie ich es anstellte, ins Ausland zu entkommen und wie ich endlich von Lissabon aus, getarnt als Kohlenarbeiter, auf einem großen portugiesischen Dampfer nach Südamerika entkam, will ich Dir nicht beschreiben. Genug – meine Flucht gelang. Ich reiste dann drüben erst nach Texas, wo ich mich ankaufen wollte. Schon von Texas aus anglisierte ich meinen deutschen Namen, Friedrich Forst, und nannte mich Frederick Forester. Mit Hilfe eines käuflichen Beamten gelang mir das ohne Schwierigkeit. Ich zog von Texas aus, wo es mir nicht gefiel, weiter hoffend, daß meine Spur ganz verlöscht sei, und kam nach Kalifornien.

Es war, als sollte sich mir von nun an alles zum Glück ausschlagen. Obwohl ich wußte, daß ich steckbrieflich gesucht wurde, bin ich nie behelligt worden. Ich ließ mir unterwegs meinen Bart abnehmen und sah dadurch ganz anders aus.

Für das gesamte Geld, was ich besaß – ich hatte plötzlich keine Lust mehr, unsinnige Ausgaben zu machen – kaufte ich mich in Kalifornien ein. Mein Unternehmen wurde vom Glück begünstigt. Alles, was ich anfing, brachte mir großen Gewinn. Und schon nach wenigen Jahren hatte ich mein unrechtes Gut verdoppelt und verdreifacht.

Aber glücklich war ich nicht geworden, obwohl ich, sobald ich die geraubte Summe entbehren konnte, sie mit Zins und Zinseszins an meinen ehemaligen Chef Heinrich Dernburg zurückzahlte. Ich unternahm zu diesem Zweck eine Reise nach Hongkong, um jede Spur zu verwischen, zahlte bei einer dortigen Bank die Summe ein, unter meinem deutschen Namen, mit meinen deutschen Papieren, auf die Firma Dernburg & Sohn und schrieb zugleich an Heinrich Dernburg, er möge mir verzeihen, daß ich mir das Geld zwangsweise geliehen hätte.

Dann reiste ich nach Kalifornien zurück, wo niemand eine Ahnung hatte, was inzwischen geschehen war.

Auch das glückte, ohne daß ich entdeckt worden war. Mein Herz war nun etwas leichter, da ich das geraubte Geld zurückgezahlt hatte und meine Schuld, soweit möglich, ohne mich zu verraten, gutgemacht hatte.

Ich widmete mich nun mit großem Fleiß meinen Geschäften und gönnte mir nun auch wieder vernünftige Freuden und Zerstreuungen.

Und dann lernte ich deine Mutter kennen und lieben – und wagte es, um dieses reine Geschöpf zu werben.

Ihre Liebe hat einen heilsamen, veredelnden Einfluß auf mich ausgeübt. Die Liebe zu ihr und meine Reue haben mich davon zurückgehalten, daß mein Lebenshunger weiter böse Früchte zeitigte. Ich fand mich selbst wieder und habe all die Jahre versucht, mein Unrecht durch manche gute Tag wettzumachen.

Aber als Deine gute Mutter langsam dahinsiechte und mich oft mit ihren schönen, lieben Augen wie forschend ansah, als Du aufwuchsest und nie so recht ein Herz zu mir fassen konntest, sagte ich mir: Jetzt kommt die Vergeltung. Die Reue fraß an mir – und die Angst, daß ich an Euch gestraft werden könnte. Ich wurde finster und wortkarg, obwohl ich fühlte, daß ich mich Euch dadurch entfremdete. Ich wollte mich selbst damit strafen, daß ich in Dir keine rechte Liebe zu mir aufkommen ließ. Denn immer sagte ich mir: Einmal muß dein Kind erfahren, was du getan hast, und dann wird es leichter daran tragen, wenn es dich nicht liebt.

So sah ich meine gerechte Strafe dahin, daß ich Euch immer fremder werden mußte. Ich ging als ein friedloser Mann mit meiner schuldbeladenen Seele neben Euch her und verzehrte mich doch in Sehnsucht nach Eurer Liebe.

Und so fand ich nie mehr das Herz, mich Euch heiter und unbefangen zu nähern, dadurch selbst eine Scheidewand zwischen Euch und mir aufrichtend. Meine Liebe zu Euch suchte ich damit genug zu tun, daß ich Euch jeden Wunsch an den Augen ablas und Dich frei und ungezwungen aufwachsen ließ.

Wie sehnsüchtig dachte ich daran, Euch in meine Arme schließen zu dürfen, Euch meine Schuld zu gestehen und von Euch die Absolution zu erhalten. Mir war, als würde ich freier atmen können, wenn ich einem Menschen meine Schuld gebeichtet hätte.

Mit Freuden ergriff ich 1906, nach dem furchtbaren Erdbeben, die Gelegenheit, Gutes zu tun und zu sühnen. Du weißt, ich gewährte einer Unzahl Obdachloser auf meiner Hazienda Unterkunft und Verpflegung, versorgte sie mit Kleidern und stellte mein ganzes Vermögen in den Dienst des Wiederaufbaus der zerstörten Stadt.

Aber es war, als wollte das Schicksal keine Sühne von mir annehmen. Als ich zum Beispiel damals von Hongkong zurückreiste, wo ich die geraubte Summe angewiesen hatte, machte ich die Bekanntschaft eines Mannes, mit dem ich nachher so glänzende Geschäfte machte, daß ich in kurzer Zeit die eingezahlte Summe wieder auf mein Gewinnkonto buchen konnte. Und als ich mein ganzes Vermögen zum Neuaufbau von Frisko hergab, verdoppelte ich, ohne es zu wollen, mein Vermögen, verdreifachte und vervierfachte es. Alles, was ich anfaßte, wurde zu Geld. Wenn ich Opfer bringen wollte, um gutzumachen, schlugen sie mir unversehens zum eigenen Nutzen aus.

Da hat mich oft das Grauen vor mir selbst gepackt. Und wenn die Menschen mich rühmten als einen großherzigen, hilfsbereiten Mann, hätte ich ihnen ins Gesicht schreien mögen: Ich bin ein schuldbeladener Mann, und ihr würdet mich verachten, wüßtet ihr, was ich getan habe.

Am meisten aber fürchtete ich mich vor Deinen reinen Augen, mein geliebtes Kind, deren Reinheit doch wieder mein ganzes Entzücken war. Wenn Du mich zuweilen groß und forschend ansahst, als wolltest Du ergründen, weshalb ich so gar nichts von einem liebevoll zärtlichen Vater hatte, hätte ich mich verbergen mögen vor Deinem Blick. Ich wagte nicht, was ich oft so heiß ersehnte – Dich in meine Arme zu schließen, Dich zu liebkosen und Dir zu sagen, wie lieb Du meiner Seele warst. Denn ich sagte mir immer wieder: Wüßte sie um deine Schuld, so würde sie sich voll Grauen von dir abwenden.

Auch Deiner lieben Mutter hatte ich mich mehr und mehr entfremdet – aber sie liebte mich trotz alledem und blieb sich immer gleich – bis zu ihrem Tod. In ihrer Sterbestunde, als ich mit ihr allein war, sagte sie in ihrer lieben, sanften Art zu mir:

»Ich sehe es dir an, mein lieber Mann, die Angst um mich preßt dir die Brust zusammen. Und ich will dir einmal sagen, daß du mich niemals täuschen konntest mit deinem fremden, wortkargen Wesen. Irgend etwas lastet auf dir, was dich zur Härte gegen dich selbst zwingt. Ich will es nicht wissen, da du es mir nicht freiwillig sagtest, aber du sollst wissen, daß ich dich bis in den Tod liebe, gleichviel, was deine Seele bedrückt, und daß ich nie an deiner Liebe zu mir und unserem Kind gezweifelt habe. Wenn ich jetzt sterben sollte, so sollen diese Worte ein Trost für dich sein. Wahre Liebe versteht und verzeiht alles – auch das Unausgesprochene.«

Nach diesen ihren lieben, gütigen Worten kniete ich mich an ihrem Lager nieder. Jetzt hätte ich ihr alles beichten können. Aber ihre Sterbestunde wollte ich nicht entweihen. Ich barg mein Gesicht in ihrem Kissen und küßte inbrünstig ihre Hand. Sie streichelte stumm mein Haar – und nie waren wir uns näher als in jener Abschiedsstunde. Gleich darauf verlor sie das Bewußtsein, und als Du nach wenigen Minuten in das Zimmer tratest, kamst Du gerade zurecht, um Deiner Mutter letzten Blick aufzufangen, ihren letzten Seufzer zu hören.

Sie war von uns gegangen – mit einem gütigen, verzeihenden Verständnis für mich, mit ihrer ganzen ungeteilten Liebe für uns beide. Ihre Verzeihung hatte sie mir gewährt, ohne zu wissen, und diese Verzeihung hätte vielleicht die Last von meinem Herzen nehmen können, wenn ich mir nicht gesagt hätte: Sie starb, damit Du gestraft wurdest – das ist die Vergeltung.

Und nur noch drückender wurde die Last auf meinem Gewissen.

Wenn ich Dich ansah, wenn Du stolz und aufrecht in Deiner Reinheit und Redlichkeit vor mit standest, dann freute ich mich Deiner Kraft und sagte mir: Sie ist stark und mutig. Deinem Kind wirst du einst alles sagen können, wirst ihm sein ganzes, qualzerrissenes Innere offenbaren, und wenn dir dann dein Kind verzeiht, dann bist du entsühnt. Aber solange ich lebe, werde ich die Kraft dazu nicht aufbringen können. Vor deinen stolzen reinen Augen wird es nicht über meine Lippen kommen, daß ich ein Dieb war.

Aber es ist mir schon eine Erleichterung, daß ich das alles für Dich niederschreiben darf. Mir ist, als sähest du mir dabei über die Schulter und als streichle Deine Hand verzeihend über mein Haar, so, wie es Deine liebe Mutter in ihrer Sterbestunde tat. Und ich bilde mir ein, Deine Stimme zu hören, die zu mir spricht: ›mein armer Vater – ich verzeihe Dir.‹

Wirst Du das sagen, wenn Du meine Beichte gelesen hast? Oh, mein liebes Kind, wenn Du es noch so leise flüsterst, es wird zu mir dringen in die Unendlichkeit, und ich werde mich befreit in meinem letzten Schlaf strecken und endlich, endlich Frieden finden für meine Seele.

Und nun will ich meine Beichte abschließen. Zuweilen ist mir, als hätte ich nicht mehr lange zu leben, obwohl ich mich durchaus nicht krank fühle. Dann sollst Du diese Beichte finden. Laß mich Dir noch sagen, daß ich mich innig an Deiner tapferen stolzen Art erfreut habe. Laß Dich nicht niederdrücken durch das Bewußtsein, daß dein Vater ein Schuldiger war. Du selbst bist rein und schuldlos, und Gott möge geben, daß es immer so bleibt. Nütze das Erbe, daß ich Dir hinterlasse, um Gutes zu tun und Segen zu stiften. Mit jeder guten Tat machst Du die Schuld Deines Vaters geringer. Nur insoweit sollst Du daran partizipieren, als ich Dir aufgebe, Deinen Reichtum zu nützen, um Gutes zu tun.

Und laß Dir nochmals sagen: Hüte Dich vor der

Schuld, die der Übel größtes ist. Der Güter größtes ist ein gutes Gewissen und ein schuldloses Gemüt.

Gott mit Dir auf allen Wegen, mein geliebtes Kind. Verzeihe mir!

Dein treuer Vater«

Gladys hatte wieder und wieder die Tränen trocknen müssen, die ihr bei dieser Beichte ihres Vaters aus den Augen stürzten. Als sie nun zu Ende gelesen hatte, schluchzte sie auf und barg das Gesicht in den Händen.

Obwohl sie dieses Bekenntnis ihres Vaters sehr erschütterte, hatte sie doch das Gefühl, als sei eine trennende Mauer zwischen ihr und seinem Andenken gefallen, als sei er ihr nie näher gewesen als jetzt. Sein ganzes Wesen war ihr nun verständlich geworden. Sie wußte, daß nicht Gleichgültigkeit oder Kälte zwischen ihr und dem Vater gestanden hatte, sondern Reue über ein Vergehen, das er längst gebüßt und gutgemacht hatte.

Sie streichelte über die beschriebenen Blätter und sah vor sich hin, als sähe sie den Vater vor sich stehen. »Mein armer, armer Vater – ich verzeihe dir, wenn ich dir etwas zu verzeihen habe. Laß dir die Erde leicht sein. Ich will dich nicht weniger lieben, weil du einmal gefehlt hast – nein, viel lieber bist du mir geworden, seit ich weiß, was zwischen dir und mir stand. Hättest du mir doch alles anvertraut, als du noch am Leben warst, damit ich dir hätte sagen können, daß du in meinen Augen längst entsühnt bist.«

So sagte sie leise vor sich hin.

Und dann richtete sie sich mit einem tiefen Atemzug auf.

Nein – der Vater sollte sich nicht in ihr getäuscht haben, sie wollte stark und tapfer sein. Noch einmal las sie die Beichte des Vaters durch, sich Wort für Wort fest einprägend. Sie konnte sich nicht entschließen, diese

Blätter zu verbrennen, die ihr zwar Kunde von einer Verfehlung des Vaters gebracht hatte, zugleich aber auch die Gewißheit, daß der Vater sie innig und herzlich geliebt hatte. Fremde Augen durften freilich nicht auf diese Zeilen blicken. Niemand außer ihr selbst sollte um seine Schuld wissen. Da er das geraubte Geld zurückgezahlt hatte, ging das nur noch sie und den Vater an.

Sie tat die beschriebenen Blätter sorgfältig wieder in die kleinen Ledertaschen und verschloß sie im Safe. Da lagen sie sicher, denn außer ihr kannte niemand das Geheimnis dieses Schreibtisches. Sooft sie wollte, konnte sie in diesen Blättern lesen, wie lieb der Vater sie gehabt hatte.

Aufatmend stellte sie die Ordnung in dem Schreibtisch wieder her. Dann ließ sie das Auto vorfahren, um auf dem Friedhof ein stilles Gebet am Grab ihres Vaters zu verrichten.

Anschließend fuhr sie zum Geschäftshaus der Firma Garring & Cie. und schickte den Wagen nach Hause.

Dick Garring saß in seinem Büro und arbeitete an einer Berechnung. Er sah erfreut auf, als Gladys eintrat, sprang auf und reichte ihr mit festem Druck die Hand.

»Wie geht es dir, Gladys?«

»Danke – gut! Und ich will nun wieder Arbeit haben, Dick, sehr viel Arbeit. Deinen Vater habe ich schon begrüßt. Er lobt meinen Entschluß, mich nun wieder den Geschäften zu widmen.«

»Du bist ein braves Mädchen – ich freue mich, daß du dich wieder gefangen hast. So lange habe ich dich nicht mehr gesehen.«

»Ja Dick, ich war doch ein wenig aus dem Gleichgewicht geraten durch den plötzlichen Tod meines Vaters. Auch hatte ich daheim und mit den Behörden allerlei zu regeln wegen der Erbschaft. Heute habe ich das Letzte getan – Vaters Schreibtisch in Ordnung gebracht – aber eigentlich nur durchgesehen. Es war alles in tadelloser Ordnung.«

»Das kann ich mir denken, dein Vater war immer ein exzellenter Kaufmann und von einer peniblen Genauigkeit«

»Und wie geht es Dir, Dick?«

»Oh – nicht schlecht! Nur du hast mir sehr gefehlt, und da du dich in den letzten Wochen wenig um mich gekümmert hast, ist meine Erziehung etwas vernachlässigt worden. Du kannst dich freuen!«

Gladys lächelte. »Es ist sehr lobenswert, Dick, daß du dich nach meinem erzieherischen Talent sehnst.«

»Yes! Deine Pelzwäschen sind wenigstens schmerzlos und von erfrischender Wirkung. Du kannst dir gar nicht denken, wie sehr ich sie entbehrt habe und wie verzweifelt ich war, daß ich dich so selten zu sehen bekam. Ich habe geschwankt, ob ich mich aufhängen oder verheiraten sollte, um meiner Verzweiflung zu entgehen.«

»Einen dritten Ausweg fandest du nicht?«

»Nein!«

»Und wohin tendiertest du am meisten, mein lieber Dick?«

»Ich fand das Aufhängen vergnüglicher.«

Sie mußte über sein drolliges Gesicht lachen. »Ach, Dick, in deiner Gegenwart kann man nicht ernst bleiben.«

»Well! Sollst du auch nicht, Darling, du sollst heiter und froh sein. Sieh mal, alle Trauer kann deinen Vater nicht wieder lebendig machen – also ist sie zwecklos. Deine Heiterkeit aber erfüllt meine Seele mit Frohsinn – also ist sie nicht zwecklos.«

»Ich will so heiter sein, wie ich kann, old fellow. Und nun – was gibt es für mich zu tun?«

»Allerlei! Wir haben auch Ärger im Betrieb.«

Sie sah in fragend an. »Weswegen?«
Dick setzte sich auf die Kante seines Schreibtisches und klopfte mit einem Lineal auf sein Knie.
»Mister Brighton, unser tüchtigster Architekt, will im Sommer seine Stelle bei uns aufgeben. Er hat die Absicht, nach Kanada zu gehen und sich in Montreal mit seinem Bruder zusammenzutun. Man kann ihn natürlich unter diesen Umständen nicht halten, und er würde sich auch nicht halten lassen. Jeder ist sich selbst der Nächste, und er hofft, in Kanada groß ins Geschäft zu kommen.«
»Wird er auch, er ist sehr tüchtig und begabt. Aber für uns ist das natürlich sehr ärgerlich. Woher nehmen wir Ersatz für ihn?«
»Das wird schwierig sein.«
»Aber Ersatz müssen wir haben.«
»Unbedingt, es ist niemand zu entbehren bei der Fülle von Aufträgen.«
»Es gibt aber wenig gute Architekten in Kalifornien.«
»All right! Ich habe mit Papa darüber beraten, und wir sind auf einen guten Einfall gekommen.«
»Nun?«
»Wir wollen einen deutschen Architekten einstellen. Drüben ist sicher jetzt leicht eine tüchtige Kraft zu finden.«
Gladys nickte lebhaft. »Ein guter Gedanke.«
»Ein sehr guter. Und ich wollte dich fragen, ob es dabei bleibt, daß du mit mir nach Deutschland reist?«
Gladys überlegte eine Weile. Dann sah sie Dick entschlossen an. »Es bleibt dabei – es wird mir sehr gut tun und mich ablenken.«
»Das meine ich auch. Und wir bekommen den Auftrag, neben anderen Geschäften einen neuen Architekten für Garring & Cie ausfindig zu machen und, wenn es irgend geht, gleich mit herüberzubringen«, sagte Dick, sich erhebend.

Gladys nickte. »Ein sehr gescheiter Einfall!«

»Selbstverständlich – da ich darauf gekommen bin«, sagte Dick, die Hände in den Taschen und auf seinen Beinen hin und her wippend.

Gladys sah in strafend an. »Dick, du bist nicht gerade bescheiden.«

»Nein, wozu auch? Nur Lumpen sind bescheiden.«

»Und außerdem hast du die Hände wieder in den Taschen, Dick.«

Er nahm sie lachend heraus. »Ach – siehst du nun, wie verwahrlost meine Erziehung ist. Übrigens, was ich sagen wollte, in sechs Wochen müssen wir aufbrechen, du wirst also langsam Vorbereitungen treffen müssen.«

»Damit habe ich nicht viel zu tun. Miß Clara besorgt es schon in jeder freien Minute. Sie hat plötzlich Heimweh bekommen und kann die Zeit nicht erwarten, bis sie wieder in Deutschland ist.«

»Dieses Heimweh wird sich schnell verlieren, wenn sie wieder in Deutschland ist.«

»Wer weiß.«

»Bist du besorgt, sie könnte nicht mehr wieder mit nach Frisko zurückkehren wollen?«

»Nein. Die treue Seele hängt noch viel mehr an mir als an ihrer Heimat. Aber ich gönne es ihr, daß sie diese Heimat wiedersieht. Ich hätte schon ihretwegen nicht auf die Reise verzichten dürfen.«

»Dachtest du daran?«

»Nein, nein – ich freue mich sehr, Deutschland kennenzulernen.«

»Du wirst enttäuscht sein, weil du dieses Land in deinen Vorstellungen überbewertest.«

»Warten wir es ab, Dick.«

Sie besprachen nun geschäftliche Dinge, und dann gingen sie beide an die Arbeit. Sie waren so in ihre Aufgaben vertieft, daß Stillschweigen zwischen ihnen herrschte, das nur manchmal durch geschäftliche Bemerkungen kurz unterbrochen wurde.

Als sie einige Stunden später die Firma verließ, begleitete sie Dick. Sie schlenderten langsam durch die Straßen und den Golden Gade Park, bis sie Gladys Haus erreichten. »Du könntest heute mit Miß Clara und mir essen, Dick, wenn du nichts anderes vorhast. Wir könnten ein wenig über unsere Reise plaudern«, sagte Gladys, als Dick sich verabschieden wollte.

»Well! Wenn ich in diesem Anzug willkommen bin.«

»Keine Umstände, Dick – ich bleibe zu deiner Beruhigung auch, wie ich bin.«

»All right! Ich will dann nur Mama telefonisch Bescheid sagen, daß ich nicht nach Hause komme.«

»Das kannst du gerne tun.«

Sie betraten die Halle. Miß Clara kam ihnen entgegen.

»Ich bringe einen Gast mit, Miß Clara, der uns ein wenig aufheitern soll.«

»Sie haben hoffentlich nichts dagegen, verehrte Miß«, fragte Dick, »daß ich Ihnen so unangemeldet in die Suppenschüssel falle?«

Miß Clara lächelte. »Im Gegenteil, Mister Garring, ich bin sehr froh, daß Sie das tun. Gladys braucht dringend Aufheiterung.«

»Sie auch, Miß Clara. Ihnen ist der Tod meines lieben Vaters auch sehr nahegegangen.«

»Das weiß Gott, Miß Gladys – er war mein Wohltäter. Sein Andenken wird mir stets heilig sein.«

Gladys drückte ihr die Hand. »Es tut mir gut, daß Sie so von meinem Vater sprechen.«

Dick war inzwischen zum Telefon gegangen und rief seine Mutter an, um ihr mitzuteilen, daß er heute bei Gladys speisen werde.

Dann ging man zu Tisch.

V

Hans Dernburg hatte noch immer keine feste Stellung gefunden, aber er hatte von verschiedenen Firmen Aufträge bekommen, und damit mußte er zufrieden sein. Er verdiente vielleicht so nicht viel, aber immerhin genug, um das Nötigste zu beschaffen. Nur war das Ungewisse seiner Lage quälend für ihn. Und immer wieder mußte er demütigende Bittgänge um Aufträge machen. Jedesmal, wenn er eine Arbeit ablieferte, fragte er sich unruhig: Wirst du einen neuen Auftrag bekommen? Auch war es sehr schwierig für ihn, in dem kleinen Wohnzimmerchen zu arbeiten.

Er fühlte die Kraft in sich, Bedeutendes in seinem Beruf zu leisten. Der Wunsch, vor große Aufgaben gestellt zu werden, wurde immer größer.

Rose Marie tröstete ihn nach Kräften in ihrer lieben tapferen Art.

Eines Tages sagte sie zu ihm:

»Nur nicht verzagen, Hans! Denke doch, wie gut es gelaufen ist in so kurzer Zeit. Wir verdienen jetzt Geld genug, um pünktlich unsere Miete zahlen, um Kohlen und Lebensmittel kaufen zu können. Sogar einen bescheidenen Notpfennig haben wir zurückgelegt.«

Er sah sie seufzend an.

»Aber wir dürfen nicht daran denken, daß unsere Kleider sich allmählich abtragen.«

»Ach, lieber Hans, vorläufig haben wir gottlob noch beide genug, um leidlich anständig auftreten zu können. Zum Glück hast du eine gute Ausstaffierung aus der Vorkriegszeit. Herrenmoden wechseln nicht so schnell. Ich freue mich immer, wie vornehm du aussiehst.«

»Aber du, Rose Marie, du trägst nun schon so lange deine armseligen Kleider, von denen längst keines mehr Anspruch auf Eleganz und Neuheit erheben kann, wenn du auch durch deine Persönlichkeit auch darin immer noch vornehm wirkst. Das Herz dreht sich mir um, daß ich dir keine besseren Kleider beschaffen kann.«

»Gottlob ist heutzutage die Modefrage unwichtig geworden. Wenn gutes und elegantes Aussehen von den Kleidern allein abhängig wäre, wie wundervoll müßte dann die Frau des reichgewordenen Seifenfabrikanten in ihren Prachtkleidern aussehen, die sicher alle wahnsinnig teuer sind.«

Sie strich über ihr schlichtes Kleid, das ihre jugendschöne schlanke Gestalt umhüllte. Und sie sah wirklich auch in diesem einfachen Kleid sehr damenhaft und vornehm aus, und jedenfalls wunderschön mit ihrem zarten, frischen Teint und dem reichen, kastanienbraunen Haar. Ihre großen grauen Augen leuchteten so hell und froh aus ihrem feingeschnittenen Gesicht und verklärten es zu holder Lieblichkeit. Hans sah mit zärtlichem Stolz auf seine Schwester.

»Das Sprichwort ›Kleider machen Leute‹ hinkt, Rose Marie. Es müßte heißen: Leute machen Kleider.«

Sie nickte.

»Das kann man jetzt sehr oft beobachten, wenn man die Neureichen in Glanz und Pracht einherspazieren oder in ihren kostbaren Autos vorüberfahren sieht. Sie haben zum Glück keine Ahnung, daß sie in diesen Prachtgewändern aussehen wie ihre eigenen Dienstboten, die die Kleider ihrer Herrschaft angelegt haben.«

Hans lachte grimmig auf.

»Die Herren Kriegs- und Revolutionsgewinnler mit ihren Damen! Gott bewahre mich vor dieser edlen Menschensorte. Dafür hat man jahrelang seine Haut zu Markte getragen und sich fast zum Krüppel schießen lassen – damit sich jetzt so etwas breit macht, das, weit vom Schuß, sich am Elend des Volkes bereicherte.«

Sie legte die Hand auf seinen Arm.

»Nicht so bitter, Hans! Gottlob – du bist gesund, und ich auch. Wir können arbeiten.«

»Wenn man uns nur genügend Arbeit geben wollte.«

»Kommt Zeit, kommt Rat, wenn es erst soweit ist, daß wir Kleider brauchen, dann wirst du bestimmt eine gute Anstellung haben, in der du zeigen kannst, was in dir steckt und die dich befriedigt. Ich aber werde von Dr. Stahringer einige größere Übersetzungen bekommen, weil ich die letzten sehr zu seiner Zufriedenheit ausgeführt habe. Er wartet nur noch aufden Abschluß einiger Konferenzen. Ich bin überhaupt nicht bange, wir halten schon durch.«

»Lieber kleiner tapferer Kerl«, sagte Hans gerührt, »ich werde mich nicht von dir beschämen lassen dürfen.«

Inzwischen waren der Winter und der Frühling vergangen, und die Menschen sahen etwas hoffnungsvoller dem Sommer entgegen.

Es war an einem warmen, sonnigen Junitag, als Hans Dernburg verschiedene Skizzen in seiner Ledermappe tragend, nach dem Westen Berlins fuhr. Dort wollte er die bestellten Skizzen abliefern.

Als er in der Nähe des Zoologischen Gartens an einem vornehmen Hotel vorüberging, sah er, wie vor diesem ein Auto hielt, dem drei Personen, ein junger, blonder, sehr amerikanisch aussehender Herr und zwei Damen, eine ältere und eine jüngere, entstiegen.

Auf dem Gesicht der jüngeren Dame verweilte Hans Dernburgs Blick eine Weile. Er mußte stehen bleiben, um sie an sich vorüberzulassen, als sie vom Auto zum Eingang des Hotels ging.

Unwillkürlich sah die junge Dame auf Hans Dernburg und errötete unwillkürlich, als sie seinen bewundernden Blick auf sich ruhen fühlte. Einen Augenblick verwirrte sie seine vornehme Erscheinung.

Hans Dernburg blieb wie gebannt stehen, bis sie im Hoteleingang verschwunden war. Wie verzaubert sah er ihr nach. Nie hatte ein weibliches Wesen einen solchen Eindruck auf ihn gemacht, nie war er bisher .einem solchen Zauber erlegen, der blitzartig sein ganzes Sein durchdrang. Das Herz schlug ihm bis zum Hals. Er hätte der jungen Fremden folgen, sie bei der Hand nehmen und fragen mögen: Wer bist Du? Warum siehst du mich so an? Bist du demselben Zauber verfallen wie ich?

Er war ganz bestimmt kein Frauenheld, war es nie gewesen, und jetzt, wo er im schwersten Lebenskampf stand, war ihm vollends der Sinn für galante Abenteuer abhanden gekommen. Er sagte sich auch, daß er die schöne Fremde, die anscheinend eine Ausländerin war, nie wiedersehen würde. Aber dieser Gedanke war begleitet von einem schmerzhaften Empfinden, und er wußte, daß er nun immer an sie denken müsse.

Es half nichts, daß er den Kopf zurückwarf und sich selbst Vorwürfe machte, weil er sich in fruchtlosen Träumen verlor. Er kam nicht mehr davon los.

Wie benommen setzte er seinen Weg fort und lieferte seine Skizzen ab, in demselben Geschäft für Innenarchitektur, in dem er damals die ersten Skizzen verkauft hatte.

Er sprach auch heute mit seinem ehemaligen Kriegskameraden einige Worte. Dieser erkundigte sich, ob er etwa schon die gewünschte Stellung gefunden habe. Hans gab ihm bereitwillig Auskunft, aber er war zerstreut. Seine Gedanken streiften um die schöne Fremde.

Als er das Geschäft verließ, ging er denselben Weg zurück. Aber er hielt sich auf der anderen Seite der Straße und als er in die Nähe des Hotels gekommen war, verlangsamte er den Schritt, und seine Augen suchten unwillkürlich die Fassade des Hotels ab. Von Fenster zu Fenster flog sein Blick in unruhiger Sehnsucht. Gar zu gern hätte er noch einmal in das schöne, leuchtende Gesicht der jungen Fremden geblickt.

Und – seine Sehnsucht sollte gestillt werden. An einem Fenster der ersten Etage erschien ein goldbrauner Mädchenkopf – ohne Hut jetzt –, aber unverkennbar seine schöne Unbekannte. Sein Herz blieb fast stehen. Und jetzt sah auch sie ihn. Sie zuckte erst zurück, trat dann aber, sich fassend, wie unbeteiligt wieder ans Fenster. Und nun trafen die Blicke der beiden jungen Menschen wieder groß und voll ineinander – wie forschend – wie fragend – und jedenfalls in heimlicher Erregung.

Nur zögernd vermochte Hans Dernburg sich loszureißen, die Trennung von dem reizenden Anblick der Unbekannten fast wie einen körperlichen Schmerz empfindend und wie auf der Flucht vor sich selbst.

Als er nach Hause kam – er wußte nicht, wie er den Weg zurückgelegt hatte, sah ihn Rose Marie verwundert an, weil er so zerstreut war und ihr ganz falsche Antworten gab auf ihre Fragen.

»Was ist mit dir, Hans – hast du Ärger gehabt? Du erscheinst mir so seltsam?« fragte sie.

Da raffte er sich auf und lächelte.

»Nein, nein, Rose Marie – ich habe nur etwas Wunderschönes gesehen. Aber bitte – frag mich nicht danach.«

Die Fremde, die einen so unauslöschlichen Eindruck auf Hans Dernburg gemacht hatte, war Gladys Forester. Sie war gerade erst mitDick Garring und Miß Clara in Berlin angekommen, als sie Hans Dernburg begegnet war.

Der Eindruck, den sie von seiner männlichen Erscheinung empfangen hatte, war nicht minder stark und nachhaltig als der, den sie auf ihn gemacht hatte. Und als sie eben diesen jungen Mann nach einer Weile abermals an dem Hotel vorübergehen sah, den Blick sehnsuchtsvoll zu ihr erhebend, pochte ihr das Herz so rebellisch wie noch nie zuvor beim Anblick eines Mannes. Unwillkürlich preßte sie die Hände auf die Brust und sagte in seltsamer Erregung zu sich selbst: »Vielleicht hätte dieser Mann mein Lebensglück werden können. Mir war, als hätte ich zu ihm hinuntergehen und ihm die Hand reichen sollen. Und sollte ich nie ein Glück finden, wie ich es mir erträume, dann werde ich immer glauben, dieser Mann hätte es mir geben können, hätte ich ihn kennengelernt, denn gleichgültig ist er ebenfalls nicht an mir vorübergegangen.«

Sie seufzte tief. Wie schwer war es doch, das Glück festzuhalten.

Es wohnten viele Ausländer in diesem vornehmen und sehr teuren Hotel, denn die Deutschen konnten sich solche Phantasiepreise nicht leisten. Höchstens sah man hie und da einen Neureichen unter den Ausländern. Der brachte diesen meistens eine schlechte Meinung über die Deutschen bei.

Als Dick Garring eine halbe Stunde später mit den beiden Damen in den Speisesaal trat, wandten sich die Augen aller Anwesenden neugierig nach ihnen um. Die schöne Kalifornierin in dem zwar schlichten, aber doch sehr kostbaren schwarzen Kleid erregte Aufsehen. Bewundernde Blicke flogen zu ihr hinüber und Dick stellte das mit stolzer Genugtuung fest.

»Sie nur, Darling, wie man mich wieder um dich beneidet. Man hält dich natürlich für meine Frau oder Braut. Du siehst aber auch geradezu blendend aus heute abend. Ist es vielleicht die deutsche Luft, die dir so zuträglich ist? Sagen Sie selbst, Miß Clara, sieht Miß Gladys nicht entzückend aus?«

Miß Clara nickte lächelnd. »Das will ich meinen. Schon während der Überfahrt auf dem Dampfer hat sie allen Männern das Herz schwer gemacht. Und wo sie hinkommt, wird sie ihnen die Köpfe verdrehen.«

»Well! Das stimmt. Es ist jammerschade, Darling, daß du nicht meine Frau werden kannst, weil ich dich als Kamerad so notwendig brauche. Eine Frau, wie du eine bist, finde ich doch auf der ganzen Welt nicht.«

»Abwarten Dick! Du hast dich doch schon auf dem Dampfer zweimal recht heftig verliebt. Das ist für eine so kurze Zeit doch recht beachtlich.«

»Das waren doch nur zwei harmlose Flirts. Wenn es nicht tiefer geht, ist die Sache aussichtslos.«

»Du hast noch viel Zeit, Dick. Wie alt bist du jetzt?«

»Du weißt doch – achtundzwanzig. Es wird Zeit, daß ich mein Herz verliere.«

»Sie haben noch nichts versäumt, Mister Garring!« warf Miß Clara lachend ein.

»Meinen Sie? Wie alt waren Sie, als Sie Ihr Herz verloren haben, Miß Clara?«

»Woraus schließen Sie, daß ich es überhaupt je verloren habe?«

»Daraus, daß Sie mir einen Korb gegeben haben, als ich Ihnen während der Überfahrt einen Heiratsantrag machte.«

Miß Clara lachte. »Oh, da waren Sie so seekrank, Mister Garring, daß ich Ihren Antrag nicht ernst nehmen konnte, sondern nur für einen Ausfluß Ihrer Lebensmüdigkeit hielt.«

Sie lachten alle drei.

»Dick, du warst wirklich in einer jämmerlichen Verfassung.«

»Wenn man todkrank ist – kein Wunder«, verteidigte er sich.

»Aber Heiratsanträge darfst du in einer solchen Verfassung nicht machen, sonst wirst du jedesmal einen Korb bekommen.«

Jetzt unterbrach der Kellner die Unterhaltung, der einen neuen Gang servierte. In bester Stimmung nahmen die drei ihr Essen ein und plauderten dabei munter und angeregt. Aber Gladys Gedanken schweiften zuweilen ab. Und als sie Dick einmal eine total verkehrte Antwort auf eine Frage gab, setzte er das Glas, aus dem er eben trinken wollte, wieder ab und sah sie forschend an.

»Darling, du scheinst sehr zerstreut zu sein. Woran denkst du eigentlich? Du siehst so seltsam verträumt vor dich hin?«

Sie raffte sich auf.

»Laß mich nur, Dick, ich atme deutsche Luft und berausche mich an ihr.«

»Well – berausche dich! Miß Clara wird sich auch berauschen, und damit ich nicht allein nüchtern bleibe, will ich noch ein Glas deutschen Wein auf das Wohl meiner liebenswürdigen Begleiterinnen trinken.«

»Und eines auf das Wohl der Heimat, Dick – da trinken wir mit, Miß Clara und ich.«

»Hm! Wenn du dich schon an deutscher Luft berauschst, wie soll es dir da mit deutschem Wein ergehen?«

»Fülle die Gläser, Dick. Und laß uns anstoßen auf das Wohl unserer gemeinsamen Heimat.«

Sie ließen leise und diskret die Gläser aneinanderklingen, und Miß Clara leerte das ihre in einem Zug.

Dick sah es belustigt.

»Hallo, Miß Clara! Wenn das nur gutgeht«, neckte er.

Sie atmete tief auf. »Wer es ehrlich meint, trinkt aus«, sagte sie tapfer.

Da leerten auch Dick und Gladys die Gläser. –

In den nächsten Tagen besichtigte Dick mit den beiden Damen Berlin und Umgebung. Sie fuhren auch nach Potsdam hinaus und sahen sich Sanssouci an. Gladys fand Potsdam und Sanssouci romantisch. So etwas Verträumtes, Traditionelles und nach verflossenen Jahrhunderten Duftendes gab es drüben allerdings nicht. Miß Clara machte hier die Führerin und erzählte mit leuchtenden Augen preußische Geschichten. Dick warf seine mutwilligen Bemerkungen dazwischen, fand Sanssouci aber auch reizend und zeichnete sich einige Ornamente in sein kleines Skizzenbuch, das er immer bei sich trug.

Nachdem Berlin und Umgebung besichtigt waren, wurden Ausflüge in den Harz und nach Thüringen gemacht. Dann ging es nach München und in die bayerischen Berge und über Tirol wieder nach Berlin zurück mit verschiedenen Zwischenstationen in sehenswerten Städten. Das ging alles im amerikanischen Tempo vor sich, denn die beiden jungen Leute wollten ihre Zeit gut nutzen und später noch etwas mehr vom übrigen Europa sehen.

Jetzt kehrten sie erst einmal nach Berlin zurück, um verschiedene Geschäfte zu erledigen, und vor allen Dingen, um einen Architekten auszusuchen.

Dick hatte ein Inserat aufgegeben und wartete nun auf Offerten. Inzwischen erledigte er seine Geschäfte.

Die Firma Garring & Cie. hatte gleich nach dem Krieg wieder Geschäftsverbindungen mit Deutschland angeknüpft. Sie benötigte zum Ausbau ihrer Gebäude allerlei, was man nur in Deutschland kaufen konnte, denn sie erstellte nicht nur die Rohbauten in San Franzisko und Umgebung, sondern übernahm auch bei den meisten die vollständige Ausstattung.

Einer dieser Geschäftsbesuche führte Dick Garring auch in das vornehme Geschäft für Innenarchitektur, für das Hans Dernburg Skizzen und Entwürfe geliefert hatte. Einige dieser Entwürfe hinten in einem Schaukasten im Vorraum, wo Dick einige Minuten auf den Chef warten mußte. Um sich die Wartezeit zu verkürzen, sah sich Dick diese Entwürfe erst flüchtig an, stutzte dann und betrachtete sie mit gesteigertem Interesse.

Er rief einen Angestellten heran.

»Sind diese Skizzen und Entwürfe in Ihrem Atelier angefertigt worden?« fragte er.

Dieser Angestellte war zufällig Hans Dernburgs Kriegskamerad.

»Nein, Mister Garring, diese Entwürfe leider nicht. Der Chef hat sie einem jungen, stellenlosen Architekten abgekauft, der manchmal für uns arbeitet. Er ist ein sehr begabter Mann – im Grunde Außenarchitekt – aber wie Sie an den Entwürfen sehen, auch eine erste Kraft für Innenarchitektur. Er ist nur ohne Arbeit, weil in Deutschland jetzt so wenig gebaut wird.«

Dicks Interesse nahm zu.

»Diese Entwürfe sind jedenfalls fabelhaft.«

»So ist es, Mister Garring, der junge Mann ist ein Genie in seinem Fach. Ich habe Fassadenentwürfe und Außenskizzen von ihm gesehen, die außerordentlich schön und orginell waren. Mein Interesse an diesem begabten jungen Mann ist deshalb sehr groß, weil er ein Kriegskamerad von mir ist. Ich selbst habe ihn meinem Chef empfohlen, sonst wäre er gar nicht vorgelassen worden.«

Dick Garring lauschte. »Also, Sie halten ihn auch für einen guten Außenarchitekten?«

»Unbedingt – er braucht nur vor große Aufgaben gestellt zu werden. Er hat das Zeug dazu, sie zu lösen, zumal er eine sehr tatkräftige, energische und gewissenhafte Persönlichkeit ist.«

Dick Garring überlegte eine Weile. Dann sagte er, sich aufrichtend: »Würde dieser junge Mann ins Ausland gehen – nach Kalifornien zum Beispiel?«

Der Kriegskamerad von Hans Dernburg stutzte.

»Das weiß ich allerdings nicht genau – aber ich glaube schon, daß er das tun würde.«

»Hat er Familie? Ich meine, ist er verheiratet?«

»Nein, und soviel ich weiß, besitzt er außer einer Schwester keine Angehörigen.«

»Könnte ich ihn einmal sehen und sprechen?«

»Gewiß, Mister Garring, jederzeit.«

»Würden Sie ihm Nachricht geben?«

»Gern. Soll er zu Ihnen ins Hotel kommen?«

»Well! Ich bitte darum, daß Sie das veranlassen.«

»Es soll geschehen, Mister Garring.«

Jetzt erschien ein Bote und rief Dick Garring zum Chef der Firma. Dick verabschiedete sich von Hans Dernburgs Kriegskameraden.

»Ich danke Ihnen. Wenn es mir gelingt, diesen jungen Architekten zu gewinnen, haben Sie mir einen großen Dienst erwiesen.«

»Meinem Kameraden vielleicht einen noch größeren, Mister Garring. Es würde mich sehr freuen.«

»Wie heißt der junge Mann?«

»Hans Dernburg.«

»Well – ich erwarte ihn morgen im Hotel. Er soll sich bei mir melden lassen und wird sogleich vorgelassen werden, wenn er nachmittags zwischen fünf und sechs Uhr kommen kann.«

Damit folgte Dick dem Boten in das Büro des Chefs, mit dem er eine längere geschäftliche Besprechung hatte. Im Laufe dieser Konferenz erkundigte sich Dick Garring auch bei dem Inhaber nach Hans Dernburg und erhielt auch hier eine glänzende Auskunft über dessen hervorragende Fähigkeiten.

Als Dick eine Stunde später wieder mit Gladys zusammentraf, die inzwischen mit Miß Clara ein Museum besucht hatte, sagte er vergnügt:

»Wenn mich nicht alles täuscht, ist der neue Architekt der Firma Garring & Cie gefunden.«

Gladys sah interessiert zu ihm auf.

»Hast du einen ausfindig gemacht, Dick?«

»Noch nicht! Vorläufig habe ich nur Entwürfe von ihm gesehen und sehr viel Gutes über seine Fähigkeiten gehört. Er wird sich – hoffe ich – morgen bei mir melden. Du wirst die Güte haben, dieser Unterredung beizuwohnen und dir seine Arbeiten ansehen, die er sicher mitbringen wird. Was ich von ihm an Skizzen für Inneneinrichtung gesehen habe, ist großartig. Als Außenarchitekt soll er sogar noch besser sein.«

»Das wäre natürlich für uns sehr vorteilhaft, Dick, wenn er für Außen- und Innenarchitektur gleichermaßen verwendet werden könnte.«

»Ich halte ihn für den gegebenen Mann für uns. Nur ist es fraglich, ob er mit nach Kalifornien kommen will.«

»Er muß wollen«, sagte Gladys bestimmt, »man muß ihm nur demonstrieren, daß eine Anstellung bei der Firma Garring & Cie. nicht von der Hand zu weisen ist.«

Dick lachte. »Ich überlasse es deiner Überredungskunst, ihm das klarzumachen.«

»Hat er eine Frau?«

»Nein – nur eine Schwester.«

»Die wird ihn nicht halten.«

»Vielleicht doch.«

»Wir werden sehen, Dick. Wir können eine tüchtige Kraft brauchen. Ist er das, müssen wir ihn verpflichten.«

Hans Dernburg bekam am nächsten Morgen mit der Post einen Brief folgenden Inhalts:

»Lieber Dernburg! Der Sohn, zugleich Prokurist von Garring & Cie. in San Franzisko, interessiert sich lebhaft für Ihre Arbeiten und scheint großes Interesse zu haben, Sie zu engagieren. Ich habe ihm Ihre Tüchtigkeit und Genialität geschildert. Wenn Sie nicht abgeneigt sind, nach Kalifornien auszuwandern, machen Sie dort vielleicht Ihr Glück. ie Firma ist erstklassig. Da Sie in Deutschland momentan leider wenig Aussicht haben, sind Sie vielleicht nicht abgeneigt. In diesem Fall melden Sie sich morgen nachmittag zwischen fünf und sechs Uhr im Eden-Hotel bei Mister Garring aus San Franzisko. Es ist ratsam, wenn Sie möglichst viel von Ihren Skizzen und Entwürfen mitbringen. Mister Garring hat sich alle in unserem Besitz befindlichen Entwürfe von Ihnen angesehen und ist sehr interessiert. Viel Glück auf den Weg.

Ihr Kamerad Wehnert«

Als Hans gelesen hatte, fuhr er sich über die Stirn, als sei ihm zu heiß. Er atmete tief auf und sah zu Rose Marie hinüber, die ihm gegenübersaß.

»Rose Marie – würdest du mit mir auswandern – nach Kalifornien?«

»Sie sah erstaunt auf. »Wie kommst du darauf, Hans?«

Er reichte ihr den Brief.

»Lies das.«

Sie las den Brief, ließ ihn dann sinken und sah ihn mit großen Augen an.

»Das ist allerdings ein seltenes Angebot. Vielleicht – vielleicht ist es das Glück, das auf dich wartet. Du mußt jedenfalls hingehen zu diesem Mister Garring.«

Hans atmete abermals tief auf.

»Und – wenn er mich wirklich haben will, wenn mir wirklich dieses Glück winken sollte – würdest du dann mit mir nach Kalifornien kommen?«

Sie strich sich das Haar aus der Stirn.

»Bedenkenlos – überallhin. Aber – bedenke, was heute eine Reise nach Kalifornien kostet, Hans – ein Vermögen. Wo sollen wir das hernehmen? Für dich würde es vielleicht die Firma bezahlen – aber für mich?«

Er faßte ihre Hand. »Ich würde die Stellung nur unter der Bedingung annehmen, daß du mich begleiten darfst. In Dollars gerechnet, ist das gar nicht so schlimm – man müßte mir wenigstens das Reisegeld für dich vorschießen. Denn ohne dich gehe ich nicht – um keinen Preis werde ich dich allein lassen.«

Sie faltete die Hände und ihre Augen blickten trübe.

»Hans – wenn ich aber eine Last bedeute, wenn dein Glück daran scheitern sollte, daß du nicht ohne mich gehen willst.«

»Hast du mich allein gelassen, als ich in Not war wegen meines gelähmten Armes?« fragte er.

Sie seufzte. »Das war etwas anderes.«

»Nein – es war dasselbe, meine kleine törichte Schwester. Wenn diese Sache scheitert, warten wir auf ein anderes Glück. Mach nicht so trübe Augen. Sonst bist du immer die Tapfere, Unverzagte. Jetzt muß ich es einmal sein, der zuversichtlich ist. Warten wir ab, was bei diesem Besuch herauskommt.«

»Jedenfalls gehst du hin.«

»Sicher – und vielleicht komme ich mit einem fabelhaften Dollarengagement heim. Wo wohnt doch dieser Mister Garring?«

Rose Marie sah in dem Brief nach.

»Im Eden-Hotel.«

Hans stutzte. Darauf hatte er beim Lesen des Briefes nicht geachtet. Im Eden-Hotel? Das war doch dasselbe Hotel, in dem seine schöne Unbekannte mit dem goldbraunen Haar und den funkelnden Sonnenaugen wohnte. So viele Ausländer schienen in diesem Hotel zu wohnen, das seine Gedanken sehnsüchtig umstreift hatte. Immer wieder war er daran vorbeigegangen in den vergangenen Wochen und hatte sehnsüchtig zum Fenster emporgeblickt, an dem er sie damals gesehen hatte. Aber nie hatte er sie wiedergesehen. Bestimmt war sie längst wieder abgereist. Ob sie wohl noch manchmal an ihn – an die flüchtige Begegnung mit ihm gedacht hatte?

Er mußte wieder an sie denken, sah das schöne, klare

Gesicht wieder vor sich und sagte sich, daß er nie wieder einem Mädchen begegnen würde, das einen solchen Eindruck auf ihn machen würde.

Oder war sie die Frau des jungen Herrn, in dessen Begleitung sie reiste?

Aber nein – nein – obwohl sie sicher und bestimmt aufgetreten war, hatte sie etwas Mädchenhaftes an sich gehabt.

Er atmete gepreßt und richtete sich auf.

»Also – ich gehe jedenfalls heute nachmittag zu Mister Garring und höre mir an, was er zu sagen hat.«

»Daran tust du recht, Hans.«

Danach setzten die Geschwister ihr Frühstück fort. Dabei sah Hans Dernburg, wie jeden Morgen, die Zeitung durch. Der Inseratenteil mit Stellenangeboten war ihm wichtig. Nach einer Weile stieß er einen überraschten Laut aus. Seine Schwester sah fragend auf.

»Was hast du, Hans?«

»Lies hier, Rose Marie, es scheint sich wirklich um ein ernsthaftes Angebot zu handeln. Dieser Mister Garring hat heute ein großes Inserat in die Zeitung setzen lassen.«

Er reichte Rose Marie die Zeitung hinüber und zeigte ihr eine Stelle. Sie las:

Junger, tüchtiger und strebsamer Architekt, ideenreich und stilsicher, für Kalifornien gesucht. Nur erste Kraft. Kenntnis der englischen Sprache und tadellose Umgangsformen unerläßlich. Er muß imstande sein, der Kundschaft Vorschläge zu machen und ihre Wünsche elegant auszuführen. Hohes Gehalt und Dauerstellung wird zugesichert. Reise frei. Offerten an Mr. Garring, Berlin, Eden-Hotel.

Erregt sah Rose Marie den Bruder an.

»Das klingt verlockend, Hans, und wie für dich geschaffen.«

Er sprang auf.

»Aber ich bin keine erste Kraft.«

Ihre Augen leuchteten stolz.

»Du hattest noch keine Gelegenheit, es zu beweisen, Hans. Du mußt alles zusammensuchen, was du an Skizzen und Entwürfen hast. Auch Grundrisse und Berechnungen nimmst du mit, damit sich Mister Garring ein Bild von deinem Können machen kann. Bereite dich gründlich vor auf diesen Besuch. Das Inserat hat Mister Garring sicher schon aufgegeben, ehe er mit deinem Kriegskameraden gesprochen hat.«

»Aber auf das Inserat werden sich eine Menge Bewerber melden.«

»Sicher jedoch wenige, die es mit dir aufnehmen können. Ach Hans, wie würde ich mich freuen, wenn du einen Wirkungskreis finden würdest, der deinem Können entspricht.«

Er streckte plötzlich die Arme aus.

»Ach Rose Marie – bauen dürfen – all das verwirklichen, was in mir lebt und nach Gestaltung drängt – herrlich müßte das sein. Ich wage nicht, daran zu glauben, daß meinen Wünschen Erfüllung beschieden sein könnte.«

»Vielleicht wird es diesmal in Erfüllung gehen, mein lieber Bruder.«

Er ließ die Arme sinken und sah sie forschend an.

»Und du würdest leichten Herzens mit mir kommen?«

»Überallhin, Hans! In Deutschland ist jetzt eine schwere, trübe Zeit für uns. Es fällt einem deshalb nicht schwer, die Heimat aufzugeben. Was lassen wir beide schon hier zurück? Nichts, wenn wir zusammen reisen können. Und – ich weiß nicht, wie ich es bezeichnen soll, was in mir ist, seit dieser Brief kam – es ist wie ein

Glücksahnen in meiner Seele. Und von allem andern abgesehen – denke doch nur, was für eine herrliche Reise wir machen könnten. Wie gut, daß wir beide fließend englisch sprechen.«

Hans lachte erregt.

»Halt, halt, Schwesterlein! Nicht so stürmisch. Die Hoffnungssegel schwellen zu sehr. Wir müssen erst abwarten, ob der schöne Traum nicht in Nichts zerfließt.«

Sie lachte ebenfalls.

»Dann war es wenigstens ein schöner Traum, Hans. Denke dir, ich habe in der vergangenen Nacht von übervollen Obstbäumen geträumt. Die Früchte daran erschienen mir märchenhaft schön und groß – vielleicht waren es kalifornische Obstbäume.«

Lachend sahen sie sich in die Augen. Aber sie waren beide sehr erregt und wollten es einander nur nicht merken lassen. Hans suchte lange in seinen Arbeiten, um eine gute Auswahl zu treffen. Rose Marie half ihm dabei. Es kam ihm jetzt sehr zustatten, daß er in seiner beschäftigungslosen Zeit einen großen Vorrat von Entwürfen und Skizzen angefertigt hatte, weil er nicht hatte herumsitzen wollen. Als die Auswahl getroffen war, fühlte er sich doch ein wenig zuversichtlicher. Stilsicherheit wurde verlangt. Da konnte er dienen. Die verschiedenen Stile hatte er schon als Junge sehr gut unterscheiden können. Wenn neue Möbelstoffmuster im Geschäft seines Vaters eingetroffen waren, gab der Vater sie ihm, damit er sie nach den Stilarten sortieren sollte. Und nie war ihm da ein Fehler unterlaufen. Das kam ihm bei seinem Studium zustatten, dieses absolut sichere Stilgefühl. Ideenreich war er auch, und seine Umgangsformen waren tadellos. Die nötigen Sprachkenntnisse hatte er auch.

Gut ausgerüstet begab er sich also am Nachmittag,

nachdem er sich besonders sorgfältig angekleidet hatte, auf den Weg. Rose Marie drückte ihm in tiefer Erregung die Hand zum Abschied und sagte mit halberstickter Stimme:

»Alles Glück mit dir, mein lieber Hans.«

Er nickte stumm und drückte ihr die Hand. Es war noch nicht ganz fünf Uhr, als Hans vor das Eden-Hotel kam, und deshalb ging er noch eine Weile auf und ab. Da fuhr ein Auto an ihm vorüber – der Herzschlag stockte ihm – im Fond dieses Wagens saß seine schöne Unbekannte, neben ihr die alte Dame, die neulich schon in ihrer Begleitung gewesen war. Sie sah ihn nicht, aber als sein Blick in flammender Bewunderung und Sehnsucht auf ihr ruhte, hob sie, wie magnetisch angezogen von diesem Blick, den Kopf und sah auf die Seite, wo er stand. Ehe sie ihn jedoch wahrnehmen konnte, war das Auto schon an ihm vorüber und hielt gleich darauf vor dem Eingang des Eden-Hotels. Hans Dernburg atmete tief und schwer. Die schöne Fremde wohnte also noch immer in diesem vornehmen Hotel. Wie seltsam, daß ihn sein Weg heute in dies Hotel führen sollte.

Ob er ihr noch einmal begegnen würde? Ob ihre Augen noch einmal in die seinen leuchten würden?

Er wünschte sich innig, sie noch einmal ganz in der Nähe sehen und seinen Blick in ihre Augen senken zu können. Das erschien ihm in diesem Moment beinahe genauso wichtig wie eine Anstellung bei Mr. Garring. Langsam ging er noch einige Male vor dem Hotel auf und ab. Sein Blick flog immer wieder zur Uhr am Turm der Kaiser-Wilhelm-Gedächtniskirche. Endlich schlug sie die volle Stunde. Es war fünf Uhr.

Nun ging er schnell zum Portal des Hotels und betrat das Vestibül.

Suchend blickte er sich um. Aber seine schöne Unbekannte war nicht zu sehen. Er wandte sich an den Portier und sagte ihm, daß er von Mister Garring aus San Franzisko erwartet werde. Der Portier winkte einen Boy herbei und gab ihm den Auftrag, den Herrn nach Nummer acht zu führen.

Nun konzentrierten sich Hans Dernburgs Gedanken wieder auf Mister Garring und die von ihm ausgeschriebene Stellung. Das Herz klopfte ihm bis zum Hals hinauf. Ihm war zumute, als müsse sich in der kommenden Stunde sein Schicksal entscheiden, als stehe er vor einem Wendepunkt seines Lebens.

VI

Gladys Forester war von einer Spazierfahrt mit Miß Clara zurückgekehrt und wechselte nun schnell ihre Kleider. Sie wußte, daß sich um fünf Uhr ein Bewerber um die Architektenstelle bei Dick Garring melden sollte.

Sie hatten verabredet, daß Dick den Bewerber zunächst allein empfangen sollte und sie nur rufen lassen würde, wenn er annahm, daß sich dieser für die Stelle eignete.

Den Namen des Bewerbers hatte Dick ihr gar nicht genannt, da das nicht wichtig war.

Inzwischen hatte Dick Garring Hans Dernburg empfangen. Einen Moment war diesem nun doch beklommen zumute, als er den eleganten Hotelsalon betrat. Er holte noch einmal tief Atem, als ihn der Boy anmeldete und eintreten ließ.

Und nun zuckte Hans Dernburg leicht zusammen, als er in Mister Garring sogleich den Begleiter seiner schönen Unbekannten vor sich sah. Was in diesem Moment in ihm vorging, darüber wurde er sich nicht klar. Stürmischer Jubel und bittere Trübsal stritten sich in seinem Herzen. Jubel löste die begründete Hoffnung in ihm aus, seine schöne Unbekannte noch einmal sehen zu dürfen, und Trübsal die Gewißheit, daß sie Mister Garrings Frau war. Obwohl sich seine Gedanken nicht zu irgendwelchen Wünschen verdichtet hatten, fühlte er doch, daß es ihn sehr schmerzen würde, wenn sie einem anderen gehörte.

Dick Garring hatte mit seinem scharfen, zufassenden Blick Hans Dernburgs Erscheinung gemustert und war sehr zufrieden über den ersten flüchtigen Eindruck. Für den ausgeschriebenen Posten war auch eine sympathische Persönlichkeit nötig, und das war dieser junge Deutsche voll und ganz.

»Bitte – treten Sie näher. Sie sind Mister Dernburg, nicht wahr?« fragte Dick.

Hans verneigte sich. »So ist es. Ich habe die Ehre, mit Mister Garring zu sprechen, nicht wahr? Ich erhielt heute morgen einen Brief von einem ehemaligen Kameraden, in dem er mir mitteilte, daß Sie mich heute um diese Zeit empfangen würden.«

»All right! Bitte nehmen Sie Platz.«

Sie setzten sich einander gegenüber an dem runden Mitteltisch des Salons. Dann fuhr Dick fort:

»Ich habe einige sehr schöne und originelle Skizzen und Entwürfe von Ihnen gesehen und gehört, daß Sie eine Stellung als Architekt suchen. Die Firma Garring & Cie. braucht dringend eine tüchtige Kraft, und ich bin beauftragt, eine solche zu suchen. Ohne Umschweife – Sie haben Ihre Arbeiten mitgebracht – wollen Sie mir diese zeigen? Ich möchte mehr von Ihnen sehen.«

Hans verneigte sich.

»Soweit ich maßgebende Arbeiten im Besitz habe, lege ich Ihnen diese gerne vor.«

Und er öffnete seine Aktenmappe und legte ein Blatt nach dem andern vor Dick Garring hin. Es war eine Auswahl, Entwürfe von Kirchen, Villen, Theatern und

Geschäftshäusern, Fassadenskizzen, Grundrissen und Berechnungen und dazwischen verschiedene Skizzen zur Ausstattung von Räumen.

Dick Garrings Gesichtsausdruck wurde immer lebhafter, immer interessierter. Jetzt lag ein tiefer Ernst auf seinem sonst so lustigen Gesicht, denn es ging um Geschäfte. Schweigen lag über dem eleganten Raum. Hans Dernburg wurde das Herz schwer und schwerer, weil Mister Garring kein Wort sprach und stumm Blatt um Blatt mit scharfen Blicken prüfte und wieder hinlegte.

Als er das letzte Blatt angesehen hatte, lehnte sich Dick befriedigt zurück.

»Sie haben ein großes Talent, Mister Dernburg, und ich glaube, Sie können besetzen die Stelle in unserem Haus, wenn Sie wollen. Sagen Sie mir vor allen Dingen, ob Sie wollen verlassen Ihre deutsche Heimat und übersiedeln nach Kalifornien!«

Hans Dernburg atmete auf, und eine leise Hoffnung keimte in ihm auf.

»Ja, Mister Garring, ich würde das gerne tun, denn meine deutsche Heimat hat keine Aufgaben für mich und bietet mir in dieser Zeit wenige Möglichkeiten, meine Kräfte zu regen, mein Können zu zeigen. Deshalb würde ich ohne Zaudern eine Stellung im Ausland annehmen, vorausgesetzt, daß mir ein wirklich zusagendes Arbeitsfeld geboten wird.«

»Daran soll es nicht fehlen, Mister Dernburg. Sie würden haben bei uns so viel Arbeit, wie Sie wollen, und sollen vor große schöne Aufgaben gestellt werden. Garring & Cie. ist die größte und leistungsfähigste Firma in dieser Branche für ganz Kalifornien, und wir bauen alles, was verlangt wird, vom kleinsten Wohnhaus bis zum größten Geschäftshaus, von der Villa bis zu Kirchen und Palästen. Also – Sie sind nicht abgeneigt, nach Kalifornien zu kommen?«

»Im Gegenteil, Mister Garring, ich kann es gar nicht erwarten.

»Well – dann will ich erst rufen lassen meine Begleiterin, die auch bei dieser Entscheidung mitzureden hat. Wir wollen besprechen alles Weitere in ihrer Gegenwart.«

Hans schlug das Herz wie ein Hammer in der Brust, als Dick klingelte und dem eintretenden Boy zurief:

»Miß Forester soll bitte herüberkommen!«

Hans hörte, daß es eine Miß war, die Mister Garring rufen ließ, und war nun in brennender Erwartung, ob er jetzt die junge oder die ältere Begleiterin sehen würde.

Nur wenige Augenblicke sollte er im Zweifel sein. Dann öffnete sich die Tür, und auf der Schwelle erschien – seine schöne Unbekannte.

Sie trat ganz unbefangen ins Zimmer, zuckte aber dann plötzlich zusammen, als sie Hans Dernburg erblickte, der sich erhoben hatte und vor ihr eine Verbeugung machte. Aber nur einen Moment war sie verwirrt, dann hatte sie sich wieder in der Gewalt und trat langsam zu den beiden Herren heran.

»Du gestattest, Darling – Herr Dernburg, Architekt, der mir, wie du weißt, gestern empfohlen wurde – Miß Forester, die wie ich Prokura der Firma Garring & Cie. hat, oder nein – seit dem Tod ihres Vaters Mitinhaberin der Firma ist.«

Hans Dernburg verneigte sich nochmals, mühsam um Fassung ringend. »Darling« hatte Mister Garring die junge Dame genannt. Das ließ nur eine Erklärung zu – sie war die Braut Mister Garrings.

Gladys hatte in ihrer Erregung nicht auf den Namen des jungen Architekten gehört, denn sie hatte alle Selbstbeherrschung nötig, um zu verbergen, daß Hans Dernburg schon am Tag ihrer Ankunft in Berlin ihr nachhaltiges Interesse erweckt hatte.

Sie hatte die Begegnung mit ihm nicht vergessen. Solange sie in Berlin weilte, hatte sie immer gehofft, ihn noch einmal wiederzusehen. Und nun, da sie schon nicht mehr an die Möglichkeit geglaubt hatte, stand er plötzlich vor ihr – in Dick Garrings Salon und sah sie an mit seinem seltsam ernsten, erregten Blick, der zu ihrem Herzen sprach.

Mit einem Lächeln wandte sie sich an den Besucher.

»Ich freue mich, Sie kennenzulernen, mein Herr! Mister Garring hat mir viel Positives von Ihrem Können erzählt.«

In Hans Dernburgs Augen lag ein rätselhaft schmerzlicher Ausdruck, den sie sich nicht erklären konnte.

»Ihr Herr Verlobter hat meine Leistungen wohl überbewertet«, sagte er höflich.

Gladys stutzte. Dann huschte ein Lächelen wie Sonnenschein über ihr Gesicht. Sie sah zu Dick hinüber, der sie anlachte.

»Siehst du, Dick, hier in Deutschland werden wir dauernd für Verlobte oder gar für Mann und Frau gehalten«, sagte sie und fuhr, zu Hans Dernburg gewandt, mit schelmischem Ausdruck fort: »Mister Garring ist nicht mein Verlobter, sondern ein Jugendfreund und Kamerad, mit dem zusammen ich meine Kinderstreiche verübt habe. Wir arbeiten im Geschäft zusammen und haben gemeinsam Prokura der Firma Garring & Cie. Seit meines Vaters Tod bin ich ihm ein wenig über den Kopf gewachsen, weil ich jetzt einer der Chefs der Firma bin, aber wir vertragen uns sehr gut, und wir sagen zueinander noch immer, wie in den Kindertagen, Darling oder old fellow, wie es gerade paßt.«

Dick wunderte sich ein wenig, daß Gladys eine so ausführliche Erklärung gab. Aber sie wußte – fühlte, daß sie dem jungen Architekten durchaus nicht zu ausführlich war. Sie sah es auch an dem strahlenden Aufleuchten seiner Augen.

Er verneigte sich dankend. »Ich bitte um Verzeihung, wegen meines Irrtums, Miß Forester.«

Sie nickte ihm lächelnd zu. »Ich sehe, Sie haben Zeichnungen mitgebracht – darf ich sie sehen?«

»Bitte sehr.«

Gladys ließ sich nun am Tisch nieder und betrachtete die Zeichnungen. Dick machte sie auf allerlei Einzelheiten aufmerksam, rühmte den flotten, eleganten Strich, die absolute Stilreinheit und die klaren Grundrisse und Berechnungen.

Gladys verstand selbst genug, um zu sehen, daß Hans Dernburg wirklich eine großartige Bereicherung für das Haus Garring & Cie. sein würde.

Sie verständigte sich durch anerkennende Blicke mit Dick.

Hans Dernburg saß dabei und ließ seine Augen nicht von Gladys Foresters Gesicht. Er hatte ein Gefühl, als sei das, was er jetzt erlebte, gar nicht Wirklichkeit.

Verschwommen hatte er das Gefühl, daß jetzt die Würfel über sein ferneres Schicksal fielen. Und es erschien ihm nicht weniger wichtig, daß es darum ging, ob er in Zukunft in Miß Foresters Nähe leben würde, als darum, daß ihm vielleicht eine Stellung geboten werden würde.

Hans Dernburg krampfte die Hände zusammen, als müsse er sich einen Halt geben.

Obwohl Gladys ebenfalls sehr erregt war durch das unerwartete Zusammentreffen mit dem Mann, den sie nicht hatte vergessen können, seit sie ihn zum ersten Mal gesehen hatte, betrachtete sie seine Arbeiten dennoch mit sachlicher Objektivität, und sie mußte zugeben, daß es ein guter Griff sein würde, wenn es ihr und Dick gelang, diesen jungen, genialen Architekten zu verpflichten. Wie war doch sein Name?«

Sie sah auf die Skizzen, die sein Signum trugen, konnte aber den Namen nicht genau erkennen. Fragen wollte sie jedoch nicht, um nicht eingestehen zu müssen, daß sie nicht darauf geachtet hatte.

Endlich fiel ihr eine Skizze in die Hand, auf der sein Name ganz deutlich zu lesen war.

Hans Dernburg.

Eine Weile blickte sie auf diesen Namen, und plötzlich zuckte es in ihr auf wie ein Erinnern. Dernburg? So hieß doch die Firma, bei der ihr Vater damals angestellt gewesen war – Dernburg und Sohn – Großhandlung für Möbelstoffe – sie erinnerte sich ganz genau, denn sie hatte sich diesen Namen eingeprägt. Und hier in Berlin hatte sich dieses Geschäft befunden, es bestand wohl auch jetzt noch. Eine zitternde Erregung befiel sie. War dieser Hans Dernburg, der hier vor ihr saß, der ihr junges Herz höher schlagen ließ, der Sohn jenes Mannes, den ihr Vater bestohlen hatte?

»Das wird Gott nicht wollen«, sagte sie angstvoll zu sich selbst.

Langsam, einem inneren Zwang folgend, richtete sich Gladys auf und sah Hans Dernburg mit großen Augen an.

»Ich hatte bei der Vorstellung Ihren Namen nicht recht verstanden – Sie heißen Hans Dernburg, wie ich auf dieser Skizze sehe?«

»So ist es, Miß Forester«, erwiderte Hans, sich verneigend.

Sie faßte sich ein Herz.

»Mir ist doch, als müsse es hier in Berlin eine Großhandlung für Möbelstoffe geben, die Ihren Namen trägt?« fragte sie, ihrer Stimme Festigkeit gebend.

»Sie meinen die Firma Dernburg und Sohn, Miß Forester?«

»Ja – Dernburg und Sohn.«

»Diese Firma existiert nicht mehr«, sagte er, ein wenig blaß werdend, »der letzte Inhaber war mein Vater, Heinrich Dernburg.«

»Weshalb interessiert dich diese Firma, Gladys?« fragte Dick.

Sie preßte die Handflächen zusammen.

»Ich – ich fand sie – in einem alten Katalog und glaubte, daß man dort gute Möbelstoffe bestellen könne.«

Dick vertiefte sich erneut unbefangen in die Betrachtung der Zeichnungen.

Gladys sah Hans Dernburg an.

»Also, die Firma existiert nicht mehr?«

»Nein, Miß Forester. Sie war vor vielen Jahren eine der renommiertesten Möbelstoff-Firmen. Aber sie ging pleite – und – der Zusammenbruch kostete meinem Vater das Leben.«

Sie zuckte erschrocken zusammen und wurde sehr bleich.

»Ihr Vater hat sich diesen Zusammenbruch so zu Herzen genommen, daß er starb?«

»So sehr – daß er nicht mehr leben wollte, Miß Forester. Aber bitte – glauben Sie nicht, daß mein Vater Schuld an dem Zusammenbruch unseres Hauses trug.«

Sie faßte sich mühsam.

»Bitte – erzählen Sie mir, wie kam es dazu?«

Hans Dernburg richtete sich auf und sah erstaunt, daß Miß Forester eine große Teilnahme an den Tag legte. Er konnte sich das nicht erklären.

»Die Firma Dernburg und Sohn war lange in den Händen unserer Familie. Es war ein altes, solides Geschäft, und so hatte es mein Vater von seinem übernommen. Gleich zu Beginn traf ihn in einer kritischen Zeit das Unglück, daß ein betrügerischer Kassierer mit einer Summe von zweihunderttausend Mark verschwand. Diese Summe mag heute sehr klein erscheinen – damals war sie groß genug, um meinen Vater in arge Bedrängnis zu bringen. Er konnte seinen Verpflichtungen nicht mehr nachkommen, geriet in Wuchererhände, und das Vertrauen wurde erschüttert. Seit jener Zeit hat sich die Firma Dernburg und Sohn nie wieder erholt, auch dann nicht, als der betrügerische Kassierer nach Jahren die gestohlene Summe mit Zins und Zinseszins zurückzahlte. Die Firma war nicht mehr in Schwung zu bringen, mein Vater vermochte sich nicht mehr zu der nötigen Energie aufzuraffen. Den letzten Schlag versetzte der Krieg der alten Firma, er besiegelte ihr Geschick. Ich stand das erste Jahr an der Front, als ich die Nachricht erhielt, daß mein Vater sich wegen des Konkurses seiner Firma erschossen hatte.«

Gladys zuckte zusammen.

»Mein Gott – wie entsetzlich! Und – Ihre Mutter?«

Er sah sie dankbar an ob ihrer Teilnahme. Auch Dick lauschte jetzt interessiert.

»Meine Mutter war schon einige Jahre früher gestorben. Ich besitze nur noch eine Schwester – sie ist zwölf Jahre jünger als ich.«

Und Hans Dernburg erzählte, wie er auf Urlaub heimgekehrt war, um seine Schwester in Sicherheit zu bringen, streifte dann auch mit kurzen Worten seine Verwunderung, seine Angst und Sorge um den gelähmten Arm und rühmte die Tapferkeit seiner Schwester, die ihn in dieser furchtbaren Zeit unverzagt unterstützt und getröstet hatte.

Gladys lauschte atemlos und wandte ihren Blick nicht von seinem Gesicht. Und das Herz wurde ihr schwer und schwerer. Da saß der Sohn des Mannes vor ihr, den ihr Vater bestohlen hatte – der Sohn des Mannes, der sich erschoß, weil er den Ruin seiner Firma nicht überleben wollte. Und den Anstoß zu diesem Ruin hatte ihr Vater durch den Diebstahl des ihm anvertrauten Geldes gegeben. Wie schrecklich, wenn ihr Vater das noch hätte erfahren müssen. Möglich, daß die Firma Dernburg und Sohn auch ohnedies Konkurs gemacht hätte, möglich, daß sich Heinrich Dernburg auch eines Tages erschossen hätte, ohne daß ihr Vater ihn durch seine Tat dazu getrieben hätte, aber so, wie die Dinge lagen, war ihres Vaters Tat die erste Ursache zu all dem Unglück geworden. Sie starrte vor sich hin, scheinbar eine Skizze betrachtend, und fragte sich, was sie tun, wie sie sich zu diesem Mann verhalten sollte. Und da wurde nur eine Stimme in ihrem Innern laut:

»Gutmachen – gutmachen, soviel sie konnte, soviel in ihren Kräften lag.«

Das war das einzige, was sie von der Last ihres Wissen befreien konnte.

Sie nahm alle Kraft zusammen, um sich beherrschen zu können, und sagte, so ruhig sie konnte:

»Das alles ist sehr schmerzlich für Sie gewesen, Herr Dernburg – und für Ihr Fräulein Schwester auch. Diese Schwester ist wohl Ihre einzige Angehörige?«

Hans Dernburg sah sie mit dankbarem Blick an, ahnungslos, was in Gladys vorging.

»So ist es, Miß Forester, meine Schwester und ich, wir stehen allein in der Welt.«

Jetzt beteiligte sich auch Dick Garring am Gespräch.

»Würde Ihre Schwester denn in eine Trennung von Ihnen einwilligen, wenn wir Sie anstellen würden?« fragte er.

»Sie vielleicht – um mich nicht in meinem Fortkommen zu hindern – aber ich nicht. Von meiner Schwester kann ich mich nicht trennen, kann sie nicht allein hier in ungewissen Verhältnissen zurücklassen. Wenn Sie mich haben wollen, dann muß meine Schwester mich begleiten dürfen, und ich müßte Sie bitten, mir das Reisegeld für sie vorzuschießen.«

»Spricht Ihre Schwester, wie Sie, gut englisch?«

»Wir beherrschen beide diese Sprache perfekt.«

»Und würde Ihre Schwester mit nach Kalifornien kommen?«

»Sie geht mit mir, wohin ich gehe.«

Gladys richtete sich plötzlich auf. Sie war zu einem Entschluß gekommen. Es stand fest für sie, daß sie Hans Dernburg helfen wollte, sein Glück zu machen, ihn und seine Schwester in jeder Weise zu fördern und vorwärtszubringen. Gutmachen! Selbst, wenn Hans Dernburg ihr nicht schon vorher als erstrebenswerte Kraft für die Firma Garring & Cie. erschienen wäre, hätte sie jetzt seine Anstellung durchgesetzt. Nur so konnte sie ihm und seiner Schwester helfen. Und ehe noch Dick Garring weitersprechen konnte, sagte sie schnell:

»Ihre Schwester dürfte ungefähr zwanzig Jahre alt sein, Herr Dernburg, nicht wahr?«

»Fast zwanzig, Miß Forester.«

»Das paßt vortrefflich. Ich will Ihnen einen Vorschlag machen. Es ist mein Wunsch, eine junge deutsche Gesellschafterin zu engagieren. Miß Breitfeld, meine Hausdame, ist schon ein wenig bejahrt, und ich fühle mich seit meines Vaters Tod oft ein wenig einsam. Vielleicht läßt sich Ihre Schwester dazu bewegen, die Stelle einer Gesellschafterin bei mir anzunehmen.«

»Davon hast du mir ja noch gar nichts gesagt, Darling, daß du dich einsam fühlst. Du kannst doch jederzeit über mich verfügen«, sagte Dick erstaunt.

»Ach Dick, du hast doch auch nicht immer Zeit für mich, zum Beispiel abends, wenn du im Klub ist. Da bin ich dann immer auf Miß Clara angewiesen, die meist müde ist. Deshalb hätte ich gern junges Blut um mich.«

»Well«, sagte Dick ahnungslos, warum Gladys plötzlich eine Gesellschafterin brauchte, »dann kannst du dir vielleicht Miß Dernburg einmal ansehen, und wenn sie dir sympathisch ist, kannst du die Sache perfekt machen. Ich glaube nicht, daß Mister Dernburg etwas dagegen hat. Es wäre doch die einfachste Lösung, nicht war, Mister Dernburg?«

Hans verneigte sich ganz benommen.

Und Dick fuhr fort:

»Wir haben durchaus nicht die Absicht, Sie entwischen zu lassen, nicht wahr, Gladys?«

Diese sah Hans Dernburg mit einem Lächeln an, daß er ihr am liebsten zu Füßen gefallen wäre.

»Ich bin ganz deiner Ansicht, Dick. Mister Dernburg scheint ganz der Mann zu sein, dessen wir bedürfen. Ich lasse die Herren jetzt allein, damit das rein Geschäftliche zwischen Ihnen erledigt wird. Und wann darf ich Ihr Fräulein Schwester kennenlernen, Herr Dernburg?«

Hans hätte am liebsten laut aufjauchzen mögen: Das Glück ist da! Er faßte sich mühsam.

»Wann immer Sie befehlen, Miß Forester.«

Sie lächelte, wie nur Gladys Forester lächeln konnte.

»Oh – nicht befehlen –, ich bitte Sie, mir morgen Ihr Fräulein Schwester zu bringen – vielleicht um diese Zeit. Es wird ihr doch passen?«

»Gewiß, Miß Forester.«

»Das ist mir lieb. Hoffentlich finden wir Gefallen aneinander. Also, morgen um diese Zeit – wir trinken den Tee zusammen. Good by, Mister Dernburg!«

Damit reichte sie Hans die Hand. Er neigte sich beglückt darüber und fühlte, daß sie leise in der seinen bebte. Selbst sehr erregt, drückte er seine Lippen auf ihre bebende Hand.

Sie zog sie hastig errötend zurück. Der Handkuß war für sie eine ungewohnte Sitte. Hans erschrak, als sie die

Hand so hastig zurückzog, und sah sie bestürzt an. Aber sie nickte ihm lächelnd zu und verließ schnell das Zimmer.

Dick Garring und Hans Dernburg wurden nun schnell über die wichtigsten Punkte einig. Als Dick das Gehalt nannte, das Hans Dernburg beziehen sollte, überkam diesen ein leises Schwindelgefühl. Es war für seine Begriffe eine sehr hohe Summe. Dick sagte ihm auch, daß er eine prozentuale Tantieme von den Abschlüssen beziehen würde, die durch ihn perfekt gemacht würden.

»Je mehr Aufträge Sie für uns abschließen, desto mehr Tantieme werden Sie beziehen. Wir beteiligen unsere Architekten am Gewinn, damit sie mit Lust und Liebe bei der Sache sind. Und ich wünsche für Sie und uns, daß die Tantiemen für Sie recht hoch ausfallen.«

Hans Dernburgs Augen leuchteten auf.

»Mister Garring, Sie ahnen nicht, wie dankbar ich Ihnen bin, daß Sie mir Gelegenheit geben wollen, Aufgaben zu lösen, wie ich sie mir immer gewünscht habe.«

Dick lachte und schüttelte ihm die Hand. Der junge Deutsche gefiel ihm.

»All right – so ist uns beiden geholfen. Drüben bei uns soll es Ihnen nicht an Arbeit fehlen. Ich bin sehr zufrieden, daß wir einen tüchtigen Architekten gefunden haben, der uns neue und originelle Ideen bringen wird. Wenn man drüben Busineß machen will, muß man immer etwas Neues bringen. Nun fehlt nur noch, daß Miß Forester Gefallen an Ihrer Schwester findet – dann sind Sie auch noch die Sorge um deren Überfahrt los.«

Hans richtete sich auf.

»Sollte das nicht der Fall sein, Mister Garring, dann müßte ich Sie allerdings bitten, mir das Reisegeld für meine Schwester vorzustrecken. Wir sind leider nicht in der Lage gewesen, Ersparnisse zu machen, und in unserem Geld kostet diese Reise ein kleines Vermögen.«

Dick reichte Hans Dernburg nochmals die Hand und drückte sie kräftig.

»Abgemacht. Ich setze heute noch den Vertrag auf, und wenn Sie morgen mit Ihrer Schwester hierherkommen, unterzeichnen wir ihn.«

Hans gab den Händedruck ebenso kräftig zurück.

»Ich danke Ihnen für Ihr Vertrauen, Mister Garring.«

Mit einer drastischen Gebärde wies Dick auf die Zeichnungen.

»Da liegen Dokumente, die mein Vertrauen rechtfertigen. Wir Amerikaner halten uns gern an Konkretes und sind nicht gerade vertrauensselig.«

»Ich hoffe, Sie nicht zu enttäuschen, Mister Garring.«

Drauf verabschiedeten sich die beiden jungen Männer voneinander. Dann verließ Hans Dernburg das Zimmer.

Wie er die Treppe hinab durch den Empfang auf die Straße gekommen war, hätte er später nicht zu sagen vermocht. Die Brust war ihm zu eng, allen Jubel zu fassen, der ihn erfüllte. Er sollte eine Stellung erhalten, wie er sie in seinen kühnsten Träumen nicht erhofft hatte – und er durfte in der Nähe dieses entzückenden Geschöpfes leben, durfte sie vielleicht täglich sehen und sprechen – für sie schaffen und arbeiten. Sie würde seine Chefin sein, diese schöne, junge Kalifornierin. Ach – wie war die Welt heute so sonnig und schön. Er hätte alle Menschen umarmen, ihnen sein Glück verkünden mögen.

Die Zeit wurde ihm endlos lang, bis er zu seiner Schwester kam, die gute alte Straßenbahn schien noch langsamer als sonst dahinzurollen. Ihm war zumute, als brächte er der Schwester alle Schätze Indiens nach Hause, so reich kam er sich vor. Und als endlich die Straßenbahn an seiner Station hielt, sprang er mit einem Satz aus dem Wagen und stürmte seiner Wohnung zu.

Wieder stand Rose Marie oben am Fenster, um ihn zu

erwarten. Sie sah, wie er daherstürmte und den Hut übermütig zu ihr emporschwenkte. So strahlend erschien sein Gesicht.

Erwartungsvoll eilte sie ihm bis zur Tür entgegen. Er umarmte sie, als sie ihm öffnete, und tanzte mit ihr in dem engen Korridor herum.

»Hans – lieber Hans –, heute bringst du eine gute Botschaft«, sagte sie lachend und weinend zugleich.

Er zog sie aufatmend an beiden Händen in das kleine Wohnzimmer und erzählte ihr alles, was er in der letzten Stunde erlebt hatte.

Mit leuchtenden Augen hörte sie zu. Ihre Hände bebten leise in den seinen, und als er seinen Bericht beendet hatte, faltete sie ganz still die Hände. Erst nach einer Weile sagte sie bewegt: »Lieber, lieber Hans, das ist ja alles viel zu schön, um wahr zu sein. Und das allerschönste für mich wäre, wenn ich dir nicht zur Last zu fallen brauchte und wirklich von Miß Forester als Gesellschafterin engagiert würde. Ich will darum beten, daß ich ihr gut gefalle.«

Er strich ihr das Haar aus der Stirn und sah mit zärtlichem Stolz auf sie herab.

»Du wirst ihr schon gefallen – mußt ihr gefallen. Ihr habt viel Ähnlichkeit in eurem Wesen, und mir ist, als müßtet ihr wundervoll harmonieren.«

Sie besprachen nun aufgeregt alle Einzelheiten dieses Glücksfalles, der sie aller Not entheben sollte.

VII

Nach dem Fortgang Hans Dernburgs hatte Dick Garring sich zu Gladys begeben, die er in nachdenklicher Haltung an dem Fenster des Hotelsalons sitzend fand.

Sein Kommen störte sie in diesem Augenblick beinahe.

Aber sofort hatte sie sich wieder in der Gewalt und fragte:

»Nun, Dick – ist die Anstellung von Mister Dernburg perfekt?«

»Well, Darling, es ist alles geklärt. Morgen unterzeichnen wir den Vertrag. Wie gefällt er dir?«

»Als Künstler und als Mensch gleich gut. Und dir?«

»Ausgezeichnet! Wir haben Glück gehabt – ich halte ihn für ein Genie. So einen Reichtum an Ideen können wir gut gebrauchen. Hoffentlich gefällt dir seine Schwester genauso gut, daß du sie engagierst, damit der arme Mann sein Konto nicht mit einem Vorschuß für ihre Reisekosten belasten muß und gleich mit einem Klotz am Bein anfängt.«

Sie sah ihn lächelnd an.

»Du bist ja beinahe sentimental, Dick.«

»Das macht die deutsche Luft, Darling. Aber ganz im Ernst – ich kann zuweilen auch ernst sein –, er hat mir imponiert, dieser junge Deutsche.«

»Mir auch, Dick!«

»Natürlich – wir sind ja immer einer Meinung. Im übrigen habe ich dir noch den Kopf zu waschen.«

»Warum?«

»Weil du dich so vereinsamt gefühlt hast, ohne es mir zu sagen.«

Sie lachte ein wenig. »Soll ich dir ein Geständnis ablegen, Dick?«

»Yes! Ich höre immer gern Geständnisse von schönen jungen Damen.«

»Also, Dick – ich habe mich überhaupt nicht einsam gefühlt – ich habe das nur erfunden, um für Mister Dernburgs Schwester die Reise bezahlen zu dürfen, ohne ihn beschämen zu müssen.«

Dick machte große Augen, steckte die Hände in die Taschen und wippte auf den gespreizten Beinen.

»Phänomenal!«

»Was?«

»Wie du flunkern kannst. Hätte ich dir nicht zugetraut.«

Sie lachte leise. »Man erlebt zuweilen Überraschungen mit seinen Freunden, Dick.«

»Also, du brauchst gar keine Gesellschafterin?«

»Wenn sie mir gut oder sehr gut gefällt, dann werde ich sie brauchen. Andernfalls komme ich für ihre Reisekosten auf und werde auch drüben irgendwie Verwendung für sie finden. Wir müssen dafür sorgen, daß Mister Dernburg sich in Frisko wohl fühlt. Und außerden – du weißt doch, daß ich mir vorgenommen hatte, etwas für die Landsleute meiner Eltern zu tun.«

»Beautiful! Das kommt auch von der deutschen Luft! Die Sache wird sich also historisch entwickeln.«

»Ja, Dick, aber deshalb kannst du doch die Hände aus den Taschen nehmen.«

Er sah erstaunt rechts und links an sich herab.

»Sind Sie schon wieder drinnen?«

»Mir scheint.«

»Merkwürdig – wie Sie immer wieder den Weg dorthin finden, gegen meinen Willen. Ich hoffe, es ist nicht beängstigend.«

»Dick, Du bist unverbesserlich.«

Er zog lachend die Hände aus den Taschen und klappte mit einem Ruck die Beine zusammen.

»Ist es recht so?«

»Großartig – Du machst Dich, Dick.«

»Was hast Du jetzt vor, Darling?«

»Bis wir zur Oper fahren, nichts.«

»Ich möchte noch einige Briefe schreiben und den Vertrag mit Mister Dernburg aufsetzen. Laß uns die einzelnen Punkte nochmals durchgehen.«

Das geschah. Und Gladys konnte noch einige Vergünstigungen für Hans Dernburg in den Vertrag einfügen. Dann zog sich Dick Garring zurück. Gladys ließ sich in einen Sessel gleiten und träumte vor sich hin – von Hans Dernburg. Sie sah ihn fast greifbar vor sich, in seiner stolzen, aufrechten Haltung, mit dem ruhig vornehmen Wesen. Sie sah sein männlich energisches Gesicht, aus dem die Augen blickten, wie kein Amerikaner blicken konnte – mit so viel Güte.

Und eine brennende heiße Sehnsucht überkam sie – nach der Güte eines rechten Mannes.

Durch diese Sehnsucht verriet Gladys, wie deutsch sie im Gemüt geblieben war. Als nach einer Weile Miß Clara eintrat, fuhr Gladys zusammen. Aber dann sah sie lächelnd zu der alten Dame auf.

»Wissen Sie, was für einen Plan ich habe, Miß Clara?«

»Nein, Miß Gladys. Wollen Sie es mir sagen?«

»Ja, das will ich. Hören Sie mich an – ich möchte mir eine junge Deutsche als Gesellschafterin engagieren.«

Erstaunt sah die alte Dame ihre junge Herrin an.

»Eine Gesellschafterin? Brauchen Sie denn noch eine?«

Gladys lachte schelmisch.

»Eigentlich selten – aber manchmal wird es ganz nett sein, wenn ich junges, frisches Blut um mich habe. Seit meines Vaters Tod ist es doch recht still in unserem Haus geworden. Und – gestehen Sie es nur, Miß Clara, auch Sie wären froh, wenn Sie manchmal ein wenig aufgeheitert würden. Ich bin in den letzten Monaten kein sehr erheiternder Umgang für Sie gewesen.«

»Daß Sie der Tod Ihres Herrn Vaters traurig gestimmt hat, ist natürlich. Und daß Ihre Gesellschaft mir trotzdem die liebste ist, wissen Sie auch. Aber für Sie selbst ist es vielleicht gut, wenn Sie ein wenig Jugend und Frohsinn ins Haus bekommen. Ich bin eine alte Frau und nicht mehr so elastisch. Aber – wie lange wird es noch dauern - dann heiraten Sie – und dann brauchen Sie überhaupt keine andere Gesellschaft mehr.«

»Oder erst recht«, scherzte Gladys, »die amerikanischen Männer sind alle ein wenig langweilig.«

»Nun – es gibt gottlob Ausnahmen. Ich meine, daß zum Beispiel die Frau, die Mister Garring einmal heimführt, sich nicht über Langeweile zu beklagen braucht.«

Gladys lachte. »Nein, da haben Sie recht, mit ihm wird sich eine Frau nie langweilen. Aber es fließt auch etwas deutsches Blut in seinen Adern. Jedenfalls scheint er mir der einzige Mann seiner Art in Amerika. Dieser eine scheidet aber für mich aus.«

»Leider! Es ist sehr schade.«

»Aber nicht zu ändern. Also, hören Sie zu, Miß Clara, wir haben heute einen sehr tüchtigen Architekten engagiert. Dieser geniale junge Mann ist durch den Krieg in eine sehr bedrängte Lage geraten. In Deutschland haben die Architekten jetzt wenig zu tun. Dieser junge Deutsche hat eine Schwester – seine einzige Verwandte von der er sich nicht rennen will. Sie soll ihn nach Kalifornien begleiten. Aber die Reise ist sehr teuer, zumal in deutschem Geld. – Deshalb brauche ich eine Gesellschafterin.«

Miß Clara stutzte und sah forschend in Gladys schelmisches Gesicht. Dann blitzte es in ihren Augen auf.

»Oh – nun verstehe ich –, Sie wollen die junge Dame engagieren, damit Sie als Ihre Gesellschafterin freie Überfahrt nach Kalifornien hat.«

Gladys nickte. »Sie sind sehr klug, Miß Clara.«

»Nun, vor allen Dingen kenne ich Sie und Ihr gutes Herz genau.«

Gladys machte eine abwehrende Bewegung.»Nicht doch –, es liegt uns sehr viel daran, diesen tüchtigen Architekten zu verpflichten. Wenn er aber für seine Schwester die Überfahrt bezahlen müßte, täte es ihm vielleicht wieder leid. Man kann ihm aber auch nicht anbieten, die Reise für seine Schwester zu bezahlten, das würde ihn demütigen. Ich möchte an seiner Schwester etwas Gutes tun, weil ich doch generell in Deutschland etwas Gutes tun möchte. So will ich Miß Dernburg engagieren, und Sie müssen mir helfen, Sie zu überzeugen, daß ich sehr dringend eine Gesellschafterin brauche.«

Miß Clara faßte ihre Hand.

»Sie lieber, guter, wundervoller Mensch!«

Gladys schüttelte verlegen und errötend den Kopf.

»Nein – bitte nicht so zu mir sprechen – es ist keine Güte – nur Berechnung und Egoismus.«

»Ja Ja, es ist himmelschreiend, wie egoistisch und berechnend Sie sind«, sagte Miß Clara herzlich.

Gladys erhob sich.

»Jetzt müssen wir uns aber für die Oper ankleiden, sonst sind wir nicht fertig, wenn Dick uns abholt.«

Und Gladys legte ein schwarzes Kleid aus Spitzen und Seidenkrepp an, was zu ihrem schönen Teint und dem goldig schimmernden Haar sehr gut aussah. Wie immer war Sie eine schöne vornehme Erscheinung, als sie fertig war.

Als gleich darauf Dick Garring bei ihr eintrat, sah er sie befriedigt an.

»Ready?«

»Soeben bin ich fertig geworden, Dick.«

»Du siehst prachtvoll aus, Gladys – man wird mich wieder um meine schöne Begleiterin beneiden.«

Und sie begaben sich mit Miß Clara in die Oper.

»Bitte, Miß Clara, sorgen Sie dafür, daß in meinem Salon der Teetisch für fünf Personen gedeckt wird, während ich nachher drüben bei Dick mit Herrn Dernburg und seiner Schwester verhandle. Wir wollen danach den Tee zusammen einnehmen, damit wir ein wenig näher miteinander bekannt werden.«

»Es ist gut, Miß Gladys, ich werde alles besorgen.«

»Und Sie halten sich an unsere Verabredung und tun so, als ob ich sehr nötig eine Gesellschafterin brauche.«

»Sie können sich auf mich verlassen.«

In diesem Moment klopfte es an die Tür zu Gladys Zimmer. Auf ihren Zuruf trat ein Boy ein, der ihr meldete, daß Herr und Fräulein Dernburg die Herrschaften zu sprechen wünschten.

»Führen Sie die Herrschaften in Mister Garrings Salon.«

»Ist bereits geschehen, aber Mister Garring ist momentan nicht in seinem Zimmer.«

Gladys nickte.

»Ich komme sofort.«

Miß Clara freundlich zunickend, ging sie hinüber in Dicks Salon.

Als sie eintrat, erhoben sich die Geschwister. Rosemarie hatte ihr bestes Kleid angezogen und so viel Sorgfalt wie möglich auf ihr schlichtes Kleid verwendet. Sie sah reizend aus mit den vor Erwartung geröteten Wangen und den leuchtenden Augen, die von dunklen Brauen und Wimpern umgeben waren.

Gladys fühlte sich sogleich von ihrem Anblick sympathisch berührt und freute sich über die reizende Erscheinung. Mit einem freundlichen Lächeln reichte sie Rose Marie die Hand. Sie fühlte dabei Hans Dernburgs Blick auf ihrem Antlitz ruhen, und das trieb ihr das Blut in die Wangen.

»Ich freue mich, Miß Dernburg, Sie kennenzulernen«, sagte sie herzlich.

Rosemarie sah bewundernd in Gladys schönes und feines Gesicht.

»O Miß Forester, wie glücklich würde ich sein, wenn Ihre liebenswürdigen Worte mehr wären als nur reine Höflichkeit.«

Mit ernsten Augen sah sie Gladys an.

»Wie leicht ist es dann, Sie glücklich zu machen. Ich freue mich wirklich – es ist keine Phrase.«

Dann reichte Gladys auch Hans Dernburg die Hand.

»Ich danke Ihnen, daß Sie mir Ihre Schwester gebracht haben. Sie sieht ganz so aus, wie ich es mir gewünscht habe. Und ich hoffe, Sie haben es sich nicht anders überlegt und sind entschlossen, den Vertrag zu unterschreiben.«

Hans hätte am liebsten die schlanke Mädchenhand nicht wieder hergegeben.

»Nein, Miß Forester, ich habe es mir nicht anders überlegt. Ich werde den Vertrag unterschreiben.«

Mit ihren schönen braunen Augen sah sie groß und ernst in die seinen.

»Das freut mich sehr.«

In diesem Moment trat Dick ein.

»Ich muß um Verzeihung bitten, daß ich warten ließ«, sagte er und reichte Hans Dernburg die Hand.

Dieser verneigte sich und machte seine Schwester mit Dick Garring bekannt.

Mit großen Augen sah dieser auf Rose Marie. Ihre holde, liebreizende Erscheinung schien ihn einen Moment sprachlos zu machen. Unter dem Blick ihrer leuchtenden Augen wurde er unsicher und verlegen wir ein Schuljunge. Aber endlich raffte er sich auf und reichte ihr die Hand.

»Darf ich – to shake hands?« fragte er lächelnd.

Sie legte ihre Hand schnell in die seine.

Er hielt sie verlegen eine ganze Weile fest, atmete dann tief auf und gab sie frei. Dann wandte er sich fragend an Gladys.

»Habe ich mich richtig benommen einer deutschen Lady gegenüber, Darling?«

Gladys hatte sehr wohl bemerkt, daß Rose Marie Dernburgs Erscheinung einen großen Eindurck auf Dick gemacht hatte. Aber es war bei ihm nicht selten, daß er beim Anblick eines schönen Mädchens schnell entflammt war. »Ganz richtig, Dick! Aber bitte, wir wollen Platz nehmen und den Vertrag mit Mister Dernburg noch einmal besprechen. Dann werden wir drüben bei mir einen Tee einnehmen. Inzwischen werden Sie, Fräulein Dernburg, vielleicht zu einem Entschluß gekommen sein, ob Sie die Stellung als Gesellschafterin bei mir annehmen wollen.«

Rose Marie war unter Dick Garrings bewunderndem Blick tief errötet. Nun sah sie Gladys an.

»Es hängt nicht von mir, sondern ganz von Ihnen ab, Miß Forester, ob ich diese Stelle antreten werde«, sagte sie.

Gladys lächelte sie an. Sie war sehr froh, daß Rose Marie Dernburg ihr so gut gefiel. So brauchte sie sich nicht zur Freundlichkeit zu zwingen, von der ihr Herz nichts wußte.

»Ich danke, dann sind Sie schon engagiert, Miß Dernburg.«

Rose Marie stieg die Freudenröte ins Gesicht.

»Das wage ich noch gar nicht zu glauben, Miß Forester.« Dick hatte die junge Dame nicht aus dem Auge gelassen. Sie ist entzückend, dachte er. Und laut fuhr er fort, im Bestreben, die Sache schnell unter Dach und Fach zu bringen: »Sie können alles ohne Vorbehalt glauben, was Miß Forester sagt. Sie weiß genau, was Sie will.«

Rose Marie sah mit strahlenden Augen die aber etwas feucht schimmerten, zu ihrem Bruder auf und faßte seine Hand.

»Hans – lieber Hans –, so werde ich dir keine Last sein«, stieß sie erregt hervor.

Hans streichelte beruhigend ihre Rechte.

»Verzeihen Sie die Aufregung meiner Schwester. Sie

wollte mir nicht glauben, daß Sie mir keine Last sein würde, wenn sie nicht als Miß Foresters Gesellschafterin mit nach Kalifornien reisen könnte.«

Dick und Gladys hatten lächelnd auf die Geschwister gesehen. Gladys Herz schlug bis zum Hals hinauf, als sie sah, wie liebevoll Hans Dernburg seine Schwester beruhigte. Wie schön mußte es sein, im Schutz eines solchen Mannes zu leben.

Auch Dick Garring hatte ein eigenartiges Empfinden, als er sah, wie sich Fräulein Dernburg in hilfloser Erregung an ihren Bruder schmiegte. Am liebsten hätte er sie ebenfalls beruhigt und gestreichelt.

Sie ist entzückend, dachte er abermals.

Gladys aber faßte nun Rose Maries Hand. »Also, wollen wir es miteinander versuchen? Sie sind mir sympathisch, und ich weiß immer sofort, ob ich mit einem Menschen harmonieren kann. Bei Ihnen habe ich das sichere Gefühl, daß es der Fall sein wird.«

Dankbar sah Rose Marie in ihre Augen. »Sie machen mich sehr froh und glücklich, Miß Forester. Aber werden meine Kenntnisse und Fähigkeiten ausreichen, um Sie zufriedenzustellen?«

Gladys lächelte schelmisch und sah zu Hans Dernburg hinüber, als wolle sie sagen: Hab' keine Angst, wir werden schon einig werden.

Zu Rose Marie sagte sie: »Wir können gleich ein kleines Examen abhalten. Sind Sie musikalisch?«

»Ja, Miß Forester, ich spiele Klavier vom Blatt, singe ein wenig und kann meine Lieder zur Laute begleiten.«

»Das ist reizend, ich freue mich, Sie zu hören. Ihrer Sprache nach müssen Sie eine weiche, dunkle Stimme haben.«

»Mezzosopran.«

»Sehen Sie? Und wie ist es mit Ihren Sprachkenntnissen?«

»Englisch und Französisch beherrsche ich in Wort und Schrift fast perfekt.«

»Famos, so kann ich mit Ihnen in allen drei Sprachen plaudern, die ich selbst beherrsche. So bleiben wir beide in Übung. Hoffentlich können Sie auch heiter und lustig sein?«

Rose Marie atmete schnell wie ein erregtes Kind.

»Oh – wie gern bin ich es, wenn mich keine Sorgen daran hindern.«

Dick starrte wie hypnotisiert auf Rose Marie.

»Ihre Sorgen lassen Sie in Deutschland zurück, Miß Dernburg«, sagte er.

Rose Marie atmete tief und sah ihren Bruder mit leuchtenden Augen an.

»O wie gern! Nicht wahr, Hans – wir werden aufatmen, wenn wir unser Sorgenbündel loswerden.«

»Es war wohl sehr groß und schwer?« fragte Dick teilnehmend.

Sie strahlte ihn an. »Jetzt weiß ich es nicht mehr! Mir ist, als sei eine gütige Fee gekommen und habe all unsere Sorgen fortgeblasen. Sie und Miß Forester – Sie haben uns das Herz so leicht und frei gemacht. Herrlich ist das – nicht wahr, Hans?«

Dieser sah Gladys ebenso strahlend an.

»Meine Schwester spricht mir aus der Seele.«

»Anscheinend sind wir also im besten Einvernehmen. Und statt des einen Vertrages können nun gleich zwei unterzeichnet werden«, sagte Dick vergnügt.

»Das können wir. Während du mit Mister Dernburg den Vertrag noch einmal durchsiehst, bespreche ich mit Miß Dernburg alles Notwendige. Wenn wir dann zu einem Abschluß gekommen sind, erwartet uns Miß Clara zum Tee.«

Es wurde nun alles Weitere schnell erledigt. Dann führte Gladys die Geschwister in ihren Salon hinüber.

Dick begleitete Sie.

Drüben machte Gladys die Geschwister mit Miß Clara bekannt, und sie sagte dann zu dieser: »Liebe Miß Clara, ich habe Fräulein Dernburg, Ihre Landsmännin, als Gesellschafterin engagiert.«

Miß Clara reichte Rose Marie die Hand: »Es freut mich sehr, daß sich Miß Gladys endlich entschlossen hat, sich eine junge Gesellschafterin zu engagieren. Es war bitter nötig.«

Dick sah Miß Clara lachend an, als wollte er sagen: Aha – sie ist auch mit im Komplott.

»Ja, Miß Clara, ich habe endlich eine mir zusagende Persönlichkeit gefunden. Fräulein Dernburg gefällt mir sehr«, sagte Gladys.

Miß Clara sah Rose Marie wohlgefällig an. »Ich kann Ihnen verraten, daß Sie eine sehr gütige und großherzige Herrin haben werden.«

Gladys wehrte hastig errötend ab. »Machen Sie Fräulein Dernburg kein falsches Bild von mir.«

»O nein, Miß Gladys, ich kenne Sie nun seit fast fünfzehn Jahren und weiß viel besser als sonst jemand, Mister Garring vielleicht ausgenommen, wie gut Sie sind und welche vornehme Gesinnung Sie haben. Ich kann Fräulein Dernburg nur beglückwünschen, daß Sie bei Ihnen eine Stellung gefunden hat. Und Ihnen, Herr Dernburg, wünsche ich ebenfalls Glück. Wer in der Firma Garring & Cie. seine Pflicht tut, ist gut aufgehoben.«

Hans Dernburg verneigte sich vor Miß Clara. »Ich danke Ihnen für Ihren Glückwunsch, Fräulein Breitfeld. Was an mir liegt, will ich alles tun, um meine Pflicht voll und ganz zu erfüllen.«

Die alte Dame lachte. »Fräulein Breitfeld! Ich mußte mich wahrhaftig erst besinnen, daß ich das bin. So hat mich seit vielen Jahren kein Mensch mehr genannt. Bitte

– nennen auch Sie mich, wie ich es nun seit fünfzehn Jahren gewohnt bin – Miß Clara. Sonst verwechsele ich mich mit mir selbst«, sagte sie.

»Wenn Sie es uns gestatten – gern, Miß Clara«, sagte Hans Dernburg lächelnd.

Man nahm nun am Teetisch Platz, und es kam zu einer sehr angeregten Unterhaltung.

Rose Marie ging das Herz über vor Freude über ihr und des Bruders Zukunft, denn sie war glänzend zu nennen. Außerdem freute sie sich, in Miß Forester und Mister Garring zwei liebenswerte Menschen kennengelernt zu haben. Auch Miß Clara gefiel ihr sehr.

Und sie hatte das Gefühl, sich im Kreise dieser Menschen geben zu können, wie ihr ums Herz war. Über Dick Garrings drollige Art lachte Sie einige Male herzlich. Und dieses klare warme Lachen gefiel Dick sehr, sehr gut. Er verliebte sich in dieses Lachen, weil es so richtig aus dem Herzen kam und einen frohen, lebendigen Geist verriet. Er hatte immer neue lustige Einfälle und gab sie zum Besten, nur, um wieder dieses klare, warme Lachen zu hören.

Immer wieder sah er dabei in das liebe Gesicht Rose Maries. Sie war ein Frauentyp, den er bisher noch nie kennengelernt hatte. Solche Frauen wie sie gab es drüben nicht – ganz bestimmt nicht.

Oft genug hatte Dick schon flüchtig Feuer gefangen, wenn er eine hübsche junge Dame kennengelernt hatte, aber der Flirt war stets nur von kurzer Dauer. Rose Marie Dernburg hatte ein ganz anderes Gefühl in ihm ausgelöst. Er wagte es nicht einmal in Gedanken, dieses Gefühl als Verliebtheit zu bezeichnen. Es war etwas in ihrem Wesen, was ihm bei aller Bezauberung eine tiefe Achtug abnötigte. So hilflos und verzagt sie ihm auch erschien, übte sie doch vom ersten Augenblick an eine Macht auf ihn aus, der er sich beugen mußte, ob er wollte oder nicht.

Er wurde sich durchaus nicht klar über seine Gefühle. Nur so viel stand fest: Er war sehr froh und glücklich darüber, daß sie mit nach Kalifornien kommen würde.

Und während er sich bestens mit Rose Marie beschäftigte, plauderte Gladys angeregt mit Hans Dernburg. Sie wußte ihm mancherlei aus seinem Leben zu entlocken, worüber er sonst nicht zu fremden Menschen sprach. Und so schilderte er ihr auch die furchtbare Stimmung, die ihn befallen hatte, als er, noch im Lazarett im fremden Land liegend, die Kunde vernahm, daß Deutschland den Krieg verloren hatte. Und auch davon erzählte er, wie verzweifelt er gewesen sei, als sein Arm ihm den Dienst versagte.

»Hätte ich damals meine Schwester nicht gehabt – ich hätte diese furchtbare Zeit wohl nicht ertragen. Im Dulden sind wir Männer keine Helden. Meine Schwester hat mich oft beschämt durch ihre Tapferkeit.«

Rose Marie legte, als sie das hörte, ihre Hand auf die des Bruders, und er drückte sie warm und herzlich im stillen Einvernehmem.

Dick und Gladys Blicke begegneten sich. Diese kleine Szene zwischen den Geschwistern hatte etwas Rührendes für sie beide.

Es blieb eine Weile still. Dann sagte Dick, gewaltsam seine Ergriffenheit abschüttelnd: »Bitte, lassen Sie mich nicht verdursten, Miß Clara – ich bitte noch um eine Tasse Tee.«

Die alte Dame füllte lächelnd seine Tasse. »Es wäre schade um sie, Mister Garring.«

Er nickte überzeugt.

»Jammerschade!«

Rose Marie mußte über sein drolliges Gesicht lachen. Er sah sie vorwurfsvoll an.

»Sie glauben es nicht, Miß Dernburg?«

Erschrocken sah sie ihn an.

»Verzeihung – ich mußte nur über Ihr drolliges Gesicht lachen.«

Dick beugte sich vor, um einen Blick in den Spiegel werfen zu können. Ungeniert schnitt er sich selbst eine Grimasse, so das Rose Marie wieder lachen mußte. Auch Gladys lachte mit. Und zwischen Dick und ihr flogen nun einige ihrer kurzen, deftigen Bemerkungen hin und her. Dann wurde Dick ernst und wandte sich an Hans Dernburg.

»Wann können Sie Ihre Vorbereitungen zur Reise nach Kalifornien getroffen haben?«

»Sie brauchen nur den Termin festzulegen, wenn wir reisefertig sein sollen. Wenn es sein muß, sind wir in sechs bis acht Tagen fertig. Lieber wäre es mir allerdings, ich hätte noch zwei bis drei Wochen Zeit.«

»Sie können sich Zeit lassen. Wir wollen erst noch eine Reise in die Schweiz und nach Oberitalien machen, dann über die Riviera nach Paris. Von dort reisen wir an den Rhein, den wir doch auch gesehen haben müssen. Schließlich fahren wir nach Berlin zurück, wo wir einen Teil unseres Gepäcks lassen. Ich denke, in zirka sechs Wochen sind wir wieder hier, und wenn Sie sich dann bereithalten wollen, können wir gemeinsam nach London reisen und uns dort einschiffen.«

Hans Dernburg verbeugte sich.

»Es wird alles geschehen, wie Sie wünschen, Mister Garring.«

»Well? Ich werde mich erkundigen, welchen Dampfer wir nehmen und Ihnen dann den genauen Tag der Abreise von Berlin mitteilen. Sie müssen sich um die nötigen Pässe und Ausweise für Sie und Ihre Schwester kümmern. Mit Ihren Verträgen wird das nicht schwierig sein.«

Man besprach noch einiges, was mit der gemeinsamen Reise zusammenhing. Rose Marie zeigte ihre Freude auf diese schöne Reise ganz unverhohlen. Sie hatte noch sehr wenig von der Welt gesehen und nichts, was mehr als einige Eisenbahnstunden von Berlin entfernt war.

Dick Garring freute sich mit ihr. Er neckte sie ein wenig, machte ihr Angst vor der Seekrankheit und erzählte ihr allerlei lustige Märchen von Seeabenteuern. Aber sie ließ sich nicht bange machen und zeigte sich sehr tapfer und unerschrocken.

Und als alles besprochen war, erhoben sich die Geschwister, um nicht länger zu stören. Sowohl Gladys als Dick hätten sie gern noch zurückgehalten, wußten aber nicht, wie sie das motivieren sollten. So ließen sie die Geschwister gehen.

Miß Clara zog sich ebenfalls zurück, um einen Brief nach San Franzisko zu schreiben.

Gladys und Dick blieben allein und sahen eine Weile gedankenverloren zur Tür, durch die sich die Geschwister entfernt hatten.

Endlich atmete Dick auf und sagte: »Sie ist entzükkend«, diesmal aber nicht zu sich selbst, sondern so laut, daß Gladys es hörte.

Sie schrak aus ihrem Sinnen empor. »Wer ist entzükkend, Dick?«

Er machte mit der Schulter eine Bewegung zur Tür. »Sie«, sagte er lakonisch.

»Du meinst Fräulein Dernburg?«

Er nickte energisch. »Hast du schon einmal ein so entzückendes Geschöpf gesehen, ausgenommen, wenn du selbst in den Spiegel siehst?«

»Dick! Die Welt stürzt ein – du wirst galant.«

»Bin ich schon lange. Aber hast du jemals ein weibliches Wesen so entzückend lachen hören, wie sie?«

Gladys lachte. »Ei Dick – hast du etwa Vergleiche angestellt?«

Er schüttelte ärgerlich den Kopf. »Ich meine es ernst,

Darling – ist dir schon jemals ein so entzückendes Wesen begegnet?«

Sie lächelte schelmisch. »Hast du wieder einmal Feuer gefangen, mein lieber Dick?«

Er schüttelte bekümmert den Kopf. »Gladys – jetzt muß ich dich einmal erziehen. Es ist nicht korrekt, auf eine Frage mit einer Frage zu antworten. Ich frage also noch einmal: Ist dir schon jemals ein so entzückendes Wesen begegnet?«

»Nein, Dick. Sie ist wirklich reizend.«

Er nickte versonnen.

»Was sie für herrliche, strahlende Augen hat. Ich hätte nie geglaubt, daß graue Augen so wunderbar leuchten können. Und Ihr Teint? Blütenfrisch – anders kann man ihn nicht bezeichnen. Ihr Mund ist reizend – so zart geschwungen. Und wenn Sie schelmisch lächelt, kann man ganz leicht den Verstand verlieren.«

»O Dick – du wirst dich doch nicht etwa in meine Gesellschafterin verlieben? Aber nein – bis du sie wiedersiehst, ist dieses Feuer längst abgebrannt. Bei dir hält so etwas nicht lange vor.«

»Abwarten, Darling – ich glaube, diesmal wird es ernst. Ich spüre es, diesmal wird es die große Liebe, auf die ich schon so lange gewartet habe. Ist sie nicht entzükkend?«

»Wie oft wirst du mich noch danach fragen?«

»Du antwortest schon wieder mit einer Gegenfrage.«

Gladys wurde ernst. »Mein lieber Dick, sie ist wirklich ein entzückendes Geschöpf. Aber ich bin dennoch fest überzeugt, daß du in sechs Wochen, wenn wir sie wiedersehen, schon allerhand an ihr auszusetzen hast.«

»Wir werden sehen! Ich glaube nicht.«

»Und – wenn nicht – wenn du wirklich eine ernste bleibende Neigung zu diesem jungen Mädchen gefaßt hättest – was dann?«

Dick sprang auf, steckte die Hände in die Taschen und stellte sich kampfbereit in seiner Lieblingspose vor Gladys auf.

»Dann werde ich sie heiraten.«

»Aber Dick – das wirst du dir reiflich überlegen.« Er nickte. »Well – ich werde überlegen – sehr gründlich. Aber ich wünsche sehr, daß mein Herz über alle Überlegung triumphiert. Ach Darling – ich möchte mich einmal ganz unsinnig verlieben – und zwar gerade in diese junge Lady. Rose Marie heißt sie. Ist das nicht ein entzückender Name?«

»Ja, und er paßt zu ihr.«

Er atmete auf. »Rose Marie«, sagte er zärtlich vor sich hin. Und dann fragte er weiter. »Hast du gesehen, wie sie ihren Bruder anschaute? So lieb – so treu – so hingebend – wie muß sie erst einen Mann anschauen, den sie liebt.«

Gladys sah forschend zu ihm auf. »Lieber Dick – mir scheint, daß es dich diesmal ernsthaft erwischt hat.«

»Merkst Du das jetzt erst, Darling?«

Sie sah versonnen vor sich hin. Ach – wie gut konnte sie Dick verstehen. Was ihm Rose Marie galt, das galt ihr Hans Dernburg. Oder noch mehr, noch viel mehr. Ihr Herz tat ihr weh, so sehr sehnte sie sich schon jetzt nach Hans Dernburgs Anblick. Sie wußte, die Zeit bis Sie ihn wiedersah, würde ihr endlos lang vorkommen.

Was sollte aber daraus werden? Selbst wenn Hans Dernburg ihre Gefühle erwiderte, so durfte sie doch nicht auf das Glück einer Verbindung mit ihm hoffen. Es konnte, durfte nicht sein, daß er ihr mehr bedeuten sollte. Nie konnte es eine Verbindung geben zwischen ihr und ihm. Selbst wenn er sie lieben und zur Frau begehren würde, mußte sie ihn zurückweisen – weil sie ein Geheimnis vor ihm bewahren mußte. Ihm dieses Geheimnis preisgeben hieße, ihn verlieren, denn er würde sich mit Grauen von ihr abwenden, wenn er hören würde, daß ihr Vater es gewesen war, der damals der Firma Dernburg und Sohn den ersten Schlag versetzte und damit Schuld war an allem Unglück, das über seine Familie gekommen war.

Würde Hans Dernburg dann nicht sagen: Dein Vater hat den meinen in den Tod getrieben, zwischen uns kann es nie eine Gemeinschaft geben.

Sie erschauerte leise. Nein, sie durfte ihr Herz nicht an Hans Dernburg verlieren, gerade an ihn nicht. Sie mußte sich darauf beschränken, ihm und seiner Schwester so viel Gutes zu tun, wie in ihrer Macht stand.

Aber war es nicht schon zu spät für ihr Herz, hatte sie es nicht schon an ihn verloren? Gehörte es nicht schon ihm seit der ersten flüchtigen Begegnung, gerade ihm, dem sie es nie, niemals hatte schenken dürfen?

Sie seufzte tief.

Dick sah sie forschend an.»Was seufzest du, Gladys?« Sie sah mit einem seltsam schweren Blick zu ihm auf. »Ich beneide dich, Dick?«

»Worum beneidest du mich?«

»Darum, daß du dein Herz verschenken darfst, wem du willst.«

»Das darfst du doch auch, Darling.«

Sie richtete sich auf und strich sich besinnend über die Stirn. »Das wohl – ich meine nur – ich beneide dich, weil du jemanden gefunden hast, dem du es schenken darfst.«

»Verzage nicht, Darling, du wirst es auch eines Tages verschenken dürfen. Das geht manchmal sehr schnell.«

Sie preßte die Handflächen zusammen. »Manchmal, ja – es mag wohl sein«, sagte sie aufatmend.

Aber dann raffte sie sich auf aus ihrer schwermütigen Stimmung. Sie war eine jener Frauen, die sentimental ihren unerfüllbaren Wünschen nachhängen und das ganze Leben schal und öde finden, wenn diese nicht erfüllt werden.

Und es bedeutete immerhin ein stilles Glück für sie, daß sie Hans Dernburg wiedergesehen hatte und ihn in Zukunft sehen und sprechen konnte, sooft sie wollte und daß sie wie ein Schutzengel über ihn und seine Schwester wachen durfte.

Aber – wenn nun auch er ihr sein Herz zugewandt hatte? Seine Augen hatten sie so seltsam angesehen. Und diese Augen hatten aufgeleuchtet, als sie ihm gestern gesagt hatte, sie sei nicht verlobt mit Dick Garring.

Sie erhob sich, wie auf der Flucht vor den eigenen Gedanken.

»Was machst du heute abend, Dick?«

Ich habe nicht Bestimmtes vor, Darling, du kannst ganz über mich verfügen.«

»Dann wollen wir ins Deutsche Theater fahren. Es gibt einen Klassiker: Kabale und Liebe. Und Paul Hartmann spielt den Ferdinand.«

»Ah, derselbe Künstler, den wir neulich im Film sahen. Ja – den wollen wir uns ansehen. Es wird wohl unser letzter Theaterabend in Berlin sein.«

»Da wir morgen abreisen, sicher.«

»Wir hätten eigentlich die Geschwister Dernburg bitten können, mit uns ins Theater zu gehen. Wir hätten diesen Abend überhaupt in ihrer Gesellschaft verbringen können. Sie verstehen sehr anregend zu plaudern, und wir hätten uns noch ein wenig näher kennenlernen können.«

Gladys strich sich über die Stirn.

»Ja, Dick, das hätten wir tun können – ich hätte die süße kleine Rose Marie ganz gern noch ein wenig bei mir behalten.«

»Warum hast du das nicht gesagt?«

»Ich konnte doch nicht wissen, daß du den gleichen

Wunsch hattest«, sagte Gladys lächelnd.

Er lief erregt im Zimmer auf und ab. Ich bin sehr ärgerlich.«

»Das sehe ich dir an, Dick. Aber es ist nicht mehr zu ändern.«

Er nahm seine Lieblingshaltung ein. »Oh – zu ändern wäre es schon – wir bräuchten nur einen Boten zu schicken und ihnen sagen zu lassen, sie möchten den Abend in unserer Gesellschaft verbringen. Aber jetzt würde das natürlich sehr komisch aussehen, nicht wahr?«

Sie schob ihre Hand unter seinen Arm und sah ihn ernst an. »Lieber Dick, es ist vielleicht auch besser, wir warten diese sechs Wochen ab, bis wir sie wiedersehen. Inzwischen kannst du dich ernsthaft prüfen, wie stark dein Gefühl für Rose Marie Dernburg ist. Denke dir, wenn wir noch länger zusammengewesen wären und sie hätte ihr Herz an dich verloren.«

»Herrlich! Das soll sie ja.«

»Und wenn du flatterhafter Mensch dann nach sechs Wochen zurückkommst und dein Herz wieder einer anderen zugewandt hast?«

»Ausgeschlossen?«

»Das hast du wohl schon manchmal gedacht. Und siehst du, Dick, mit Frauen ihres Schlags darfst du nicht leichtsinnig flirten. Du würdest dieses feine, zarte Wesen vielleicht verletzen, wenn du heute in der Aufwallung deiner Gefühle allerlei Torheiten sagtest und Hoffnungen in ihr wecktest, die du später nicht verwirklichen willst. Versprich es mir, Dick, dieses junge Mädchen soll dir heilig sein.«

Er sah sie seltsam ernst an. »Darling, mir ist heute so weich ums Herz wie noch nie in meinem Leben. Und du bist ein prachtvoller Mensch, daß du mir so ernsthaft ins Gewissen redest. Ich verspreche dir, daß ich mich erst ernsthaft prüfen will. Sie soll nicht beunruhigt werden, wenn ich diese Prüfung nicht bestehe.«

Sie drückte seine Hand. »Guter lieber Dick!«

»Mein old fellow – mein besseres Ich«, sagte er, ihr dankbar zunickend.

Und dann sahen sie sich eine Weile lächelnd an.

»Die deutsche Luft, Darling! Ich fürchte, sie richtet eine arge Verwirrung in mir an. Oder glaubst du, daß Rose Marie Dernburg auch drüben beim ersten Zusammentreffen einen so tiefen Eindruck auf mich gemacht hänge?«

Sie lachte. »Ach Dick – ich finde, du warst auch drüben immer sehr schnell verliebt.«

Er faßte ihre Hand und sagte sehr ernst: »Diesmal bin ich nicht nur verliebt, Gladys – dies ist etwas anderes, etwas ganz anderes.«

VIII

Am nächsten Morgen reiste Dick Garring mit den beiden Damen von Berlin ab. Sie besuchten auf der Durchreise München und einige andere Städte, in denen Dick historisch bedeutende Gebäude besichtigte. Gladys interessierte sich ebenfalls für diese Bauten, so daß sie Dicks Studium nicht langweilig fand. Es gab viel Neues und Schönes zu sehen für sie beide, und natürlich auch für Miß Clara, die erst jetzt ihre deutsche Heimat näher kennenlernte. Zu großen Reisen hatte es früher bei ihr nie gereicht.

Gladys gefiel es sehr in Deutschland, obwohl dieses verarmte Land jetzt Not litt. Und Dick sah so manches, was ihn zum Nachdenken anregte.

Dann setzten sie ihre Reise fort in die Schweiz und nach Italien. Sie hielten sich nirgends lange auf, denn sie wollten auf dieser Reise möglichst viel sehen. Von Italien reisten sie an die Riviera. Nizza imponierte ihnen nicht so sehr. Das alles hatten sie drüben ebenso schön. Nur das mondäne Leben interessierte sie, obwohl es nicht das der Vorkriegszeit war.

Sie machten dann noch einen Abstecher nach Paris, wo sie geschäftlich zu tun hatten, besuchten Brüssel und Amsterdam, fuhren über Köln den Rhein aufwärts bis Biebrich und kehrten über Wiesbaden und Frankfurt nach Berlin zurück.

Miß Clara hatte bei diesem Tempo ein wenig den Atem verloren, aber Gladys und Dick waren bis zuletzt frisch und aufnahmefähig.

Und nun wollten sie in Berlin wieder mit den Geschwistern Dernburg zusammentreffen.

Wie verabredet hatten sie beide auf der ganzen Reise kein einziges Mal von den Geschwistern gesprochen.

Für Gladys verging freilich kein Tag, an dem sie nicht mit schmerzlicher Trauer an Hans Dernburg gedacht hätte. Aber nie sprach sie seinen Namen aus. Aus Rose Marie erwähnte sie nicht, um Dick völlig unbeeinflußt zu lassen.

Wie er zu Rose Marie in seinem Innern stand, hätte sie gern gewußt, aber absichtlich fragte sie nicht. Hatte er, wie es ihr fast scheinen wollte, die Aufwallung seiner Gefühle für sie vergessen, so war es besser, sie rührte nicht mehr daran. War er aber wider Erwarten seinen Gefühlen treu geblieben, dann war es immer noch Zeit, davon zu reden, wenn er selbst davon anfing.

Auch auf dieser ganzen Reise waren sie treue Kameraden die alles Schöne zusammen genossen und alles Neue lernbegierig in sich aufnahmen. Miß Clara staunte über ihre Elastizität, und während der Reise zwischen Frankfurt und Berlin sagte sie zu Gladys, während sie eine Weile mit ihr allein war: »Ich bewundere Sie, daß Sie bis zuletzt so aufnahmefähig geblieben sind. In meinem armen Kopf geht jetzt alles durcheinander, und ich werde bis an das Ende meiner Tage zu tun haben, um die in mich aufgenommenen Schätze zu registrieren und zu ordnen. Wie dankbar ich Ihnen bin, Miß Gladys, daß Sie mich an all dem Schönen und Interessanten teilnehmen ließen, das kann ich nicht in Worte fassen. Ich kann Ihnen meine Dankbarkeit auch nicht beweisen. Sie verdichtet sich in meinen Herzen nur zu einem heißen Wunsch – daß der Himmel Ihnen eines Tages ein ganz großes, reiches Glück senden möge.«

Gladys sah sie mit einem seltsam trüben Blick an. »Liebe Miß Clara – dann müßten Ihre Wünsche schon eine Wunderwirkung haben, wenn mir ein solches Glück beschieden sein sollte.«

Das alte Fräulein schüttelte lächelnd den Kopf. »Aber liebe Gladys – wie kann ein so junges schönes Geschöpf wie Sie dem Leben so verzagt gegenüberstehen?«

Gladys schüttelte den Kopf.

»Nein – verzagt bin ich nicht. Aber Glück, echtes, wahres Glück ist so wenigen Menschen beschieden und hat für jeden ein anderes Gesicht. Was andere Glück nennen, besitze ich schon – ich bin reich – jung – gesund. Wie viele mögen eines dieser Güter als Glück ansehen. Ich besitze sie alle drei – und es wäre vermessen, noch mehr vom Schicksal zu verlangen.«

»Sie verdienen aber noch ein anderes Glück – das Glück, einen geliebten Menschen zu eigen zu besitzen. Ihr Herz hängt nicht an äußerem Glanz.«

Gladys seufzte tief auf. »Nein – das weiß Gott, meine liebe Miß Clara. Aber die Menschen werden nicht gefragt, auf welche Weise Sie glücklich werden möchten.«

Jetzt trat Dick Garring wieder in das Abteil, und das Gespräch wurde dadurch beendet.

Dick und Gladys repetierten, was sie unterwegs alles gesehen hatten. Sie waren sehr zufrieden mit ihrer Reise, denn sie hatten überall geschäftliche Beziehungen angeknüpft oder erweitert und sich neue Bezugsquellen erschlossen, für mancherlei Dinge, die von der Firma Garring & Cie. benötigt wurden. Das alles besprachen sie noch einmal.

Als sie nach Berlin zurückgekehrt waren und im Eden-Hotel Wohnung genommen hatten, waren Dick und Gladys eine Weile allein in Gladys Salon, und diese sagte, ohne Dick anzusehen: »Wir müssen nun wohl den Geschwistern Dernburg unsere Rückkehr melden, Dick. Eventuell ist vor unserer Abreise noch etwas mit ihnen zu besprechen.«

Dick sah eine Weile nachdenklich vor sich hin. Dann sagte er schnell: »Ich wollte soeben auch davon sprechen, Darling, und dir einen Vorschlag machen.«

Sie sah in fragend an. »Was für einen Vorschlag?«

»Ist es dir recht, wenn ich die Geschwister bitte, heute abend hier im Hotel unsere Gäste zu sein? Ich würde dann gleich einen Boten zu ihnen schicken.«

Gladys Gesicht rötete sich lebhaft, aber sie sagte, obwohl ihr das Herz bis zum Hals hinauf klopfte, anscheinend ruhig: »Gewiß, Dick, es ist mir recht.«

Und sie sah nun forschend in ihr Gesicht. Dick wandte sich ihr langsam zu, und ihre Augen trafen ineinander. So saßen sie eine Weile schweigend einander gegenüber.

Dann fragte Dick plötzlich: »Warum fragst du nicht?«

Gladys schlang die Hände lässig ineinander. »Ich muß dir wieder mit einer Gegenfrage antworten: Wonach soll ich fragen?«

»Du sollst die Frage aussprechen, die eben in deinen Augen lag.«

»Lag eine Frage darin?«

Er nickte. »Du weißt es. Aber ich will es dir ersparen,

die Frage in Worte zu fassen und ungefragt darauf antworten: Nein – ich habe Rose Marie Dernburg in meinem Herzen nicht vergessen – im Gegenteil. Sie hat sich darin festgesetzt. Es hat in all den Wochen nicht einen Tag gegeben, an dem ich sie nicht sehnsüchtig in meine Nähe gewünscht habe. Und wenn ich daran denke, daß ich sie heute abend wiedersehen soll, bekomme ich richtig Herzklopfen. Trotzdem bin ich mit meiner Selbstprüfung noch nicht zu Ende. Ich weiß nicht, ob das, was ich für sie empfinde, anhalten wird, wenn ich sie wiedersehe. Meine Phantasie ist in der Regel ein Schönfärber, deshalb gefällt mit oft eine Frau bei der zweiten Begegnung nicht halb so gut wie bei der ersten. In der Zwischenzeit malt meine Phantasie ein viel schöneres Bild von der Betreffenden, daß die Wirklichkeit dann nicht hinreicht. Denke dir, ich kann mich nicht mehr genau besinnen, wie sie aussieht. Nur ihre Augen – diese wundervollen, strahlenden Augen – und ihr reizendes Lächeln sehe ich beständig vor mir. Sonst verändert sich ihr Aussehn vor meinem geistigen Auge ständig – aber ich muß erst feststellen, ob Sie in Wirklichkeit so entzückend ist, wie sie in der Phantasie vor mir schwebt.«

»Und wenn sie nun in Wirklichkeit so ist?«

Er atmete tief und sagte: »Dann wird sie meine Frau.«

Gladys richtete sich auf. »Ist das so sicher?«

»Felsenfest. Denn du kannst mir glauben, was ich für sie empfinde, ist größer und stärker, als was ich je für eine Frau empfunden habe. In all den Wochen, seit ich ihr fern bin, hat nicht ein einziges weibliches Wesen Eindruck auf mich gemacht, so viele schöne Frauen ich auch gesehen habe.«

»Ich habe allerdings gemerkt, daß du nicht ein einziges Mal geflirtet hast.«

»Siehst du – so stark war ihr Einfluß aus der Ferne – nach einer einzigen Begegnung mit ihr. Natürlich werde ich sie nicht heute und morgen fragen, ob sie meine Frau werden will. Heiraten ist eine ernste Sache. Aber trotzdem weiß ich schon heute ganz bestimmt, daß sie meine Frau wird.«

»Aber – mein lieber Dick – zum Heiraten gehören immer zwei. Wenn sie nicht damit einverstanden ist?«

Er sprang auf und nahm seine Lieblingsstellung ein. »Sie muß!«

Gladys mußte lachen. »Dick – dann stelle dich nur nie so vor ihr auf«, neckte sie.

Hastig zog er die Hände aus den Taschen, sagte aber dann ruhig: »Sag mal, Gladys, hat dich diese meine Angewohnheit je veranlaßt, mich geringer einzuschätzen?«

»Nein, old fellow – gewiß nicht.«

»Obwohl du dich so oft darüber geärgert hast.«

»Ich habe mich nie darüber geärgert, sondern dich immer nur ermahnt, davon abzulassen, damit andere Menschen kein Ärgernis daran nehmen. Auf meine Freundschaft hat es nie erkältend gewirkt.«

»Well – so darf es auch nicht auf ihre Liebe erkältend wirken. Sie kann mir ja von Zeit zu Zeit sagen, daß ich es lassen soll. Wenn ihr beide mich abwechselnd darauf aufmerksam macht, dann werde ich es mir schon noch abgewöhnen.«

»Ich glaube nicht, Dick, du bist ein hoffnungsloser Fall.«

»So muß ihre Liebe sich damit abfinden, wie Deine Freundschaft tut.«

»Du sprichst von ihrer Liebe wie von etwas Selbstverständlichem.«

»Wenn ich sie heute wiedersehe, werde ich wissen, ob ich sie heirate, denn dann werde ich auch wissen, ob sie mich lieben wird.«

»Wie willst du das so schnell ergründen?«

Dick warf sich in einen Sessel.

»Ihre Augen werden es mir verraten. Sie hat Augen, die nicht lügen können.«

»So genau glaubst du sie schon zu kennen – nach dieser einmaligen Begegnung?«

»Meine liebe Gladys, es gibt Menschen, die man in fünfzig Jahren nicht kennt, und solche, die man schon auf den ersten Blick richtig einschätzen kann, zu den letzteren gehört Rose Marie Dernburg. Ihr Bruder übrigens auch.«

»Ja – er auch«, sagte Gladys mit versonnenem Blick. Aber Dick war zuviel mit sich selbst beschäftigt, als daß ihm Gladys Veränderung aufgefallen wäre.

»Also – darf ich einen Boten zu den Geschwistern schicken, Gladys?«

»Tu das, Dick.«

»Und ich bestelle dann unten im Speisesaal einen Tisch für uns. Hast du besondere Wünsche, Darling?«

»Ich denke, der Ecktisch, an dem wir immer gespeist haben, wird recht sein. Da sitzen wir ungestört.«

»Well – ich lasse ihn reservieren. Was tust du bis zum Abend?« »Ich möchte in Miß Claras Begleitung einige Einkäufe machen, und du?«

»Ich werde noch einige geschäftliche Dinge erledigen.«
»Unsere Plätze auf dem Dampfer sind doch reserviert, Dick?«

»Alles erledigt. Dann also good by.«

»Good by, Dick.« Sie reichten sich die Hände, und Dick entfernte sich.

Hans Dernburg und seine Schwester hatten in diesen Wochen alle Vorbereitungen für ihre Reise getroffen. Rose Marie hatte ihre Beziehungen zur Geheimrätin, zu Dr. Stahringer und zum Drogisten gelöst.

Die wenigen Möbel, die noch im Besitz der Geschwister waren, hatten sie verkauft. Sie gingen samt Wohnung in den Besitz eines junges Paares über, das schon lange bei der herrschenden Wohnungsnot auf ein Zuhause gewartet hatte.

Auch die Schreibmaschine hatte Gladys verkauft, und so hatten sie eine hübsche Summe zusammenbekommen, die zusammen mit ihren Spargroschen zu einer einigermaßen anständigen Reiseausstattung reichen mußte.

Rose Marie, die sehr geschickte Hände hatte, schneiderte sich ein paar Kleider und frischte ihre Garderobe auf.

»Wirst du in sechs Wochen damit fertig werden, Rose Marie?« hatte der Bruder gefragt.

»Aber selbstverständlich, Hans, ich habe ja jetzt nichts weiter zu tun. Wie gut, Hans, daß du noch etliche Skizzen verkauft hast. So können wir gut auskommen, bis wir abreisen, und alles Nötige anschaffen. Denn du mußt ja auf der Reise schon als Architekt der Firma Garring auftreten und ich als Miß Foresters Gesellschafterin. Ach Hans – was ist meine junge Herrin für ein wundervolles Geschöpf.«

Hans Dernburg wandte sich ab und sah mit einem brennenden Blick ins Weite.

»Ja – das ist sie«, sagte er. »Und so gütig, so großmütig. Wie leicht hat sie es mir gemacht, diese Stellung anzunehmen. Ich bin ihr so dankbar dafür.«

Hans atmete tief und schwer. »Ja, Rose Marie, wir müssen ihr dankbar sein. Sie ist unsere Herrin, und wir können ihr unsere Dankbarkeit nur durch treue Ergebenheit beweisen. Hoffentlich gelingt es mir, meine Stellung so auszufüllen, wie es von mir erwartet wird.«

»Darum ist mir nicht bange, Hans, ich bin ganz zuversichtlich. Und Mister Garring weiß ganz genau, was er von deinem Können zu halten hat.«

Ein Lächeln flog über sein Gesicht. »Hoffentlich enttäusche ich ihn nicht. Er ist übrigens trotz seiner lustigen, humorvollen Art ein äußerst tüchtiger und kalkulierender Geschäftsmann, wie fast alle Amerikaner. Und außerdem ein guter, ehrlicher Mensch.«

Rose Maries Augen leuchteten auf. »Ach Hans, man muß auch ihm gut sein. Er hat mich durch seine natürliche, ungekünstelte Art von aller Befangenheit befreit. Alle Angst hat er mir aus der Seele genommen. Und so drollig und lustig kann er sein. Überhaupt – man hat das Gefühl, daß er ein wertvoller Mensch ist.«

Hans nickte. »Wie könnte er auch sonst Miß Foresters Freund sein – das bürgt für ihn«, sagte er überzeugt.

»Ein reizendes Verhältniss herrschte zwischen diesen beiden Menschen. Ich glaube, ein so kameradschaftliches Verhältnis zwischen Mann und Frau gibt es bei uns gar nicht.«

»Es ist wohl auch nur zwischen zwei Menschen mit solchen Qualitäten möglich.«

In ähnlicher Weise hatten die Geschwister schon oft von Gladys Forester und Dick Garring gesprochen.

Und bei all den Vorbereitungen verging die Zeit für sie wie im Flug. Aber nun endlich war alles erledigt, und sie warteten täglich auf eine Nachricht von Dick Garring.

Endlich traf sie ein. Der Bote, den Dick geschickt hatte, brachte einen Brief für Hans Dernburg. Er hatte folgenden Inhalt:

Lieber Mister Dernburg? Miß Forester und ich sind in Begleitung von Miß Breitfeld wieder in Berlin eingetroffen. Es wäre uns sehr lieb, wenn Sie und Ihr Fräulein Schwester heute abend im Hotel unsere Gäste sein wollten. Wir haben noch allerlei zu besprechen. Falls Sie nicht anderweitig behindert sind, erwarten wir Sie um acht Uhr. Bitten geben Sie dem Boten sogleich Bescheid.

In der Hoffnung auf ein Wiesersehn und mit einer Empfehlung an Miß Dernburg

Ihr Garring.

Rose Marie hatte den Bruder, während er las, erwartungsvoll angesehen. Hans reichte ihr den Brief. Sie überflog ihn und ihre Wangen röteten sich.

Mit leuchteten Augen sah sie zu dem Bruder auf. »Wir gehen doch, Hans?«

»Selbstverständlich. Ich gebe gleich Bescheid.« Und er schrieb auf eine Visitenkarte:

Sehr geehrter Mister Garring! Ihrer gütigen Aufforderung werden wir mit Freuden Folge leisten. Meine Schwester und ich empfehlen uns Miß Forester und Miß Breitfeld. Wir werden pünktlich sein.

Hochachtungsvoll

Ihr Hans Dernburg

Die Karte überreichte er dem Boten. Und als er wieder hereinkam, sah er auf die Uhr.

»Wir haben noch drei Stunden Zeit, Rose Marie, aber wir müssen uns feinmachen, denn ich nehme an, daß wir offiziell mit den Herrschaften im Speisesaal des Hotels essen.«

Rose Marie lachte fröhlich auf. »Oh, wir sind jetzt gottlob in der Lage, uns festlich zu kleiden. Dein Schneider hat dir all deine Anzüge aufgefrischt. Sie sehen wie neu aus. Und ich bin großartig ausgestattet. Ich ziehe mein neues Abendkleid an. Und du?«

»Natürlich Smoking, Rose Marie. Wie gut, daß ich dieses nützliche Stück aus der Vorkriegszeit gerettet habe und daß mir noch alles paßt. So hoffe ich, nicht unangenehm aufzufallen.«

»Famos siehst du aus, Hans! Ich habe dir schon gesagt,

es ist jetzt vornehmer, nicht nach der neuesten Mode gekleidet zu sein. Und du wirst, wie immer, eine vornehme Erscheinung in deinem Abendanzug sein.«

Und damit hatte Rose Marie recht. Als die Geschwister sich angekleidet hatten und in dem kleinen Wohnzimmer zusammentrafen, sahen sie einander an.

»Reizend siehst du aus, Rose Marie«, sagte Hans.

Sie schaute kritisch in den Spiegel. Es war nicht zu leugnen, sie sah reizend aus. Sie trug ein vornehm schlichtes, schwarzes Kleid aus weicher schwarzer Seide, das lose um die Hüfte gegürtet war. Es legte sich, die Linien der schlanken, jugendschönen Gestalt nur andeutend, weich um den Oberkörper und fiel von dem Gürtel aus in weichen Falten bis zum Knöchel herab. Ein kleiner Ausschnitt gab den schlanken Hals und ein Stück der Schulterlinie frei, und die losen Ärmel fielen bis zum Ellenbogen herab.

Ihr schönes, kastanienbraunes Haar war schlicht und anspruchslos zu einem dicken Knoten im Nacken aufgesteckt. Über der Stirn fiel es in weichen Wellen herab. Dadurch kam ihr feines Profil besonders zur Geltung. Sie war eine bezaubernde Erscheinung und wirkte sehr vornehm und damenhaft.

Jedenfalls konnten die Geschwister miteinander zufrieden sein.

Hans legte nun einen leichten Mantel um Rose Maries Schulter. Dann machten sie sich auf den Weg, denn sie brauchten über eine halbe Stunde.

IX

Miß Clara empfing die Geschwister in Gladys Salon.

»Die Herrschaften werden sogleich erscheinen. Bitte nehmen Sie inzwischen mit meiner Gesellschaft vorlieb«, sagte sie freundlich, den Geschwistern Platz anbietend.

»Vor einem Vorliebnehmen darf nicht die Rede sein, Miß Clara. Ich hoffe, Sie haben auf Ihrer Reise viel Schönes gesehen«, erwiderte Hans artig.

Die alte Dame sah lächelnd zu ihm auf. »Oh, ich kann gar nicht in Worte fassen, was ich alles an Schönem und Wunderbarem gesehen habe. Mein Herz ist so voll von Dankbarkeit gegen meine junge Herrin, die mich an dieser herrlichen Reise teilnehmen ließ. Sie werden ja noch oft Gelegenheit haben, Miß Foresters Güte und Großherzigkeit kennenzulernen. In ihrer Gegenwart darf ich sie nicht loben, aber da sie es nicht hört, darf ich es wohl sagen,sie ist ein selten liebenswerter Mensch. Und Mister Garring gleicht ihr an Herzensgüte und Großmut, wenn er auch, wie alle Männer drüben, ein guter Geschäftsmann ist, der seinen Vorteil wahrzunehmen weiß. Ich kann Ihnen wirklich gratulieren, daß Sie beide diese Anstellung erhalten haben.«

Hans Dernburg atmete tief auf und zog ihre Hand an die Lippen. »Ich danke Ihnen herzlich. Sie dürfen uns glauben, daß wir uns bewußt sind, das große Los aus einem Glückstopf gezogen zu haben. Wenn man so Schweres durchgemacht hat und glauben muß, daß man ganz vom Glück verlassen ist, wirkt so ein Glücksfall doppelt. Wir wünschen nur, daß wir Miß Forester und Mister Garring unsere Dankbarkeit durch die Tat beweisen können.«

Miß Clara nickte den Geschwistern freundlich zu.

»Vielleicht findet sich dazu Gelegenheit. Aber – ich höre die Herrschaften kommen.«

Gleich nach diesen Worten trat Dick Garring ein. Er war sehr schnell ins Zimmer getreten. Als habe er die Zeit nicht erwarten können. Nun stand er, ein wenig unruhig atmend, vor den Geschwistern. Seine Augen hingen wie gebannt an Rose Maries Gesicht, das bei seinem Anblick tief erglüht war. Ja, er sah es ganz deutlich – ein tiefes Rot stieg in ihr Gesicht. Und dieses Gesicht war noch viel holder und schöner, als er es im Gedächtnis gehabt hatte, denn Rose Marie war in der Sorglosigkeit aufgeblüht. Ihr Anblick ernüchterte ihn nicht, wie er gefürchtet hatte, sondern ließ sein Empfinden von neuem aufflammen, zumal er in ihren Augen las, was er zu sehen gehofft hatte.

Bei Dick hatte der Einschlag von seiten seiner deutschen Mutter wirklich einen starken Einfluß auf sein Gemütsleben. Er konnte viel tiefer und wärmer empfinden, als er es selbst geglaubt hatte, und wenn seine Flirts sich bisher nie zu einer tiefen Neigung ausgewachsen hatten, so lag das daran, daß ihn diese jungen Damen durch ihr oberflächliches Wesen stets zu schnell abgekühlt und ernüchtert hatten. Er begrüßte die Geschwister, trotz seiner Erregung, in der ihm eigenen, lustigen Art, die keine Beklemmung aufkommen ließ. Und schnell war er mit Rose Marie in einer fröhlichen Unterhaltung.

Hans Dernburg beteiligte sich nur wenig daran. Seine Augen hingen immer wieder erwartungsvoll an der Tür, durch die Gladys Forester eintreten mußte. Sein Herz schlug heftig in der Brust, und in seinem Blick brannte die Sehnsucht.

Endlich erschien auch Gladys. Sie trug wieder ein schwarzes, elegant gearbeitetes Abendkleid, das sich weich um ihre schönen Glieder schmiegte und wundervoll mit dem goldbraunen Haar kontrastierte. Absichtlich hatte sie ein besonders einfaches Kleid gewählt, um nicht gegen Rose Marie abzustechen.

Ihre Augen trafen die von Hans Dernburg, und in diesem Augenblick waren sie beide nicht Herr ihrer Empfindungen. Einen Augenblick sahen sie sich selbstvergessen an. Aber schnell gewannen sie ihre Haltung wieder und begrüßten sich, wie es die Höflichkeit verlangte.

Gladys wandte sich dann lächelnd an Rose Marie und reichte ihr die Hand.

»Ich freue mich, Sie wiederzusehen, Miß Dernburg. Haben Sie Ihre Reisevorbereitungen getroffen?«

»Wir sind reisefertig, Miß Forester.«

Sie plauderten noch eine Weile zusammen, bis Dick sagte: »Nun wollen wir aber in den Speisesaal hinuntergeben.«

Das geschah. Plaudernd gingen sie durch den Empfang in den schon ziemlich besetzten Speisesaal.

Sie erregten Aufsehen. Die beiden shönen jungen Damen, Hans Dernburgs imponierende, stolze Erscheinung und der vergnügt und sehr amerikanisch aussehende Mister Garring zogen die Aufmerksamkeit der anderen Gäste auf sich.

Aber die so Angestaunten hatten keine Zeit, auf ihre Umgebung zu achten. Sie nahmen ihre Plätze am Ecktisch ein und plauderten ungezwungen. Rose Marie zwang ihre Schüchternheit nieder, die sie in der ungewohnten, glänzenden Umgebung befallen wollte, und bewies, daß eine gute Erziehung sich allen Situationen gewachsen zeigt.

Die Unterhaltung war lebhaft und ungezwungen. Nach jedem Wort, das Dick mit Rose Marie Dernburg wechselte, wurde sein Entschluß, daß sie seine Frau werden müsse, fester. Die Unterhaltung berührte die verschiedensten Gebiete, und sie vergaßen vollständig, daß sie auf verschiedenen gesellschaftlichen Stufen standen. Sie fühlten sich auf der gleichen Ebene, und es fiel weder Dick noch Gladys ein, sich irgendwie über die Geschwister zu erheben.

Miß Clara saß vergnügt dabei und hatte ihre Augenweide an den vier jungen Menschen. Aus dem reichen

Schatz ihres Wissens steuerte sie ab und zu ihren Beitrag zu der angeregten Unterhaltung bei und freute sich, daß ihre geliebte Miß Gladys so strahlende Augen hatte.

Dick Garring verschwand vor dem Dessert auf einige Minuten und kam mit einem Strauß langstieliger, taufrischer Rosen zurück. Er verteilte sie an Miß Clara, Gladys und Rose Marie.

Gladys nahm sie mit einem schelmischen Lächeln entgegen. Sie wußte sehr wohl, daß Dick diese Rosen im Grunde nur für Rosemarie Dernburg bestimmt hatte und sie und Miß Clara nur an der duftenden Spende teilhatten, um sie unverfänglich erscheinen zu lassen.

Rose Marie faßte zögernd nach den Rosen und sah Dick mit einem halb zagenden, halb entzückenden Blick an, der ihn vollends in ihren Bann zog.

»Oh, die wundervollen Rosen! Ich danke Ihnen, Mister Garring – oh – ich danke Ihnen. Ich habe Blumen so gern – aber – ich habe seit Jahren keine bekommen. Sie sind, wie alles, sehr teuer geworden. Wie schade, daß diese herrlichen Rosen welken müssen – wie jammerschade«, sagte sie mit ihrer lieben, weichen Stimme und streichelte sanft über die Rosen.

Dick hätte ihr alle Schätze der Welt zu Füßen legen mögen, um diesen dankbaren Blick noch einmal aufleuchten zu sehen.

»Wenn Sie Blumen lieben, so werden Sie in Frisko Ihre Liebhaberei ausgiebig befriedigen können. Miß Foresters Garten ist das reinste Blumenparadies, und auch das Haus meiner Eltern liegt mitten in einem großen Garten, in dem Tausende von Blumen wachsen.«

Rose Marie begann unsicher zu werden unter seinem Blick. »Ich stelle mit San Franzisko wie ein Märchenland vor«, sagte sie leise.

»Möge es Ihnen alle Träume erfüllen, so daß Sie nie Heimweh bekommen.«

Sie schüttelte lächelnd den Kopf. »Mein Bruder ist ja bei mir – und sonst lasse ich hier nichts zurück als viele traurige Erinnerungen.«

Er sah sie forschend an. »Keine Menschen, die Ihnen lieb und teuer sind?«

»Nein, außer meinem Bruder besitze ich keinen lieben Menschen. Das macht uns den Abschied leicht – was wir lieben, nehmen wir mit uns. Wieviel schlimmer würde es sein, müßte ich zurückbleiben, wenn mein Bruder fortginge ohne mich – dann würden wir wohl beide Heimweh nacheinander bekommen, denn, wo unsere liebsten Menschen sind, da ist unsere wahre Heimat.«

»Sind Sie auch der Ansicht Ihrer Fräulein Schwester, Herr Dernburg?« fragte Gladys lächelnd.

Hans Dernburg fuhr aus einer leichten Versonnenheit auf und sah Gladys mit seinen stahlblauen Augen nachdenklich an. »Ich dachte eben darüber nach, Miß Forester, und es wurde mir klar, daß ich meine Heimat, was man darunter versteht – ich meine, mein Vaterland, schon in jener Stunde verloren habe, als ich aus dem Feld zurückkehrte. Das Deutschland, in das ich zurückkehrte, sah meiner Heimat nicht mehr ähnlich. Es war mit fremd geworden. Und ich habe bisher das alte Verhältnis zu meiner deutschen Heimat nicht wiederfinden können. Möglich, daß sie mir wieder teuer wird, wenn ich sie verlassen habe, möglich auch, daß ich manchmal mit Wehmut an sie zurückdenke. Aber es hält mich nicht. Ich habe nicht das Talent, lieber als fanatischer Schwärmer in Deutschland zugrunde zu gehen, als mir draußen in der Welt durch Tatkraft und Können eine Existenz zu schaffen. Wo ich arbeiten und nützen kann, fühle ich mich am rechten Platz. Ich muß fühlen, daß ich lebe, indem ich schaffe und arbeite. Und im übrigen sage ich mit meiner Schwester: Wo unsere liebsten Menschen sind, da ist unsere wahre Heimat. Und – ich nehme, gleich ihr, alles mit mir, was ich liebe.«

Bei diesen letzten Worten leuchteten Hans Dernburgs Augen wieder einen Augenblick selbstvergessen in die Gladys'. Sie errötete und schlug die Augen nieder.

Dick hatte ihm aufmerksam zugehört. »Sie haben recht, Mister Dernburg, zuerst ist man Mensch, dann erst Angehöriger einer Nation.«

Gladys hatte ihre Augen wieder zu Hans Dernburgs Gesicht erhoben. Sie hätte ihm die Hände reichen und ihn bitten mögen: Laß mich dir helfen in der Ferne eine neue Heimat zu finden. Aber was zwischen ihr und Hans Dernburg stand, bannte ihr die Worte auf den Lippen und senkte tiefe Trauer in ihr Herz.

Dick Garring sorgte duch seine muntere Art dafür, daß das Gespräch eine heitere Wendung nahm, und Rose Maries klares Lachen dankte ihm dafür und entzückte ihn immer mehr.

Fast bis Mitternacht saß die kleine Tafelrunde beisammen, und alle hatten das Gefühl, einen schönen Abend verlebt und neue Werte eingetauscht zu haben.

Als die Geschwister sich verabschiedeten, begleitete Mister Garring sie bis in den Empfang. Dort sprach er schnell einige Worte mit dem Portier und trat dann wieder zu den Geschwistern.

»Bitte warten Sie einen Augenblick, es wird gleich ein Auto vorfahren. Ich kann nicht erlauben, daß Sie mit Ihrem Fräulein Schwester so spät die Straßenbahn benutzen«, sagte er wie selbstverständlich.

Hans und Rosemarie widersprachen nicht. Aber als das Auto vorfuhr und Rose Marie Dick Garring die Hand reichte, sah sie ihn mit einem so strahlend dankbaren Blick an, daß er für seine kleine Höflichkeit reich belohnt wurde. Das letzte, was er von Rose Marie sah, war, daß sie die Rosen, die sie von ihm erhalten hatte, sorglich in ihrem Arm bettete und mit einem dankbaren Blick zum Abschied nickte.

Oben warteten Gladys und Miß Clara im Vorraum auf ihn, um sich von ihm zu verabschieden.

»War ein Auto für die Geschwister zur Stelle, Dick?« fragte Gladys.

Er nickte. »Well, sie sind abgefahren und lassen sich nochmals empfehlen. Bist du sehr müde, Gladys?«

»Weshalb fragst du?«

»Weil ich gern noch ein wenig mit dir plaudern möchte.«

»Auf ein Viertelstündchen soll es mir nicht ankommen. Aber Miß Clara schicke ich zu Bett, sie ist müde. Gehen Sie, Miß Clara, ich werde dann, wenn ich zu Bett gehe, jeden Lärm vermeiden, um Sie nicht zu stören.« Gladys und Miß Clara benutzten während der ganzen Reise nebeneinanderliegende Schlafzimmer, deren Verbindungstüren immer offenstanden.

Miß Clara verabschiedete sich und sagte lächelnd: »Sie stören mich nicht, Miß Gladys, ich werde sehr schnell einschlafen, da ich wirklich sehr müde bin.«

Gladys und Dick ließen sich im Salon in Sessel nieder.

»Gib mir eine Zigarette, Dick«, sagte Gladys.

Er bediente sie. »Das tust du ja sehr selten, Gladys. Aber da du selbst rauchst, darf ich mir wohl auch eine anzünden?«

»Gewiß, Dick – um dir diese Frage zu erleichtern, habe ich nach einer Zigarette verlangt – ich weiß, daß du dich danach sehnst, dein erregtes Gemüt durch Zigarettenrauch zu beruhigen.«

Er sah sie gerührt an. »Du bist ein golden Girl, Gladys.«

Sie saßen nun stumm nebeneinander und sahen den Rauchringeln nach. Endlich sagte Gladys schelmisch:

»Du plauderst wirklich angeregt, Dick.«

Er fuhr auf. »Hast du mich nicht verstanden?«

»Doch – du schwiegst sehr begeistert – über Rose Marie Dernburgs Vorzüge.«

Er atmete tief auf. »Sie ist entzückend, Darling, das kannst du nicht in Abrede stellen.«

»Will ich auch nicht. Aber diese Redensart wirkt nun schon abgedroschen.«

»Es ist keine Redensart, sondern der Ausdruck meines tiefsten Empfindens. Sie entzückt mich – und ich liebe sie.«

»Bist du dessen sicher, Dick. Ist es nicht nur wieder ein Strohfeuer?«

Er schüttelte den Kopf. »Sie wird meine Frau.«

»Vorausgesetzt, daß sie es werden will.«

Seine Augen strahlten. »Sie wird wollen.«

»Weißt du das so bestimmt?«

»Well! Sie ist glühendrot geworden, als sie mich heute wiedersah. Und in ihren Augen habe ich gelesen, daß sie mit gut zugetan ist. Ihr Herz ist noch frei, denn sie läßt nichts Liebes zurück. Also werde ich davon Besitz ergreifen. Ich will es keinem anderen raten, ihr zunahe zu kommen, während unserer gemeinsamen Reise, und wenn wir in San Frisko ankommen, dann werde ich mich in ihrem Herzen so breit gemacht haben, daß kein anderer darin Platz hat.«

»Und was werden die Eltern dazu sagen?«

Dick lachte sorglos. »Mein Vater wird fragen, wenn ich ihm sage, daß ich mich verloben will: Hat sie Money? Dann werde ich antworten: Nein, sie ist arm wie eine Kirchenmaus. Darauf wird Vater sagen: Dann stimmt das Exempel nicht. Ich aber werde antworten: Well, es stimmt, denn ich habe genug für zwei und kann verdienen für sechs. Vater wird dann die Stirn runzeln und fragen: Du bist hoffentlich bei Verstand? Ich werde erwidern: O yes, das will ich dir beweisen. Sieh dir die junge Lady an, die ich dir als Schwiegertochter bringen werde, und du wirst mir deinen Segen geben. – Und er wird ihn mir geben, Darling, schon, weil er weiß, daß ich durchsetze, was ich will.«

»Und deine Mutter?«

»Oh, da ist es noch einfacher. Sie wird fragen: Ist sie eine wirkliche Lady? Wird sie nicht wie Gladys im Büro sitzen wollen und Busineß machen? Darauf werde ich erwidern: Sie ist eine süße, sanfte, schmiegsame, deutsche Dame, die von Geschäften keine Ahnung hat und ganz sicher nie im Büro sitzen wird. Und wir haben uns lieb. – Dann ist die Sache bei Mama gelaufen.«

Gladys lachte herzlich.

»Ich glaube fast, daß es so sein wird, Dick. Ich wünsche dir jedenfalls, daß sich alles nach deinem Willen regelt. Soweit ich Rose Marie Dernburg kennengelernt habe, kann man dir nur Glück wünschen, daß du dein Herz an sie verloren hast. Und ich will mir Mühe geben, ihr nahezukommen, denn – einsam möchte ich nicht werden, old fellow. Ich muß mich ein wenig an deinem Glück sonnen dürfen. Deshalb soll mit Rose Marie Dernburg keine Gesellschafterin, sondern eine Freundin werden.«

Er faßte ihre Hand. »Darling, das ist lieb von dir. Aber wie sprichst du? Was redest du von Einsamkeit? Das klingt ja so resigniert, als seist du eine alte Frau, die mit eigenem Glück in der Liebe schon abgeschlossen hat und sich am fremden Herd ein Winkelchen zum Unterkriechen sucht.«

Sie seufzte und sah mit großen Augen vor sich hin. »Vielleicht ist es so, Dick.«

»Nonsense!« Gladys strich sich über die Stirn.

»Nein, Dick, es ist kein Unsinn, was ich dir sage – ich werde niemals heiraten.«

Verblüfft starrte er sie an. »Das ist absurd. Ich glaube wirklich, die deutsche Luft verursacht dir Herzbeklemmung. Du erscheinst mir überhaupt seltsam still und verändert.«

Ihre Augen schimmerten feucht. »Mein lieber Dick, jeder Mensch wird einmal von seinem Schicksal ereilt.«

»Soll das heißen, daß du unglücklich verliebt bist?«

»Vielleicht?«

»Aber ich bitte dich, Darling, du bist ja auf der ganzen Reise nicht näher mit einem Mann in Berührung zusammengekommen, und drüben war dein Herz doch noch frei.«

Mit einem Lächeln sah sie ihn an. »Wie lange hast du gebraucht, um dein Herz an Rose Marie Dernburg zu verlieren, Dick?«

Er stutzte. »Also – eine Liebe auf den ersten Blick, Darling? Auch du? Wen? Wo?«

Resigniert lächelnd wehrte sie ab. »Irgendwann, irgendwo, habe ich einem Mann zu tief in die Augen gesehen. Und ich werde ihn nie, niemals vergessen können über einem anderen.«

Er faßte ihre Hand. »Darling – kann ich ihn dir nicht beschaffen? Wenn er dich kennenlernt, muß er dich lieben. Sage mir, ob ich dir nicht helfen kann.«

Gladys schüttelte den Kopf. »Nein, mein guter Dick, mir ist nicht zu helfen. Der Mann, den ich liebe, ist unerreichbar für mich.«

»Unerreichbar? Gehört er einer andern?«

Sie erhob sich und trat an das Fenster.

»Frage nicht weiter, Dick. Eine glückliche Liebe, wie die deine hoffentlich ist, macht mitteilsam, eine unglückliche, wie die meine, macht schweigsam. Ich hätte kein Wort mit dir darüber gesprochen, aber du sollst mich nicht fragen, warum ich stiller geworden bin, zumal nicht in Gegenwart anderer Menschen. Darum sage ich es dir freiwillig, mein old fellow.«

Dick sah ganz bestürzt aus. »Aber Darling – ich bin ganz fassungslos – du und eine aussichtslose Liebe – das ist doch unerhört, das kann doch nicht sein.

»Es ist so, Dick. Nur frage und forsche nicht weiter. Und glaube auch nicht, daß ich fortan wie eine Tränenweide durchs Leben gehen werde. Es bleibt mir noch so viel, was das Leben lebenswert macht. Ich muß nur erst mein Gleichgewicht wiederfinden. Und dazu hilfst du mir, Dick. Mit deinem Frohsinn, deiner Heiterkeit.«

Aber vorläufig war Dick sehr niedergeschlagen und sah sie mit seinen guten treuen Augen an. Nach einer Weile aber sprang er auf und redete auf sie ein.

»Ist doch Nonsense, Darling, das hast du in kurzer Zeit überwunden. Solch aussichtslose Neigungen überwindet man bald, wenn man so ein tapferer Mensch ist wie du.«

Sie wollte ihn nicht betrüben. »Vielleicht hast du recht! Jedenfalls laß den Kopf nicht hängen. Und nun sage ich dir gute Nacht – es ist spät geworden.«

Dick drückte ihr die Hand.

»Good night, old fellow! Kopf hoch – dir blüht ein anderes Glück, vielleicht schneller, als du jetzt glaubst.«

Als er allein war, schüttelte er schnell die Beklemmung ab, die ihn bei Gladys' Beichte befallen hatte. Wie oft war er unglücklich verliebt gewesen. Das war immer bald überstanden, und dann dachte man nicht mehr daran. So würde es auch bei Gladys sein. Eine Liebe ohne Gegenliebe trug doch schon den Tod in sich selbst. Es würde ein wenig weh tun, aber dann war es überwunden.

Er dachte angestrengt darüber nach, wer Gladys' Herz wohl im Flug gewonnen haben könnte. Alle Herrenbekanntschaften der letzten Monate ließ er Revue passieren, verdächtigte diesen und jenen – nur an Hans Dernburg dachte er seltsamerweise nicht.

Aber nun, da er seiner Freundespflicht genügt hatte,

wandten sich seine Gedanken einem anderen, erfreulicheren Bild zu. Er dachte an Rose Marie.

»Sie ist entzückend, ganz entzückend, und ich weiß endlich, was wahre Liebe ist.«

Eine aufflammende Zärtlichkeit erfüllte sein Herz. So intensiv dachte er an Rose Marie, daß ihre holde, liebliche Erscheinung in fast greifbarer Wirklichkeit vor ihm stand. Lächelnd und zärtlich flüsterte er ihren Namen, immer wieder.

»Rose Marie – Rose Marie.«

Und lächelnd, ihren Namen auf den Lippen, schlief er ein.

X

Die Reise war termingemäß angetreten worden. Dick Garring war ein hervorragender Reiseorganisator und Rose Marie staunte ihn immer wieder bewundernd an, wenn alles so tadellos klappte.

Zum erstenmal in ihrem Leben machte sie eine solche Reise, und nach allen Entbehrungen der letzten Jahre überwältigte sie der Luxus, der sie plötzlich umgab.

Sie sprach das ganz offen aus, freute sich wie ein Kind an allem, was ihr Schönes und Gutes zuteil wurde und war von einer rührenden Bescheidenheit und Dankbarkeit. Ihr frisches und dabei so bescheidenes Wesen entzückte nicht nur Dick Garring, sondern auch Gladys und Miß Clara.

Gladys schloß Rose Marie mit jedem Tag des Zusammenseins mehr ins Herz. Als sie dann von London aus mit dem riesigen Luxusdampfer auf das offene Meer fuhren, war zwischen den beiden jungen Damen schon ein richtiges Freundschaftsverhältnis zustande gekommen.

Das Wetter war wundervoll. In diesem Jahre wollte der Sommer kein Ende nehmen. Obwohl schon September, schien die Sonne noch heiß. Die Damen trugen bei Tag leichte Kleider, und die Herren fühlten sich im Blusenhemd und leichten Hosen am wohlsten.

Eines Tages saßen die Geschwister Dernburg mit Dick Garring und Gladys nach der Mittagstafel auf Deck unter einem Sonnenzelt. Miß Clara hielt in einer windgeschützten Ecke ihre Siesta. Aber die vier jungen Menschen plauderten, in Liegestühlen zusammensitzend, angeregt miteinander.

Wo Dick Garring das Wort führte, hörte man stets frohes Gelächter. Auch jetzt sorgte er für vergnügte Stimmung. Rose Marie atmete die köstliche Seeluft tief ein und sagte mit strahlender Miene: »So eine Seereise ist doch etwas Wundervolles! Mir ist, als erlebe ich jetzt jeden Tag ein neues Wunder.«

»Warten Sie nur ab, Miß Dernburg«, neckte Dick, »wenn erst einmal ein Sturm kommt, dann werden Sie anderer Ansicht sein über das Vergnügen einer Seereise. Dann werden wir alle seekrank, und wenn Sie dann die Seereise noch wundervoll finden, werde ich Sie ob Ihrer Tapferkeit bewundern.«

Mit großen Augen blickte sie ihn an.

»Sie wollen mich ängstlich machen.«

Er lachte. »Nein – aber wenn Sie sich fürchten, werde ich Sie mit starkem Arm beschützen, auch wenn die Wogen über unserem Schiff zusammenschlagen.«

Gladys richtete sich aus ihrer halbliegenden Stellung auf.

»Dick – das ist ja zum Fürchten. Du willst Miß Dernburg bange machen. Und im übrigen sehe ich nicht ein, was dein starker Arm helfen würde, wenn die Wogen über unserem Schiff zusammenschlagen.«

Dick sah Rose Marie neckend an. »Ich wollte Sie nur

auf die Probe stellen, wollte sehen, ob Sie sich fürchten.«

Rose Marie faßte ihres Bruders Hand und schmiegte sich an ihn. »Mein Bruder ist ja bei mir.«

Dick wurde ganz eifersüchtig. »Man kann Sie also nicht zum Fürchten bringen? Sie sind sehr tapfer.«

Lächelnd schüttelte sie den Kopf. »Ach nein – im Grunde bin ich ein Hasenfuß. Meine ganze Tapferkeit ist eigentlich nichts als Vertrauen auf meinen Bruder. Er ist so stark und mutig, unter seinem Schutz fühle ich mich selbst den Elementen gegenüber sicher.«

Dick kämpfte einen Löwenkampf mit seiner Eifersucht auf Hans Dernburg. Er gönnte ihm nicht dieses felsenfeste Vertrauen seiner Schwester.

Gladys aber sah Rose Marie mit einem seltsamen Blick an. »Wie beneidenswert sind Sie um dieses Vertrauen – und um diesen Beschützer, Miß Dernburg.«

Leuchtenden Auges blickte Rose Marie sie an.

»Ja, darum bin ich auch zu beneiden, ich weiß es.«

Gladys blickte zu Hans Dernburg hinüber und erschrak. In seinen Augen lag in diesem Moment ein glühendes Bekenntnis seiner Liebe. Sie erzitterte leise und konnte doch den Blick nicht von ihm wenden. Wie sehr sie sich selbst durch den Ausdruck ihrer Augen verriet, ahnte sie nicht. Aber Hans Dernburg hätte laut aufjubeln mögen, weil ihm Gladys' Augen wie holde Verräter erschienen. Wenn ihre Augen nicht logen, erwiderte sie seine Liebe. Diese Gewißheit ließ sein Herz höher schlagen und erfüllte ihn mit einem heißen Glücksgefühl. Was daraus werden sollte, danach fragte er jetzt nicht – er wollte nicht danach fragen, wollte dieses tägliche, stündliche Zusammensein mit Gladys Forester auskosten, wie die köstlichen Stunden seines Daseins.

Endlich riß Gladys ihren Blick aus dem seinen und beugte das Haupt – wie unter einer schweren Last.

Dick und Rose Marie hatten inzwischen die Unterhaltung nicht einschlafen lassen und zogen nun auch die beiden anderen ins Gespräch. Währenddessen faßte Gladys Rose Maries Hand. »Liebes Fräulein Dernburg – wenn es Ihnen recht ist, wollen wir uns beim Vornamen nennen. Es ist bequemer im täglichen Umgang. Und Ihr Name paßt so wunderbar zu Ihnen – ich möchte Sie nicht anders nennen. Nicht wahr – Sie erlauben es mir.«

Rose Marie neigte sich impulsiv zu ihr hin und küßte Gladys dankbar die Hand.

»Sie machen mich sehr glücklich, Miß Forester.«

»Ich heiße Gladys«, sagte diese scherzend.

Schüchtern, errötend sah Rose Marie zu ihrem Bruder auf, und dann, als müsse sie auch seinen Rat einholen, auf Dick Garring.

»Darf ich Sie wirklich so nennen?«

»Ich bitte Sie darum, Rose Marie – wie wollen Freundinnen sein. Ich möchte einmal eine richtige Freundin besitzen. Bisher habe ich nie eine gehabt.«

»Aber dafür einen Freund, der stets treu zu dir gehalten hat«, sagte Dick vorwurfsvoll.

Gladys reichte ihm die Hand. »Das ist wahr, Dick – aber ich habe das Gefühl, daß du mir eine Freundin dennoch nicht mißgönnen wirst. Mancherlei kann eine Frau nur einer Frau anvertrauen. Deshalb bleiben wir doch die alten, mein guter Dick.«

»Das mache ich zur Bedingung, wenn ich meine feierliche Erlaubnis zu diesem neuen Freundschaftsbund geben soll.«

Rose Marie war aber immer noch zaghaft; weil ihr Bruder seine Meinung noch nicht geäußert hatte. Sie sah bittend zu ihm auf.

»Darf ich, Hans?«

Dieser war sehr bewegt. Wie gut Gladys Forester zu

seiner Schwester war. Seine Augen sagten ihr heißen Dank.

»Was dir Miß Forester so großmütig anbietet, liebe Rose Marie, ist ein kostbares Geschenk. Aber du kannst es ruhig annehmen, denn ich weiß, daß du diese großherzig angebotene Freundschaft mit der ganzen Treue deines Wesens erwidern wirst. Lassen Sie mich Ihnen danken, Miß Forester, für die Güte, mit der Sie meiner Schwester begegnen. Wir können vorläufig immer nur nehmen und wieder nehmen, was Sie und Mister Garring uns bieten und können nur hoffen, daß wir Ihnen in Zukunft unseren Dank durch unsere treue Ergebenheit beweisen dürfen.«

Gladys errötete leicht und reichte Rose Marie die Hand. »Also einverstanden, Rose Marie?«

»O gern, liebe teure Gladys. Sie sollen in mir eine treue ergebene Freundin finden.«

Ein leises Lächeln huschte um Gladys Mund.

»Wir beide wollen alles Mißtrauen gegen Mädchenfreundschaften zunichte machen, Rose Marie. Sie sind von Herzen lieb geworden.«

Rose Maries Augen strahlten auf.

»So darf ich auch Ihnen, liebe Gladys, sagen, daß ich vom ersten Augenblick an eine große Bewunderung und Zuneigung für Sie gefühlt habe. Und mit jedem Tag sind Sie mir lieber und teurer geworden. Ich habe das nur nie auszusprechen gewagt, weil Sie meine Herrin sind.«

»Wo eine Herrin ist, müßte auch eine Dienerin sein. Nie sollen Sie sich mir gegenüber als eine solche fühlen. Zwischen uns gibt es keine Unterschiede, wir sind beide gebildete Menschen und stehen auf einer Stufe.«

»Sie sind großherzig, liebe Gladys, das weiß ich.«

Jetzt begehrte Dick auf, obwohl er mit innigem Vergnügen diesen Freundschaftsbund entstehen sah. Er wußte, daß ihn Gladys geschlossen hatte, weil sie in Rose

Marie seine künftige Frau sah. Nun aber dauerte ihm das zu lange.

»Deshalb brauchen wir beide, Mister Dernburg und ich, doch nicht völlig vergessen und als nicht vorhanden betrachtet werden. Wir sind sozusagen auch noch auf der Welt.«

Schelmisch sah in Gladys an.

»Nur Geduld, du wirst auch noch zu deinem Recht kommen, Dick«, sagte sie bedeutungsvoll.

»Das hoffe ich«, erwiderte er ebenso bedeutungsvoll.

Rose Marie sah ihn unsicher an. »Jetzt sind Sie mir sicher böse, daß ich mir Miß Gladys Freundschaft erwerben will, die bisher Alleingut für Sie war.«

Mit seltsamen Augen sah er sie an. »Sie sehen also ein, daß Sie mir Genugtuung schuldig sind.«

Sie nickte eifrig. »Ich bin zu jeder Genugtuung bereit, Mister Garring.«

Er sprang auf. »Ich muß mir ein wenig Bewegung verschaffen. Wer hat Lust, mich auf einer Deckpromenade zu begleiten?«

»Ich verzichte, Dick. Die Sonne brennt noch zu heiß«, erwiderte Gladys.

»Und ich möchte die Damen nicht allein lassen«, bemerkte Hans.

Da sah Dick auf Rose Marie herab.

»Nun, Miß Dernburg, das wäre eine sehr schöne Gelegenheit zu einer Genugtuung.«

Mit leichtem Erröten erhob sich Rose Marie.

»Wenn es Ihnen recht ist, Mister Garring, will ich Sie gerne begleiten. Ich fürchte mich nicht vor den Sonnenstrahlen. Oder brauchen Sie mich, Gladys?«

Dick nahm, unbemerkt von den Geschwistern, Boxerstellung gegen Gladys ein. Sie verstand diese heimliche Drohung und schüttelte lächelnd den Kopf.

»Nein, nein, Rose Marie, gehen Sie nur mit Mister

Garring. Wenn er allein gehen muß, bekommt er schlechte Laune.

Energisch bestätigend nickte Dick. »Well – fürchterliche Laune bekomme ich dann. Sie haben mich noch nicht fürchterlich gesehen, Miß Dernburg.«

»Ich möchte Sie auch gar nicht so sehen und vor allen Dingen nicht schuld daran sein«, sagte Rose Marie, über sein drollig finsteres Gesicht lachend.

Und einträchtig schritten sie nebeneinander her.

»Gehen Sie auch gern mit, Miß Dernburg?« fragte Dick nach einer Weile mit einem seltsam weichen Ton.

Sie sah rasch zu ihm auf mit einem lieben, etwas unsicheren Blick. »Gewiß, Mister Garring, sehr gern.«

»Ist das auch keine leere Höflichkeit?«

Ihre Augen wurden ernst. »Leere Höflichkeiten gegen Sie und Miß Gladys kämen mir vor wie eine hohle Phrase auf gütige, inhaltsreiche Worte. Ich kann Ihnen meine Dankbarkeit nicht anders beweisen als durch Ehrlichkeit und Offenheit.«

Er sah mit einem seltsamen Blick auf sie herab.

»Ihre Dankbarkeit? Wofür glauben Sie mir Dankbarkeit schuldig zu sein?«

»Sie sind so gut, so unsagbar gut, Mister Garring«, sagte sie mit großer Innigkeit.

Das Herz klopfte ihm heftig in der Brust, als er in ihre leuchtenden Augen sah, die einen feuchten Schimmer hatten.

»Gut? No – ich bin nicht gut – höchstens zu Ihnen.«

»Und warum grade zu mir?« fragte sie ohne Hintergedanken.

Er lächelte ein wenig verlegen, was ihn sehr liebenswürdig erscheinen ließ.

»Warum? oh – weil Sie ein so zartes, hilfloses Wesen sind – weil – nun – ja – weil man zu Ihnen gut sein muß, wenn man nicht hart und gefühllos ist.«

In seinem Blick lag dabei etwas, das sie erröten ließ. »Aber Sie sind auch zu anderen Menschen gut.«

»Oh? Zum Beispiel?«

»Zum Beispiel zu Miß Forester.«

»Well! Sie ist mit wie eine Schwester.«

»Und zu Miß Clara?«

»Die gehört zu Gladys«

»Und zu meinem Bruder?«

»Der gehört zu Ihnen.«

»Aber auch zu vielen anderen Menschen.«

»Hm! Das geschieht nur aus Bequemlichkeit. Gut sein ist leicht, böse sein ist sehr anstrengend.«

»Für gute Menschen ist das Gute leicht, für böse Menschen das Böse. Also, habe ich recht – Sie sind gut.«

Er sah sie forschend an.

»Mögen Sie es gern, wenn ein Mann gut ist?«

Sie überlegte. Dann sagte sie: »Ja, wenn die Güte nicht in Schwäche ausartet. Bei aller Güte muß ein Mann wissen, was er will – er muß bei aller Güte stark und konsequent sein. Mein Bruder ist zum Beispiel so ein Mann – ein ganzer Mann – voll Güte.«

Vor Eifersucht bekam er einen roten Kopf.

»Sie werden mich noch ganz wild und rabiat machen Miß Dernburg, wenn Sie immer so viel Lobenswertes an Ihrem Bruder finden und immer voll Bewunderung nur zu ihm aufschauen. Merken Sie nicht, daß mich dann ein ganz scheußlicher, fürchterlicher Neid erfaßt.«

Er sagte das in seiner drolligen Art, aber es klang ein Unterton mit, der sie erschreckte.

»Oh, Mister Garring, ich schaue doch nicht nur zu meinem Bruder voll Bewunderung auf. Wenn ich sage, daß er gut und stark ist und ein ganzer Mann, so schließt das doch nicht aus, daß ich das nicht auch von Ihnen sagen würde, wenn mich jemand nach meiner Meinung über Sie fragen würde.«

»Well – so frage ich Sie über Ihre Meinung.«

Wieder klang das halb ernst, halb scherzend. Sie sah ihn halb beklommen, halb schelmisch an.

»Sie wollen meine Meinung über sich hören?«

»Yes, das will ich.«

»Meine Meinung ist für Sie doch unwichtig.«

»Im Gegenteil, sehr wichtig. Ich will sie hören – sofort.«

Und kampfbereit fuhren Dicks Hände in die Hosentaschen, während er, Rose Marie den Weg verstellend, vor ihr stehen blieb. Sie sah ihn erstaunt an und blickte ein wenig unsicher auf seine kriegerische Haltung. Bisher hatte er es in ihrer Gegenwart vermieden, seine Lieblingshaltung einzunehmen.

»Mister Garring, bitte – sehen Sie doch nicht so kriegerisch aus – ich – ich . . .«

Sie konnte vor Verlegenheit nicht weiterreden. Er erschrak vor ihrem Blick und nahm die Hände aus den Taschen.

»Oh – jetzt sind Sie entsetzt über mich, weil ich die Hände in die Taschen gesteckt habe. Gladys hat mir das schon abzugewöhnen versucht. Es ist eine sehr schlechte Angewohnheit, nicht wahr? Bitte, verzeihen Sie mir, und wenn es noch einmal vorkommt, dann schimpfen Sie mich gleich tüchtig aus.«

Sie lachte auf. »Ach – das hatte ich gar nicht bemerkt, Mister Garring. Sie sahen mich nur so kriegerisch an und verstellten mit den Weg, als dürfte ich nicht weitergehen.«

»Sollten Sie auch nicht – erst sollen Sie mir Ihre Meinung über mich sagen.«

Sie seufzte und wurde rot. »Das kann ich doch nicht.«

»Warum nicht?«

Ich wage es nicht, Ihnen meine Meinung über Sie zu sagen.«

»Ist sie so schlecht?«

Verwirrt schüttelte sie den Kopf. »Nein – ganz im Gegenteil.«

Seine Augen leuchteten zärtlich in die ihren.

»All right! Dann ist es gut.«

Sie strebte an ihm vorbei.

»Nun lassen Sie uns aber weitergehen. Die beiden Damen, die drüben an der Reeling stehen, sehen so neugierig herüber. Sie denken wohl, wir zanken miteinander.«

Dick drehte sich nach den Damen um.

»Sie sollen denken, was sie wollen. Ich bin sehr froh und sehr glücklich, daß Sie eine gute Meinung von mir haben. Aber Sie müssen mir ganz genau sagen, was Sie über mich denken.«

Wieder schoß ihr das Blut ins Gesicht. Sie versuchte den scherzhaften Ton beizubehalten. »Vielleicht später einmal, wenn wir erst einen Scheffel Salz zusammen gegessen haben.«

Er machte erstaunte Augen. »Einen ganzen Scheffel? Ich glaube, das ist sehr viel. Dazu brauchen wir hundert Jahre. Und ich möchte doch Ihre Meinung über mich gern etwas früher hören.«

Sie mußte lachen. »Hundert Jahre braucht es nicht zu dauern. Etwas früher kann es schon sein. Aber ich muß Sie erst noch länger kennen, bevor ich mir eine genaue Meinung über Sie bilden kann. Bis dahin müssen Sie sich gedulden. Ich frage Sie doch auch nicht, wie Ihre Meinung über mich ist.«

»Leider nicht.«

»Haben Sie sich schon eine gebildet?«

»Yes! Und ich werden Sie Ihnen sagen, wenn Sie es wünschen.«

Sie sah ihn unsicher an und erschrak vor dem Ausdruck seiner Augen. Errötend wehrte sie ab.

»Nein, nein – auch Sie müssen mich erst besser kennenlernen.«

»Aber nicht bis zu einem Scheffel Salz.«

»Einigen wir uns auf ein Kilo Salz.«

Er nickte strahlend.

»Dann sagen Sie mir ganz ausführlich, wie Sie über mich denken. Ich werde jetzt sehr viel Salz essen und abwiegen lassen, was auf den Tisch kommt.«

Schelmisch sah sie ihn an.

»Wir essen ja noch viel mehr Salz als das, was auf den Tisch kommt. In jeder Speise ist schon Salz enthalten.«

»Quite right! Das wollen wir nicht vergessen. Wie lange brauchen zwei Menschen, um ein Kilo Salz zu verspeisen?«

»Ich denke, einige Wochen.«

»Also, wenn wir in Frisko ankommen, dürfte das Kilo Salz verspeist sein, sofern ich tüchtig zulange. Dann werden wir uns also in Frisko sagen, war wir voneinander halten.«

»Wenn Sie es dann noch wünschen.«

Oh, ich werde es wünschen – sehr.«

Sie gingen eine Weile schweigend nebeneinander her und blieben dann an der Reeling stehen, um auf das leichtbewegte Meer hinabzusehen. Wenigstens tat dies Rose Marie. Dick Garrings Augen irrten bald von den Wellen ab und blieben an Rose Maries feinem Profil hängen. Mit inniger Bewunderung betrachtete er die schöne Profillinie, das rosige Ohr und den wunderschönen Ansatz des kastanienbraunen Haares.

»Sie ist entzückend«, sagte er sich immer wieder. Und es zuckte in seiner Hand. Er hätte sie so gern schmeichelnd und zärtlich über das gesenkte Köpfchen gleiten lassen.

Nach einer Weile sah Rose Marie plötzlich zu ihm auf, wie magnetisch von seinem Blick angezogen. Und was sie in seinen Augen las, ließ sie erschrocken die Lider senken.

»Wir wollen zu Miß Gladys zurückgehen«, sagte sie verwirrt.

»Well! Kommen Sie, Miß Dernburg«, sagte er, Gelassenheit vortäuschend.

Und sie schritten weiter.

XI

Inzwischen hatten Gladys und Hans Dernburg eine andere Unterhaltung gehabt. Erst hatten sie eine Weile schweigend hinter Rose Marie und Dick Garring hergesehen. Dann hatte Gladys sich aufgerichtet.

»Ihre Schwester ist ein liebenswertes Geschöpf, sagte sie mit ehrlicher Sympathie.

Seine Augen leuchteten auf. »Es freut mich sehr, daß Sie Ihnen gefällt, Miß Forester. Ich habe sie sehr lieb, meine kleine Schwester.«

»Und sie liebt ihren großen Bruder sehr. Es ist rührend, wie sehr sie beide aneinander hängen – rührend und wunderschön.«

»Wir haben gemeinsam viel Schweres ertragen. Das hat uns fest aneinandergekittet.«

Sie faltete die Hände leicht im Schoß zusammen und sah darauf nieder. »Ich habe bisher nur wenig von Ihrem und Ihrer Schwester Schicksal gehört. Sie haben früher bessere Tage gesehen?«

Seine Augen ruhten mit brennendem Blick auf ihrem gesenkten Haupt.

»Bessere als jetzt? Nein – so gut wie jetzt, seit Sie und Mister Garring in unser Leben getreten sind, ist es uns nie gegangen. Wirklich sorglose Zeiten haben wir nie gekannt. Unsere ganze Kindheit und Jugend stand unter dem Bann der Sorgen, die unseren Vater bedrückten. Und als unsere Mutter starb, erlosch das letzte helle Licht für uns.«

Gladys fiel das Atmen schwer. »Sie erzählten uns schon, daß Ihr Vater mit schweren, geschäftlichen Sorgen zu ringen hatte.«

»Leider war es so. Er wollte deshalb nicht, daß ich Kaufmann wurde. Ich wäre es auch nicht gern geworden, denn schon von Kind auf hatte ich den Wunsch, Häuser zu bauen. Schon als Junge baute ich allerlei Modelle aus Pappe, Holz und Papier. Ich vergaß weder Treppen noch Schornsteine. Bis ins kleinste genau führte ich meine Modelle aus. Und sie wurden mit phantastischen Möbeln ausgestattet. Allerlei Möbelstoffreste aus Vaters Geschäft wurden dazu verwendet. Für meine Schwester baute ich wahre Puppenpaläste. Und schon damals hielt ich streng auf Stilreinheit. Mich ließen sogar meiner Schwester Tränen ungerührt, die in ein Puppenzimmer im Stil Ludwigs XIV. Vorhänge von einem wunderschönen Empirestoffmuster haben wollte. Sie mußte sich mit weniger schönen, aber stilechten Vorhängen begnügen.«

Ein Lächeln flog über ihre Züge. »Also liegt Ihnen die Stilsicherheit schon im Blut.«

»Ich hatte sie im Gefühl, denn als mein Vater einmal seine Bewunderung über meine Stilsicherheit aussprach, wußte ich noch gar nicht, was er damit meinte.«

»Und ihr Vater wollte es also nicht, daß Sie Kaufmann wurden?«

»Nein, er sah voraus, daß die Firma Dernburg & Sohn nicht zu halten war. Sorglos ist er ja nie mehr gewesen, seit ihm der betrügerische Kassierer mit zweihunderttausend Mark durchbrannte.«

Gladys Gesicht senkte sich wieder. Es war sehr bleich geworden. »Sicher hat Ihr Vater diesen Mann, der

Schuld an seinem Untergang trug, verflucht?« fragte sie mit leise bebender Stimme.

Hans Dernburg schüttelte den Kopf.

»Mein Vater war ein frommer und guter Mann – eigentlich zu gut für einen Kaufmann – jedenfalls zu vertrauensvoll. Natürlich zürnte er dem Dieb, der ihn in eine so schlimme Lage brachte. Er ließ ihn auch steckbrieflich verfolgen. Aber nie hat man ihn entdeckt. Sicher hat er sich gleich nach Japan oder China abgesetzt. Und anscheinend hat ihm das geraubte Geld Glück gebracht, denn er sandte es schon nach einigen Jahren mit Zins und Zinseszins von Hongkong aus zurück.«

»Und was sagte Ihr Vater, als er dieses Geld zurückerhielt?«

Er lächelte. »Mein Vater war sehr gerührt und verzieh dem Dieb alles, was er ihm durch den Diebstahl zugefügt hatte.«

»Aber – Sie haben ihm nicht verziehen?« fragte Gladys, ohne ihn anzusehen.

Er strich sich über die Stirn. »Für mich war dieser Betrüger so sehr die Ursache all unserer Nöte geworden, daß ich meinen Vater nicht verstehen konnte. Ich habe mir oft in jungenhaftem Ungestüm gewünscht, der Betrüger möchte mir einmal in die Hände fallen. Aber – jetzt denke ich kaum noch an jene Zeit, jetzt, da es meiner Schwester und mir so gutgeht. Wenn Sie wüßten, was es für mich heißt – fünf sorglose Jahre vor mir, die mir mein Vertrag zusichert – fünf Jahre, in denen ich ungehindert schaffen und arbeiten kann. Und meine Schwester versorgt im Hause einer gütigen Herrin. Es ist, als habe ich endlich wieder festen Boden unter die Füße bekommen – oder eigentlich zum erstenmal in meinem Leben. Mir ist, als sei ich endlich zum Herrn meines Schicksals geworden. Und das ist das Herrlichste, was einem Mann widerfahren kann. Sie können nicht ermessen, Miß Forester, wie dankbar ich Ihnen und Mister Garring bin, daß Sie mich auf diesen festen Boden gestellt haben.«

Ihre Augen glänzten feucht. Es lag eine heiße Freude in seinen Worten. Sie drangen ihr bis ins tiefste Herz.

»Ich habe Ihnen schon so oft gesagt, Mister Dernburg, daß wir dafür keinen Dank verdienen. Wir haben ganz egoistisch gehandelt, haben uns eine tüchtige Kraft für unser Geschäft gesichert, wie wir sie nötig brauchten. Ich will nur hoffen, daß Sie in Ihrer Stellung so zufrieden sind, daß Sie nach Ablauf des Vertrags nicht daran denken, sie aufzugeben.«

»Und ich will hoffen, daß es Ihnen in diesen fünf Jahren nicht ein einziges Mal leid tut, mich angestellt zu haben.«

»Das wird uns sicher nicht leid tun. Hoffentlich gewöhnen Sie sich in Frisko gut ein.«

»Darum bin ich nicht bange. Haben sich doch schon viele Deutsche dort eingewöhnt. Ihre Eltern waren doch auch Deutsche, Miß Forester?«

Gladys errötete. »Ja – meine Eltern waren Deutsche.«

Seine Augen leuchteten in die ihren. »Man merkt es Ihnen an. Trotz Ihrer selbständigen und bestimmten Art, die unseren jungen Damen nur selten eigen ist, haben Sie in Ihrem ganzen Wesen etwas, was an Ihre deutsche Abstammung erinnert.«

Sie atmete heimlich auf. Jäh war die Angst in ihr hochgeschossen, er könne darauf kommen, den anglisierten Namen Forester in das deutsche Forst zurückzuentwickeln und stutzig werden. Immer lebte sie in der Angst vor einer Entdeckung. Nie, niemals durfte Hans Dernburg erfahren, daß ihr Vater mit jenem Friedrich Forst identisch war, der seinen Vater bestohlen hatte.

Mit einem Gefühl der Erleichterung erwiderte sie nun:

»Übrigens hat auch Mister Garring eine deutsche Mutter.«

»Das merkt man an der tadellosen Aussprache – und an seiner Gutmütigkeit.«

»Mögen Sie Dick Garring gern?« fragte sie lächelnd.

»Ich habe eine große Hochachtung vor ihm und bewundere seine Tüchtigkeit. Echte menschliche Güte ist eine bewundernswerte Eigenschaft bei einem so jungen Mann.«

Sie nickte ihm lächelnd zu.

»Es freut mich, daß Sie so gut mit ihm harmonieren. Sie werden viel mit ihm zu arbeiten haben.«

»Darauf freue ich mich. Werde ich auch mit Ihnen in geschäftliche Berührung kommen?«

In seiner Frage lag etwas, das ihr das Blut in die Wangen trieb.

»Nicht so viel wie mit Mister Garring. Ich bin ja nur einige Stunden täglich im Geschäft. Aber wenn es neue interessante Aufträge gibt, bin ich immer in der Konferenz dabei. Ich darf meine Ansichten zum besten geben und auch Ratschläge erteilen.«

»Ich bewundere Sie, Miß Forester. Es ist eine große Seltenheit, daß junge Damen noch für etwas anderes Sinn haben als für ihre eigene Person, ihre Vergnügungen und – ihre Flirts.«

Ein schelmisches Lächeln huschte über ihr Gesicht. »An Stelle der Flirts habe ich mir durch meine geschäftlichen Arbeiten einen etwas positiveren Lebensinhalt geschaffen. Ich wäre sicher länger als nur einige Stunden täglich im Geschäft, wenn ich nicht außerdem durch allerlei gesellige Pflichten in Anspruch genommen würde. Mein Vater war Senator, und er mußte als solcher ein großes Haus führen. Da meine Mutter nicht mehr am Leben ist, mußte ich die Repräsentation übernehmen. Das nimmt eine ganze Menge Zeit in Anspruch.«

»Das glaube ich Ihnen. Es ist deshalb noch bewundernswerter, daß Sie sich dabei noch ernste Pflichten auferlegt haben.«

»Es war aber sehr gut, daß ich es getan habe, Dadurch bin ich jetzt frei und selbständig geworden und kann meine Geschäfte selbst ordnen. Sie müssen wissen, daß ich mein Vermögen selbst verwalte und daß mir mein Vater auch noch eine große Hazienda hinterlassen hat. Diese ist natürlich verpachtet, aber ich muß doch ab und zu dort sein, um mit meinem Pächter abzurechnen und nach dem Rechten zu sehen. Das alles füllt natürlich meine Zeit reichlich aus.«

»Es wäre genug, um das Leben eines Mannes auszufüllen, wie viel mehr das einer Frau.«

Sie nickte. »Aber es ist gut so. Man hat nicht Zeit, um auf törichte Gedanken zu kommen.«

»Ich glaube, daß dafür keine Gefahr bei Ihnen besteht.«

Sie sah versonnen ins Weite. »Wer weiß.«

Sie schwiegen eine Weile. Und langsam, wie magnetisch angezogen, wandte sie den Blick und sah ihn an. Auge in Auge saßen sie, und ihre Augen redeten von dem, was die Lippen verschwiegen. Hans Dernburg hätte das schöne Mädchen in seine Arme nehmen und ihr von seiner heißen, innigen Liebe berichten mögen. Ihre Augen verrieten ihm, ohne daß sie es ahnte, daß seine Liebe Erwiderung fand.

Sie schraken beide erst aus ihrer Versunkenheit auf, als sie Dick Garring lachen hörten. Er kam mit Rose Marie zurück, und sie ließen sich in ihren Sesseln nieder.

»Wir sind um das Deck gelaufen und haben uns Bewegung verschafft,« sagte Dick vergnügt.

»Das scheint deine Stimmung erheblich gebessert zu haben, mein lieber Dick«, erwiderte Gladys, sich zur Unbefangenheit zwingend.

»Ganz erheblich! Sag, Darling – wieviel Salz gehört wohl zu einem Teller Suppe oder vielmehr zu einer Mahlzeit für zwei Menschen?« fragte Dick.

Erstaunt blickte ihn Gladys an.

»Wieviel Salz? Aber Dick, du weißt doch, daß ich nicht kochen kann, und bringst mich in die beschämende Lage, dies eingestehen zu müssen. Warum interessiert dich das so sehr?«

Übermütig lachend, sah Dick in Rose Maries gerötetes Gesicht.

»Oh – Miß Dernburg behauptete, sich erst eine Meinung über mich bilden zu können, wenn sie einen Scheffel Salz mit mir gegessen hat. Ich bitte, Gladys – weißt du, wieviel ein Scheffel ist?«

»Nein«

»Ich auch nicht, aber sicher ist es unheimlich viel, und ein Scheffel Salz reicht mindestens hundert Jahre. So lange kann ich natürlich nicht warten, um Miß Dernburgs Meinung über mich zu erfahren, und deshalb habe ich heruntergehandelt. Sie will mir ihre Meinung nun schon sagen, wenn wir ein Kilo Salz zusammen verspeist haben. Meinst du, daß wir das bis Frisko schaffen?«

Gladys lachte.

»Wenn du die Speisen gut damit würzst, sicher«, erwiderte sie.

Hans Dernburg sah fragend auf seine Schwester. Diese errötete unter dem Blick ihres Bruders. Da tauchte eine leise Sorge in Hans Dernburgs Augen auf. War seine Schwester in Gefahr, ihr Herz an Mister Garring zu verlieren, wie er das seine an Miß Forester verloren hatte?«

Gladys sah diese aufsteigende Sorge in seinem Blick. Und sie lächtelte. Damit sollte er sich nicht lange quälen, davon konnte sie ihn befreien.

In den nächsten Tagen beobachtete Hans seine Schwester und Dick Garring mit unruhig forschenden Augen. Er sah, daß diese beiden jungen Menschen sich sehr viel miteinander beschäftigten, sah, daß Dick Garring Rose Marie so oft wie möglich für sich haben wollte, und wußte nicht, wie er es hindern sollte.

Man hatte die Seereise schon halb zurückgelegt, als die vier jungen Menschen eines Tages wieder nach Tisch zusammensaßen. Und wieder entführte Dick Garring nach einer Weile Rose Marie unter einem Vorwand zu einer Promenade.

Hans Dernburg sprang unwillkürlich auf, als sie verschwanden, und schaute ihnen mit sorgenvoller Unruhe nach. Die Muskeln seines Gesichts spielten in unterdrückter Erregung.

Gladys sah es und legte leise die Hand auf seinen Arm. Erschrocken wandte er sich zu ihr um und sah fragend in ihre Augen, die gütig lächelnd zu ihm aufsahen.

»Sie brauchen sich nicht zu beunruhigen, Mister Dernburg«, sagte sie ruhig.

Er ließ sich in seinen Sessel zurückfallen und verkniff die Lippen.

»Miß Forester – ich – ich weiß nicht, was Sie damit sagen wollen«, stieß er endlich hervor.

Sie schüttelte begütigend den Kopf.

»Ich lese Ihnen Ihre Sorgen von der Stirn ab, Mister Dernburg. Aber ich will Ihnen diese aus dem Herzen nehmen und Sie beruhigen. Lassen Sie Rose Marie ruhig mit Dick Garring gehen – sie ist bei ihm in guter Hut.«

Er atmete heftig.

»Es liegt mir fern, Miß Forester, irgendwelche Zweifel an Mister Garrings Ehrenhaftigkeit zu äußern, aber – meine Schwester ist jung und unerfahren – und ein junges Mädchenherz ist schnell betört, auch wenn keinerlei schlimme Absicht vorliegt. Und unstreitig beschäftigt sich Mister Garring sehr viel mit meiner Schwester – zu viel, wie mir seit einiger Zeit scheinen will.«

Sie sah ihn groß und ernst an.

»Ich gebe das zu. Aber es könnte Rose Marie gar nichts Besseres widerfahren, als wenn sie ihr Herz an Dick Garring verlieren würde.«

Er zuckte zusammen und starrte sie betroffen an.

»Um Gottes willen! Das wäre ein großes Unglück für meine Schwester. Nein, nein, das kann der liebe Herrgott nicht wollen, daß die glückliche Wendung, die unser Schicksal nahm, ihr zum Unglück ausschlägt.«

Gladys schüttelte den Kopf.

»Sprechen Sie doch nicht so. Würden Sie es denn für ein Unglück halten, wenn Rose Marie Dick Garrings Frau würde?«

Fassungslos sah er sie an.

»Seine Frau? Miß Forester, daran ist doch nicht zu denken, daß Mister Garring meine Schwester zu seiner Frau macht.«

Ein reizendes, liebes Lächeln umspielte ihren Mund.

»Es wird einzig nur an Ihrer Schwester liegen, ob sie Mistreß Garring werden will oder nicht.«

Mit einem Ruck richtete er sich auf und sah sie fassungslos an. »Miß Forester – bitte, treiben Sie keinen Scherz mit mir. Ich sorge mich namenlos um meine Schwester.«

»Aber völlig grundlos, Mister Dernburg, völlig grundlos. Glauben Sie, ich würde Rose Marie so unbesorgt in Dick Garrings Gesellschaft lassen, wenn nur der geringste Anlaß zur Beunruhigung wäre? Ich habe doch Freundschaft mit Rose Marie geschlossen – und ich meine es ernst damit, glauben Sie es mir.«

Er faßte ihre Hand und preßte seine Lippen darauf. »Ich glaube es Ihnen, Miß Forester, und bin Ihnen sehr dankbar für diese Freundschaft zu meiner Schwester.

Aber meine Sorge um sie ist groß.«

»Und ich bemühe mich nun schon eine ganze Weile, Ihnen diese Sorge, die höchst überflüssig ist, zu nehmen. Geben Sie mir Ihr Wort, daß Sie Rose Marie von dem, was wir jetzt besprechen, kein Wort verraten, dann will ich Ihnen etwas anvertrauen, was Sie schnell von allen Sorgen befreien soll.«

Er atmete schwer, und seine Augen brannten unruhig aus seinem blassen Gesicht.

»Ich gebe Ihnen mein Wort.«

Sie nickte. »Ich verlange es nur, damit Sie Rose Marie ganz unbefangen lassen und mit Ihrer Sorge nicht in einen Frühlingstraum ihres Herzens hineinplatzen. Dick Garring würde mir auch zürnen, erführe sie durch meine Indiskretion, was er ihr selbst sagen will, wenn seine Zeit gekommen ist. Nur Ihnen will ich alles sagen, damit Sie sich nicht unnötig quälen und Rose Marie nicht beunruhigen. Um diesen Preis will ich einmal indiskret sein. Also – Dick Garring liebt Ihre Schwester vom ersten Augenblick an, da er sie sah. Und es ist seine feste Absicht, sie zu seiner Frau zu machen, wenn es ihm gelingt, ihre Gegenliebe zu erringen – woran ich übrigens nicht mehr zweifle. Er hat mir diesen seinen Entschluß bereits an jenem Abend mitgeteilt, an dem Sie unsere Gäste im Eden-Hotel waren.«

Er saß wie erstarrt. Das Glück, das ihm hier für seine Schwester gezeigt wurde, erschien ihm so groß, daß er es nicht zu fassen vermochte.

»Verzeihen Sie mir, Miß Forester – daß ich nicht daran zu glauben vermag. Mister Garring ist, wie ich weiß, der einzige Sohn eines reichen Vaters. Er wird nicht ernstlich daran denken können, ein armes Mädchen, die Gesellschafterin seiner Freundin, heimzuführen. Es liegt eine zu große Kluft zwischen diesen beiden Menschen.«

Gladys lächelte schelmisch. »Mein Freund Dick ist ein

sehr guter Baumeister und wird es schon verstehen, eine Brücke über diese Kluft zu schlagen. Diese Kluft erkenne ich übrigens nicht an. Wahre Liebe überwindet alle Hindernisse. Rose Marie ist schön, jung, gesund und tadellos erzogen. Sie besitzt ein gutes Herz, vornehme Gesinnung und einen lauteren Charakter. Daß sie arm und er reich ist, scheint mir der einzige Unterschied zu sein. Aber für Dick ist das bestimmt kein Hindernis. Er ist reich genug für beide.«

»Aber seine Eltern?«

Gladys lachte leise. »Die überlassen Sie ruhig Dick. Seine Mutter wird nichts einzuwenden haben, sobald sie Rose Marie kennenlernt. Und sein Vater? Der wird als guter Geschäftsmann versuchen, Dick zu überzeugen, daß ein reicher Mann auch eine reiche Frau heiraten soll. Das wird an Dick abprallen wie an einem Panzer. Er ist ein prachtvoller Dickkopf, der immer durchsetzt, was er will. Und hier will er mit aller Inbrunst. Fürchten Sie nicht, daß es harte Kämpfe zwischen Vater und Sohn geben wird – dazu ist Mister John Garring viel zu vernünftig. Kann er seinen Sohn nicht überzeugen, so wird er sagen: Ich habe meine Pflicht getan. Willst du deinen Kopf durchsetzen, so tue es auf eigene Gefahr. Und dann wird er sich Rose Marie ansehen, wird schmunzeln und wahrscheinlich dasselbe sagen, was mir Dick schon in allen Tonarten versichert hat: Sie ist entzückend. Und es wird dann alles in bester Ordnung sein.«

Hans Dernburg strich sich über die heiße Stirn. »Sie sprechen von dieser Möglichkeit, als sei dabei nichts Beunruhigendes, nicht Besorgniserregendes. Aber ich kann mich noch nicht von dem Gedanken befreien, daß Sie mir alles in einem rosigen Licht malen.«

Sie antwortete munter.

»In einem sehr rosigen Licht, denn ich habe meine Freude daran, diese junge Liebe aufblühen zu sehen.

Über meinen Freund Dick war ich mir ja längst im klaren, aber nun sehe ich mit Vergnügen, daß er täglich mehr Boden in Rose Maries Herz gewinnt. Glauben Sie mir, in spätestens einem Vierteljahr ist Rose Marie Dick Garrings Braut, wenn seine Ungeduld diesen Termin nicht noch näher rückt. Erinnern Sie sich, daß er von dem brennenden Wunsch beseelt ist, mit Rose Marie ein Kilo Salz zu essen. Er versalzt sich alle Speisen, um dem Zeitpunkt näher zu kommen, wo ihm Rose Marie ihre Meinung über ihn sagen soll. Es soll mich nicht wundern, wenn bei diesem gegenseitigen Meinungsaustausch eine Verlobung zustande kommt.«

»Vielleicht ist es aber nur ein flüchtiges Wohlgefallen, das er für meine Schwester hegt.«

Sie seufzte lachend. »Sie sind aber hartnäckig! Wenn Sie Dick kennen, so wie ich ihn kenne, würden Sie ganz beruhigt sein. Ich hafte mit meinem Wort dafür, daß er Rose Marie nicht so deutlich seine Empfindungen verraten würde, wenn er nicht die ehrlichsten Absichten hätte. Ich würde nicht so zu Ihnen sprechen, wenn ich meiner Sache nicht so sicher wäre. Nun geben Sie endlich Ihre Sorgen auf, und seien Sie nicht so hartnäckig.«

Er faßte plötzlich ihre Hand und preßte seine Lippen darauf. Sie zog sie nicht zurück wie das erstemal, als er das getan hatte. Hans Dernburg war in einer großen Erregung. Gladys Worte beruhigten ihn wohl über das Schicksal seiner Schwester. Zugleich aber ließen sie ein unruhiges Licht in seiner Seele aufflammen.

Wenn Gladys Forester ruhig und selbstverständlich über eine Verbindung Dick Garrings mit seiner Schwester sprach, konnte es da nicht auch für seine Liebe eine Hoffnung auf Erfüllung geben?

»Wahre Liebe überwindet alle Hindernisse«, hatte sie gesagt.

Das Herz schlug ihm heftig in der Brust. Dieser Hoffnungsstern würde nun immer auf seinem Weg leuchten. Nicht heute und morgen würde er daran denken, seine Augen verlangend zu ihr zu erheben, aber eines Tages vielleicht, wenn er gezeigt hatte, daß er etwas leisten konnte, wenn er sich in seiner Stellung bewährt hatte, wenn . . .

Er konnte nicht weiterdenken, seine Gedanken verwirrten sich. Er mußte sie mühsam sammeln und sagte nun, sich zur Ruhe zwingend:

»Ich bin nicht hartnäckig, Miß Forester – vor allen Dingen nicht Ihren lieben, gütigen Worten gegenüber. Mir ist das alles noch so unfaßbar. In den letzten Tagen, da ich meine Schwester und Mister Garring mit sorgenvollen Augen beobachtete, war mir manchmal, als müsse ich Rose Marie an der Hand nehmen und mit ihr fortziehen, weit, weit weg aus Mister Garrings Nähe. In meinem Pessimismus sagte ich mir: Wie sollte es auch Glück und Sorglosigkeit für euch geben, das Schicksal hat euch doch immer nur hart angefaßt. – Und nun nehmen Sie mit Ihren zarten, gütigen Händen diese Sorge aus meinem Herzen. Ich weiß nicht, wie ich Ihnen danken soll - und möchte fast an ein Wunder glauben.«

Bewegt sah sie in sein zuckendes Gesicht.

»Ihre Sorge hat Sie aus dem Gleichgewicht geworfen, Mister Dernburg. Ist es ein Wunder, wenn zwei junge Menschenherzen einander in Liebe begegnen? Haben nicht Menschen aus den verschiedensten Kreisen in Liebe zusammengefunden?«

Mit einem brennenden Blick sah er sie an. »Es ist so schön, daß Sie es selbstverständlich finden – und ich muß Ihnen dafür danken – von ganzem Herzen danken.«

Er führte wieder ihre Hand an seine Lippen und küßte sie mit andächtiger Inbrunst.

Mit einem wehmütig resignierenden Blick sah sie auf ihn hinab. Ein zitternder Seufzer entfloh ihren Lippen.

»Es gibt wirklich ernstere Hindernisse zwischen zwei Menschen, die sich lieben, als daß sie völlig anderen Verhältnissen entstammen.«

Er richtete sich auf und sah sie groß und forschend an.

»Sie halten also solch verschiedene Verhältnisse zwischen zwei liebenden Menschen nicht für ein ernstes Hindernis?«

Seufzend schüttelte sie den Kopf. »Nein, wahrhaftig nicht. Nur eines jedoch ist meines Erachtens Bedingung: daß beide Liebende auf einer Bildungsstufe stehen. Das allerdings halte ich für unbedingt notwendig für eine glückliche Ehe. Ob aber der eine Liebende reich, der andere arm ist, ob der eine ein Fürst, der andere ein Kind des Volkes ist, das ist kein Unterschied, an dem ein Glück zerschellen muß. Nur auf einer Bildungsstufe müssen beide stehen, sonst sprechen sie in fremden Sprachen miteinander. Zwischen solchen Menschen kann es wohl, meines Erachtens, eine aufflammende Leidenschaft geben, die jäh auflodert und jäh erlischt, aber keine wahre Liebe.«

Hans Dernburg hätte ihr zu Füßen fallen und sein Gesicht in ihren Schoß bergen mögen. Da er das nicht durfte, sprang er auf, wie auf der Flucht vor sich selbst, und trat an die Reeling heran.

Gladys Blick hing selbstvergessen an seiner schlanken Gestalt. Ach, daß es kein anderes Hindernis zwischen ihm und ihr gegeben hätte, als daß er arm und sie reich war.

XII

Die Geschwister waren nach einer tagelangen Eisenbahnfahrt mit Dick Garring, Gladys und Miß Clara in San Franzisko angekommen. Rose Marie siedelte gleich mit in Gladys Heim über, und Dick Garring fuhr Hans Dernburg in seinem Auto zu einer Fremdenpension, wo er vorläufig wohnen sollte.

Der Abschied der Geschwister voneinander war nicht leicht gewesen, und Gladys hatte tröstend zu Hans Dernburg gesagt:

»Sie können Ihre Schwester jederzeit in meinem Haus besuchen, Mister Dernburg. Machen Sie sich nicht rar, damit Rose Marie nicht so unter der Trennung leidet, Sie werden mir stets willkommen sein.«

Dankbar hatte sich Hans verneigt. »Sie sind gütig und liebenswürdig, wie immer, Miß Forester. Wir werden uns allerdings erst an die Trennung gewöhnen müssen, meine Schwester und ich.«

»Sie wissen Rose Marie aber in guter Hut, nicht wahr?«

Seine Augen leuchteten in die ihren. »Bitte , erlassen Sie es mir, in Worte zu fassen, wie dankbar ich Ihnen dafür bin, daß meine Schwester ein Heim bei Ihnen finden wird. Und auch für alle Güte, die Sie mir erwiesen haben, vermag ich Ihnen meinen Dank nicht auszudrükken, so gern ich es auch möchte.«

Sie hatte ihm die Hand gereicht.

»Es braucht keinen Dank«, sagte sie schlicht.

Und nun waren einige Tage seit der Ankunft in San Franzisko vergangen. Hans Dernburg war in die Firma Garring & Cie. eingetreten und hatte das Arbeitszimmer angewiesen bekommen. in dem sein Vorgänger gearbeitet hatte. Es lag in der Nähe der großen Zeichensäle.

John Garring, Dicks Vater, war sehr mit der Einstellung von Hans Dernburg zufrieden und wurde immer zufriedener, als Hans Dernburg zu arbeiten begann und seine Begabung mehr und mehr zutage trat.

Gladys blieb die ersten zwei Tage dem Büro fern, aber am dritten Tag fand sie sich ein, als sei das selbstverständlich.

Dick sah von seinem Schreibtisch auf, als sie eintrat.

»Morning, Darling! Also, da bist du ja wieder.«

»Ja, Dick – ich will Arbeit haben – viel Arbeit.«

Dick wies auf ihren Schreibtisch.

»Well – da liegt schon ein Stoß Briefe, die du beantworten sollst. Ich dachte mir, daß du arbeitshungrig bist.«

Sie reckte die Arme. »Da hast du das rechte Wort gefunden, Dick – arbeitshungrig bin ich.«

Und sie setzte sich an ihren Schreibtisch.

»Warte noch einen Augenblick, ehe du dich in die Arbeit stürzst. Sag mir erst – wie geht es ihr?«

»Vermutlich meinst du Rose Marie Dernburg.«

Er nickte hastig. »Well! Well! Ein anderes weibliches Wesen existiert nicht für mich. Ich habe sie zwei Tage – fast drei nicht gesehen. Weißt du, was das für mich bedeutet?«

»Weshalb kamst du uns nicht besuchen?«

Er stützte den Kopf in die Hand. »Vater und Mutter wollten mich auch mal wieder haben, sie mußten zu ihrem Recht kommen. Und ich wollte Rose Marie nicht eher wiedersehen , als bis ich alles in Ordnung hatte. Denn nun muß es klar werden zwischen ihr und mir, und bevor ich das letzte Wort spreche, sollten die Eltern Bescheid wissen.«

Gladys sah überrascht auf. »Du willst doch nicht sagen, daß du deinen Eltern schon gebeichtet hast?«

Er nickte. »Yes, das will ich sagen.«

»Du hast gebeichtet? Und?«

»All right!«

Gladys staunte. »Aber erzähl doch, Dick. Wie haben sich die Dinge entwickelt?«

Er lachte, sprang auf und steckte die Hände in die Taschen. »Sie haben sich nicht entwickelt – ich habe sie entwickelt.«

»So erzähl doch«, drängte sie.

Er wippte hin und her. »Also – gleich am ersten Abend nach meiner Ankunft machte ich den Eltern bei Tisch die Eröffnung, daß ich mein Herz an eine Kunstreiterin verloren habe und sie heiraten wolle.«

»An eine Kunstreiterin?«

Er nickte seelenruhig. »Yes! Es gab ein großes Geschrei. Mama fiel beinahe in Ohnmacht, und Papa tobte und wollte mich enterben. Danach sagte ich ihnen, es sei nicht so schlimm, es sei keine Kunstreiterin, sondern eine Schauspielerin. Da wurde der Schmerz schon etwas gedämpfter. Und damit meine alten Herrschaften nicht eine so unruhige Nacht haben sollten, erklärte ich, es sei noch weniger schlimm, meine Auserwählte sei eine Opernsängerin.«

»Aber Dick, wozu denn das ganze Theater?«

Er sah überlegen auf sie hinab.

»Um die alten Herrschaften zu überzeugen, daß die Partie, die ich in Wirklichkeit mache, bedeutend akzeptabler ist. Aber du mußt mich nicht so oft unterbrechen, sonst verliere ich den Faden. Der nächste Tag verging in gewitterschwüler Stimmung. Mama hatte Migräne, und Papa thronte wie Zeus in Donnerwolken und sprach außer dem Geschäftlichen kein Wort mit mir. – Gestern mittag erklärte er mir nochmals rund heraus, daß er nie seine Einwilligung gäbe zu einer Heirat mit einer Theaterdame. Und Mama beschwor mich tränenden Auges, ihr das Herz nicht zu brechen.«

»Aber Dick, wie konntest du deine armen Eltern so quälen?«

»Unterbrich mich nicht ständig! Natürlich hat es mir sehr leid getan, aber um Rose Maries willen mußte ich so schnell wie möglich zum Ziel kommen und zu den stärksten Mitteln greifen. Ich warf den Eltern Stolz und Hochmut vor, und da sagte Papa, was ich nicht anders erwartet habe: Bring mir das ärmste Mädchen aus einfacher

Bürgerfamilie, und sie soll mir als Schwiegertochter willkommen sein. Aber keine Theaterdame. Und Mama flehte mit erhobenen Händen: Eine wirkliche Dame sollst du heimführen, keine Theaterdame.«

»O Gott, Dick, mir klopft das Herz.«

»Sei ganz ruhig. Ich schloß die beiden lieben Menschen in meine Arme und sagte ihnen, ihr Herzeleid habe mich zur Besinnung gebracht, ich wolle ihnen zuliebe auf die Theaterdame verzichten, wenn sie mir gestatten würden, eine reizende junge deutsche Dame zu heiraten, die alle Vorzüge an Geist und Körper besitze, die ein Mensch besitzen könne, und nur den kleinen Fehler habe, daß sie arm sei. Sie habe eine Stellung als Gesellschafterin bei dir angenommen, und daß du sie nicht nur in dein Haus genommen, sondern sie auch zu deiner Freundin ernannt hättest, müsse sie überzeugen, daß meine Auserwählte eine Dame von hervorragender Qualität sei. Den Eltern fiel ein Stein vom Herzen, und sie beruhigten sich sogleich. Was meinst du, wie sie sich nun freuen werden, eine so reizende junge Dame zur Schwiegertochter zu bekommen. Hätte ich gleich die Wahrheit gesagt, dann hätten sie alles Mögliche an meiner Wahl auszusetzen gehabt.«

Gladys atmete auf.

»Also ist alles gut gelaufen?«

»Yes, Darling. Am Abend, als Papa von unserem neuen Architekten Hans Dernburg schwärmte, eröffnete ich ihm, daß meine Auserwählte Hans Dernburgs Schwester sei und daß ich sie mehr liebe als mein Leben, da hatte ich auf der ganzen Linie gesiegt. Ich bekam zwar von Papa eine Riesenstandpauke, daß ich meine ehrwürdigen Eltern genarrt habe, aber als ich reuevoll versprach, als Rose Maries Mann ein musterhafter Sohn zu werden, erhielt ich die Absolution. Zu festen Versprechungen bezüglich ihres Segens haben sie sich zwar noch nicht bereitfinden lassen, aber das kommt noch. Vorläufig hat mir Mama versprochen, sich heute zum Tee bei dir einzufinden, damit sie Rose Marie, vorläufig unverbindlich, kennenlernt. Und Papa will sie auch kennenlernen. Ich habe ihm mein Wort geben müssen, mich nicht eher mit ihr zu verloben, bis auch er sie kennengelernt hat.«

Gladys reichte ihm die Hand.

»Das ist immerhin ein Erfolg, zu dem man dir gratulieren kann.«

»Danke! Sobald mein Vater also Rose Marie kennengelernt hat, spreche ich das entscheidende Wort, denn ich halte es nicht mehr aus vor Sehnsucht nach Rose Maries Jawort.«

»Ich denke, das ist dir sicher.«

»Well – ich denke auch. Aber ich will Gewißheit haben. Und deshalb bitte ich dich, Mama heute zum Tee zu empfangen.«

»Das bedarf keiner Bitte.«

»Aber eine Bitte meiner Eltern habe ich dir noch vorzutragen – der ich mich anschließe.«

»Nun?«

»Wir bitten dich, Rose Marie hier in Frisko nicht erst als deine Gesellschafterin vorzustellen, sondern sie als deine Freundin auszugeben. Ich kann es meinen Eltern nachfühlen, daß sie der hiesigen Gesellschaft keine Veranlassung zu Redereien geben möchten.«

Gladys nickte. »Das stand schon fest für mich, Dick. Ich sehe in Rose Marie nur meinen Gast und meine Freundin.«

»Du bist ein golden Girl, Gladys. Ich danke dir.«

»Keine Ursache, Dick. Aber wie du deinen armen Eltern zugesetzt hast, das sieht dir wieder einmal ähnlich«, sagte Gladys lachend.

»Well! Großartig habe ich das gemacht.«

»Konntest du nicht gnädiger mit ihnen umgehen?«

»No! Sie sollten sich auf ihre Schwiegertochter freuen. Hätte ich ihnen von vornherein gesagt, daß ich eine arme Gesellschafterin heiraten will, dann hätten sie sich nicht viel weniger entsetzt, als da ich ihnen sagte, ich wolle eine Kunstreiterin heiraten. Nun aber sind sie sehr froh, daß ich ihnen keine Theaterdame, sondern eine junge Dame aus guter Familie und von tadelloser Erziehung als Schwiegertochter bringe. Sie kommen meiner süßen kleinen Rose Marie viel freundlicher entgegen, und alles wird gut.«

»Nun, gottlob, daß du in Frieden mit deinen Eltern bist. Wenn sie Rose Marie sehen wollen, ist der Sieg so gut wie gewonnen.«

Er nickte und setzte sich auf die Platte seines Schreibtisches.

»Er ist gewonnen! Und nun kann ich endlich Rose Marie wiedersehen. Hat sie Sehnsucht nach mir gehabt?«

»Das hat sie mir nicht verraten. Aber jedes dritte Wort von ihr ist: Mister Garring. Daraus schließe ich, daß sie sich in Gedanken sehr viel mit dir beschäftigt.«

»Well, das ist selbstverständlich, ich beschäftige mich ja auch sehr viel mit ihr. Und eine Sehnsucht habe ich nach ihrem Anblick, nach dem Klang ihrer Stimme – ich habe drei Tage lang Folterqualen erduldet.«

Gladys lachte. »Du siehst aber gottlob recht wohl und munter aus.«

»Alles Verstellung, Darling.«

»Du kommst also heute auch zum Tee zu uns?«

»Selbstverständlich – wenn mich bis dahin die Sehnsucht nicht verzehrt hat. Ach Gladys – es ist eine wundervolle Krankheit, wenn man sein Herz so ganz und gar verloren hat.«

Gladys sah ernst und versonnen vor sich hin. Dann richtete sie sich entschlossen auf.

»Jetzt wollen wir aber arbeiten.«

»Noch einen Augenblick, Gladys. Ich habe dir noch etwas wichtiges Geschäftliches mitzuteilen. Anschließend haben wir eine Konferenz mit Papa und Mister Dernburg. Die Pacific-Gesellschaft will einen neuen Palast bauen lassen und außerdem ein vornehmes Wohnhaus für einen der Direktoren. Wir stehen dabei in schärfster Konkurrenz mit der Firma Bill & Wihte. Es handelt sich um ein Millionenobjekt. Das Haus des Direktors soll sehr repräsentativ im alten Stil ausgestattet werden. Ich denke, mit Mister Dernburg schlagen wir die Konkurrenz siegreich aus dem Feld. Er ist schon eifrig dabei, Skizzen und Entwürfe zu machen. Wie flott ihm das von der Hand geht, das muß man gesehen haben. Eine Prachtkollektion wird er uns fertigstellen. Er ist Feuer und Flamme, und ich glaube bestimmt, daß wir aufgrund seiner Arbeiten den Auftrag bekommen. So etwas von genialer Begabung hat man hier noch nicht gesehen. Bill & Wihte fallen glatt unter den Tisch. Die Firma Garring & Cie. war ihnen schon immer überlegen, aber mit unserem neuen Architekten werden wir ihnen noch überlegener sein. Papa steht stundenlang in Mister Dernburgs Arbeitszimmer und staunt über seine Leistungsfähigkeit.«

Gladys Augen leuchteten. Sie fragte begierig nach allerlei Einzelheiten, denn sie war Expertin genug, um zu wissen, daß hier nicht nur ein großes Geschäft winkte, wobei die Firma neuen Ruhm ernten konnte, sondern daß auch für Hans Dernburg ein großer Erfolg herausspringen konnte.

Eine Stunde später sah Gladys nach mehrtägiger Trennung Hans Dernburg wieder. Sie reichte ihm mit leichtem Erröten die Hand.

»Ich soll Ihnen Grüße bestellen von Ihrer Schwester,

Mister Dernburg. Sie ist sehr traurig, daß sie sich noch nicht haben sehen lassen.«

»Vielen Dank, Miß Forester. Daß ich nicht kam, lag hauptsächlich daran, daß mir gleich eine sehr interessante Aufgabe gestellt wurde, an deren Ausführung ich sogleich ging und die mich bis in die Nacht hinein beschäftigt – und dann hätte ich auch nicht gleich in den ersten Tagen bei Ihnen stören mögen. Es gibt da sicherlich manches erst wieder in Ordnung zu bringen.«

»Oh, was denken Sie von Miß Claras Feldherrntalent. In ihrem Bereich funktioniert alles tadellos, auch wenn sie nicht anwesend ist. Wir haben alles in musterhafter Ordnung vorgefunden. Und ich hoffe, daß Sie heute abend wenigstens mit uns speisen werden. Dafür müssen Sie sich Zeit lassen, und Rose Marie muß ihren Bruder schließlich wiedersehen, sonst läßt sie das Köpfchen hängen.«

»Wenn ich am Abend kommen darf, Miß Forester?«

»Selbstverständlich, da Sie am Tag wirklich wenig Zeit haben.«

»Mich könntest du ganz gern ebenfalls zum Abendessen einladen, Darling«, sagte Dick hier vorwurfsvoll.

Sie lachte. »Ich habe nicht daran gezweifelt, daß du dich Mister Dernburg anschließen wirst, obwohl du schon zum Tee eingeladen bist.«

Dick nickte ungerührt. »Zum Tee bin ich doch nur eine Begleiterscheinung meiner Mutter. Und am Abend muß ich ohnedies Mister Dernburg den Weg zeigen.«

»Es ist rührend, wie selbstlos du bist, mein lieber Dick.«

In diesem Moment trat Mister John Garring in das Konferenzzimmer. Er begrüßte zuerst Gladys sehr herzlich und dann die beiden Herren. Es kamen noch einige andere maßgebende Leute der Firma dazu, und nun wurde eifrig debattiert über den Auftrag der Pacific-Gesellschaft. Hans Dernburg legte die bereits fertigen Skizzen vor und erklärte, wie er sich die Ausarbeitung des Projektes dachte. Dabei skizzierte er seine Pläne immer wieder mit flotten Strichen. Jedenfalls war es erstaunlich, wie schnell er sich über das Objekt orientiert hatte und wie frisch und kampffreudig er in die ihm noch ungewohnten Verhältnisse hineinsprang.

Er zwang seine Zuhörer in den Bann. Gladys pochte das Herz, Dick strahlte über das ganze Gesicht und Mister John Garring dachte bei sich: Zweifellos ein genialer Kopf. Die Konferenz dauerte fast zwei Stunden. Und Gladys wünschte sehr, daß die Firma Garring & Cie. als Siegerin aus dem Konkurrenzkampf hervorgehe. Besonders wegen Hans Dernburg. Er sollte als Sieger hervorgehen, weil das in seiner neuen Stellung gleich einen erfolgreichen Einstieg bedeutete und ihm zugleich eine ansehnliche Tantieme sichern würde.

XIII

Rose Marie war mit staunenden Augen durch die Zimmer und Säle von Miß Foresters Haus gegangen. Noch mehr, als die innere Ausstattung, gefiel ihr die herrliche Umgebung.

»Es ist alles wie im Märchen, liebste Gladys! Sie können sich nicht denken, wie das alles auf mich wirkt. Ich komme mir wie verzaubert vor«, hatte sie zu Gladys gesagt.

»Es freut mich, daß es Ihnen bei mir gefällt, Rose Marie«, hatte diese erwidert.

Rose Marie waren zwei reizende Zimmer zugewiesen worden, wie sie für Gäste des Hauses immer bereit waren. Von den Fenstern dieser Zimmer aus konnte sie das Meer sehen. Es schimmerte zwischen dem Laub der Bäume hindurch.

Gladys sah in Rose Marie ganz einen Gast des Hauses, aber diese wollte Arbeit haben und einen Pflichtenkreis. Sie wandte sich deshalb an Miß Clara.

»Meine Herrin braucht mich so wenig, liebe Miß Clara, bitte, geben Sie mir Arbeit. Lassen Sie mich Ihnen im Haushalt helfen, wenn Miß Gladys mich nicht braucht, sonst komme ich mir überflüssig vor.«

Und Miß Clara fand diese und jene leichte Arbeit für sie, um ihr das Gefühl zu nehmen, daß sie überflüssig sei. Wenn außer Gladys Forester noch jemand in Miß Claras Herzen Platz gehabt hätte, so wäre sicher Rose Marie auf diesen Platz gerückt. Das junge Mädchen gefiel der alten Dame sehr.

Wenn Gladys daheim war, nahm sie freilich Rose Marie völlig für sich in Anspruch. Als Gladys heute aus dem Geschäft nach Hause kam, sagte sie lächelnd zu Rose Marie:

»Also, vor allen Dingen bringe ich Ihnen viele Grüße von Ihrem Bruder und von Mister Garring. Und heute zum Tee wird Dick Garring mit seiner Mutter zu uns kommen. Machen Sie sich recht hübsch, Rose Marie, ich möchte Ehre mit Ihnen einlegen, und Mistreß Garring soll Gefallen an Ihnen finden. Und heute abend haben wir auch wieder Gesellschaft bei Tisch, Ihr Bruder und Mister Garring werden das Abendessen mit uns einnehmen.«

Rose Marie klopfte das Herz. Sosehr sie sich auf ihren Bruder – und Dick Garring freute, so sehr fürchtete sie sich doch etwas vor Mistreß Garring. Sie wußte nicht, weshalb sie eine so große Angst vor Dick Garrings Mutter hatte.

Diese Angst war aber ganz überflüssig, denn Mistreß Garring fand sogleich großes Wohlgefallen an Rose

Maries damenhaftem, echt fraulichem Wesen. Ihre feine, stille Art entzückte die alte Dame, und sie war sehr liebenswürdig zu Rose Marie. Dick Garring umarmte und küßte seine Mutter ohne jede Veranlassung sehr stürmich, als sie Rose Marie mit einer längeren Ansprache ausgezeichnet hatte.

Die alte Dame schüttelte ein wenig mißbilligend den Kopf. »Mein lieber Dick, wirst du diese ungestüme Art nie ablegen?«

Dick sah sie vergnügt an. »Ich glaube nicht, Mama.«

Die alte Dame sah zu Gladys hinüber. »Findest du Dick nicht sehr verwildert, liebe Gladys?«

Diese lächtelte. »Ich muß das Gegenteil feststellen, liebe Tante Garring, Dick ist in letzter Zeit sehr höflich und aufmerksam gewesen. Auf der ganzen Reise war er sehr rücksichtsvoll. Das können Sie mir bezeugen, liebe Rose Marie, nicht wahr?«

Rose Marie errötete jäh und sah erst die alte Dame, dann Dick sehr erschrocken an.

»Es steht mir ganz sicher nicht zu, ein Urteil über Mister Garrings Benehmen zu fällen – aber ich fand es ganz tadellos.«

Dick triumphierte. »Siehst du wohl, Mama, ich habe deiner Erziehung Ehre gemacht.«

»Aber jetzt überfielst du mich wie ein Indianer, der auf dem Kriegspfad ist.«

»Bin ich auch! Und im Krieg und in der Liebe sind alle Mittel erlaubt. Übrigens bezweifle ich, daß ein Indianer, egal ob auf dem Kriespfad oder nicht, dich umarmt und geküßt hätte.«

»Dick, du bist ein schrecklicher Mensch«, wehrte Mistreß Garring ab.

Mit edlem Stolz wandte sich Dick an Gladys und Rose Marie.

»Ich fordere Sie zum Zeugen, meine Damen, daß ich

kein schrecklicher Mensch bin. Bitte bezeugen Sie mir das gegen meine eigene Mutter, die ein so grausames Urteil über mich fällt.«

Nun mußte seine Mutter lachen. »Dick, was soll nur Miß Dernburg von dir denken.«

»Das möchte ich auch gern wissen, Mama«, erwiderte Dick, Rose Marie anstrahlend.

Die alte Dame wandte sich gegen die errötende Rose Marie. »Er ist ein guter Junge, nur ein wenig ungestüm. Sie brauchen sich keine schlechte Meinung über ihn zu bilden, Miß Dernburg.«

Rose Maries Augen leuchteten in die Dick Garrings, aber sie schlug sie schnell wieder nieder vor dem Ausdruck der seinen.

»Ich weiß, daß Mister Garring ein sehr guter Mensch ist«, sagte sie leise.

Und sie gefiel Mistreß Garring außerordentlich. Die weiche, bescheidene Schmiegsamkeit ihres Wesens und die entschieden damenhafte, vornehme Erscheinung waren so ganz nach Mistreß Garrings Geschmack, daß sie mit der Wahl ihres Sohnes sehr zufrieden war.

Im besten Einvernehmen verabschiedete sich die alte Dame nach einer Stunde und reichte Rose Marie die Hand, die diese höflich an ihre Lippen zog.

Dick brachte seine Mutter nach Hause. Als er mit ihr im Wagen saß, fragte er:

»Ist sie nicht entzückend, Mama?«

Seine Mutter lehnte sich in die Wagenpolster zurück.

»Sie ist eine Lady, obgleich sie arm ist und bei Gladys eine abhängige Stellung bekleidet.«

»Aber teure Mama, merkst du denn nicht, daß diese Stellung nur ein Vorwand war. Gladys hat sie ihr nur zum Schein angeboten, damit sie mit herüberkommen konnte. Sie ist in Wahrheit Gladys' Gast und ihre Freundin. Und da sie bald – heute – morgen – oder spätestens übermorgen meine Braut sein wird, bleibt sie bis zu unsrer Hochzeit als Gast in Gladys' Haus. Das habe ich mit Gladys schon ausgemacht.«

»So weiß Gladys, daß du diese junge Dame heiraten willst?«

»Schon längst.«

»Und was sagt Gladys dazu?«

»Daß ich eine sehr gute Wahl getroffen habe.«

»Nun – da du deinen Kopf ja doch durchsetzen wirst, will ich dir meinen Segen und meine Einwilligung nicht vorenthalten.«

Dick umarmte und küßte seine Mutter wieder so stürmisch, daß ihr Hut schief gerückt wurde. Sie wollte schelten, mußte aber lachen, als er ihr liebevoll den Hut wieder geraderückte und ihr noch einmal ganz zart und gesittet einen Kuß auf die Lippen drückte.

»Ich mußte dich küssen, Mama, ich bin dir so dankbar, daß du lieb zu Rose Marie warst.«

»Sie ist ein zartes , feines Geschöpf, Dick. Wie soll sie mit dir ungestümem Wildfang auskommen?«

»Oh, das laß unsere Sorge sein. Rose Marie wird mit mir zufrieden sein, so wie ich bin,«

»Davon scheinst du fest überzeugt zu sein.«

»Es scheint nicht nur so, liebst Mama.«

»Alle Männer sind ein wenig arrogant.«

Dick streichelte ihr die Hand.

»Nun habe ich noch einen Wunsch, liebe Mama.«

»Was für einen Wunsch?«

»Du mußt mir helfen, daß auch Papa Rose Marie so bald wie möglich kennenlernt. Sobald er sie sieht, bin ich seiner Einwilligung sicher, denn er wird Rose Maries Zauber so wenig widerstehen wie du.«

»Auch davon bist du fest überzeugt?«

»Yes?«

»Nun gut, ich werde Gladys und Miß Dernburg für

morgen mittag zu uns einladen. Papa wird sie dann sehen und sich ein Urteil bilden können.«

Damit war Dick sehr einverstanden.

Als er seine Mutter nach Hause begleitet hatte, suchte er seine Zimmer auf, um sich für den Abend umzukleiden. Als es Zeit war, fuhr er, wie er es mit Hans Dernburg verabredet hatte, zur Pension, in der dieser wohnte, um ihn abzuholen.

Hans Dernburg war bereits fertig und erwartete Dick Garring. Er stieg zu ihm ins Auto, und die beiden Herrn begrüßten sich sehr herzlich.

Hans Dernburg hatte nicht vergessen, was Gladys ihm über Dick Garrings Absichten gesagt hatte. Es hatte ihn sehr für Dick eingenommen, wenn er auch noch immer nicht ganz davon überzeugt war, daß diese Verbindung zustande kommen würde. Dicks Verhalten war aber jedenfalls so tadellos, daß Hans beruhigt sein mußte.

Als Hans nun zu Dick in den Wagen gestiegen war, fragte dieser: »Wie sind Sie eigentlich mit ihrer Behausung und Verpflegung zufrieden, Mister Dernburg?«

»Außerordentlich, Mister Garring. Zuerst störte mich die chinesische Dienerschaft, überhaupt der ganze chinesische Betrieb, aber ich muß doch sagen, daß ich aufmerksam bedient werde, in allem die peinlichste Sauberkeit fand, und daß die Speisen sehr sorgfältig und schmackhaft zubereitet sind.«

Dick nickte. »Ich hätte Sie nicht dorthin empfohlen, wenn ich nicht gewußt hätte, daß Sie zufrieden sein würden.«

»Wahrscheinlich werde ich vorläufig dort wohnen bleiben, da der Pensionspreis nicht übertrieben hoch ist. Außerdem ist die Lage sehr günstig für mich, ich habe nur fünf Minuten ins Geschäft.«

»Sie werden natürlich die Gesellschaft Ihrer Schwester sehr vermissen.«

»Allerdings! Aber daran muß man sich gewöhnen.«

»Sie lebten bisher immer mit Ihrer Schwester zusammen?«

»Seit ich aus dem Feld zurückkehrte, immer. Meine Schwester machte mir unsere sehr bescheidene Häuslichkeit so behaglich wie möglich.«

»Oh – ich kann mir sehr gut denken, daß Miß Dernburg eine Wildnis zum Paradies machen kann – ich meine – verzeihen Sie – das war nur meine Ansicht.«

Hans Dernburg atmete tief auf. »Meine Schwester war mein treuer, tapferer Kamerad. Sie hat es um mich allein verdient, daß ihr alles Leid erspart bleibt«, sagte er ernst umd schwer.

Dick wollte etwas antworten, unterdrückte es aber. Was hätte Rose Maries Bruder dazu gesagt, wenn ihm die Worte entflohen wären, die er hatte sagen wollen: Wer ihr ein Leid antun wollte, den würde ich zu Boden schlagen.

Sie blieben also unausgesprochen.

Schweigend saßen die beiden jungen Herrn nebeneinander, bis Dick eine Unterhaltung über Geschäftliches begann. Sie sprachen über den schwebenden Auftrag der Pacific-Gesellschaft. Er interessierte sie naturgemäß beide sehr stark. Und sie waren noch bei dem Thema, als der Wagen vor Gladys' Haus hielt.

Hans Dernburg ließ, als er ausstieg, seinen Blick bewundernd über die herrliche Fassade gleiten und folgte dann Dick in das vornehme Haus.

Ein Diener nahm ihnen Mäntel und Hüte ab und führte sie in ein großes Zimmer, wo sie die beiden jungen Damen mit Miß Clara fanden.

Man begrüßte sich in dem herzlichen Ton, der sich während der Reise angebahnt hatte.

Miß Clara verschwand dann für einige Minuten, um noch eine Anordnung zu treffen.

Dick wandte sich an die jungen Damen. »Meine Mutter läßt Sie beide bitten, morgen mittag ihre Gäste zu sein, und ich bitte, mir zu gestatten, daß ich Ihre Zusage überbringen darf.«

Gladys nickte schelmisch. »Selbstverständlich werden wir kommen, nicht wahr, Rose Marie?«

»Wenn Sie es wünschen, Gladys – gern.«

»So? Wenn Gladys es nicht wünschte, dann würden Sie nicht kommen?« sagte Dick vorwurfsvoll.

Rose Marie sah ihn unsicher an. »Bitte, vergessen Sie nicht, Mister Garring, daß Miß Gladys meine Herrin ist.«

Gladys wandte sich lebhaft an Rose Marie. »Ich bitte Sie ganz ernsthaft, Rose Marie, dieses Wort aus unserem Vokabular zu streichen. Ich bin nicht Ihre Herrin, sondern Ihre Freundin.«

Dann wandte sich Gladys an Hans Dernburg. »Ich freue mich sehr, Sie endlich in meinem Haus begrüßen zu dürfen.«

Er verneigte sich. »Und ich freue mich, daß Sie mir erlaubt haben, zu kommen. Sie bewohnen ein sehr schönes Haus, Miß Forester.«

»Gefällt es Ihnen?«

»Sehr! Mein Beruf bringt es mit sich, daß ich alle schönen Gebäude mit großem Interesse betrachte. Deshalb konnte ich es mir nicht verkneifen, bevor ich Ihr Haus betrat, einen Blick darauf zu werfen.«

Sie nickte. »Ja, ich glaube, daß es sehr schön ist. Ich werde Sie später, nach dem Essen, durch das Haus führen. Die Innenausstattung der Räume dürfte Sie ebenfalls interessieren, und ich bin neugierig, ob sie vor Ihrem strengen Stilgefühl besteht. Das Haus ist von der Firma Garring & Cie. vor Jahren gebaut und ausgestattet worden.«

Hans sah sich im Zimmer um, in dem sie sich befanden. Es war ein Empfangssalon im Stil Ludwigs XIV.

»Dies ist ein sehr schöner, harmonischer Raum und stilrein, absolut stilrein.«

»Und, wie gefällt es Ihnen hier in Frisko? Haben Sie sich schon ein wenig eingewöhnt?«

Er lächelte. »Ein klein wenig. Viel habe ich ja noch nicht zu sehen bekommen.«

»Man hat Ihnen gleich sehr viel Arbeit aufgebrummt.«

»Gottlob – es konnte mir nichts lieber sein, als endlich den Beweis zu liefern, daß Sie sich nicht in mir getäuscht haben. Frisko läuft mir nicht davon, bis ich Zeit habe, es mir anzusehen. Soviel weiß ich schon jetzt – es ist eine sehr schöne Stadt.«

»Auch eine interessante Stadt. Sie müssen sich nur erst alles Sehenswerte ansehen, zum Beispiel: The golden Gate, Chinatown, Cliff House. Auch drüben die Seal Rocks bieten eine interessante Szenerie. Und dann müssen Sie Segelfahrten mit uns machen, durch das goldene Tor, in die Bay von San Franzisko. Sie ist sehr schön – am schönsten wenn die Sonne untergeht und ein rötlich violetter Himmel sich in den Wellen spiegelt. Solche Farbensymphonien haben Sie in Ihrer deutschen Heimat nicht. Später werden Sie auch die weitere Umgebung von Frisko kennenlernen, Kalifornien überhaupt. Es hat herrliche Naturwunder, wie den Mount Shasta in seiner majestätischen Schönheit, den Mirror Lake im Josemita Tal, die märchenhaften Baumriesen dort, durch deren Stämme Fahrstraßen führen, und die zerklüftete Küste der Monterey Bay. Ich kann sie nicht alle aufzählen, Kalifornien ist ein Wunderland. Wenn Sie diese Wunder der Natur gesehen haben, werden Sie sie nie wieder vergessen. Es lohnt sich schon, hierherzukommen.«

Hans Dernburg hatte ihr andächtig zugehört, ohne seinen Blick von ihrem Anlitz zu wenden. Und er dachte, daß Gladys Forester selbst das herrlichste Naturwunder von ganz Kalifornien sei.

»Davon war ich überzeugt, ehe ich herüberkam«, sagte er aufatmend.

Sie nickte ihm lächelnd zu. In der ihr eigenen, vornehmen Weise machte sie die Honneurs ihres Hauses.

Inzwischen hatte sich Dick mit Rose Marie unterhalten.

»Sie haben eine Eroberung an meiner Mutter gemacht, Miß Dernburg«, sagte er, sie mit strahlenden Blicken betrachtend.

Erglühend sah Rose Marie zu ihm auf. »Wirklich?«

»Mein Wort darauf.«

»Ihre Frau Mutter ist eine sehr liebenswürdige Dame und war sehr gütig zu mir.«

»Kann man anders als gütig zu Ihnen sein? Mama freut sich sehr darauf, Sie morgen bei sich begrüßen zu dürfen. Dann lernen Sie auch meinen Vater kennen.«

Sie atmete erregt.

»Ich freue mich darauf. Ist er Ihnen ähnlich?«

Dick lachte.

»Sehr – aber er ist bedeutend älter als ich.«

Nun mußte Rose Marie auch lachen.

»Das hätte ich mir vielleicht ohne Ihre gütige Belehrung ausrechnen können«, sagte sie schelmisch.

Er starrte wie hypnotisiert auf das winzige, kaum wahrnehmbare Grübchen neben ihrem Mundwinkel, das er besonders reizend fand.

»Das ist das erste, was ich küsse, wenn ich erst küssen darf«, dachte er fast geistesabwesend.

Aber nun rief ein Diener zu Tisch.

Dick bot Rose Marie den Arm, und Hans Dernburg neigte sich vor Gladys.

»Darf ich Sie führen, Miß Forester?«

Sie legte ihre Hand auf seinen Arm. »Sie dürfen sich von mir führen lassen, da ich hier besser Bescheid weiß«, scherzte sie.

Bei Tisch herrschte eine sehr angeregte Stimmung. Dick war wieder sehr übermütig, und als er bemerkte, daß Gladys Hans Dernburg und Miß Clara in ein Gespräch verwickelte, wandte er sich, das Salzfaß fassend, an Rose Marie. Er gab auf seine Speise Salz und sagte:

»Dies hat noch an dem Kilo gefehlt, Miß Dernburg. Jetzt haben wir ein Kilo Salz zusammen gegessen.«

Sie errötete.

»Ist das so sicher? Mir scheint, es fehlt noch etwas daran.«

»Meinen Sie? Nun gut, vielleicht eine Kleinigkeit noch. Die verspeisen wir morgen im Hause meiner Eltern. Aber dann hilft kein Ausweichen mehr, dann will ich endlich Ihre Meinung über mich hören.«

Sie sah verlegen zur Seite. »Sie ist doch unwichtig.«

»Im Gegenteil.«

»Das verstehe ich nicht.«

»No? Nun – Sie werden verstehen.«

Und er sah sie mit so brennenden Blicken an, daß sie blind hätte sein müssen, wenn sie nicht gesehen hätte, wie es um ihn stand.

Ihr Herz klopfte in rasender Unruhe, und sie war sehr froh, als ihr Bruder sie jetzt wieder ins Gespräch zog.

Nach Tische machten die jungen Herrschaften einen Rundgang durch das Haus. Gladys zeigte Hans Dernburg sämtliche offizielle Räume. Und als das geschehen war, traten sie hinaus auf die Terrasse. Über ihr stand der Mond hell und klar in seiner vollen Schönheit und goß sein mildes, silbriges Licht über die zauberhafte Szenerie.

Aus dem golden Gate Park klangen lachende und plaudernde Stimmen herüber, und eine Frauenstimme sang ein lockendes Liebeslied.

Gladys deutete mit der Hand zum Meer hinüber.

»Da drüben sehen Sie die Seal Rocks wie dunkle Schatten im Meer liegen. Sie sind von Hunderten von Seelöwen bevölkert, und niemand stört sie. Und südlich davon liegt das Cliff House mit den großen Wäldern.«

»Wir können am Sonntag eine Segelfahrt machen und an Seal Ricks und Cliff House vorüberfahren. Hast du Lust dazu, Darling?« fragte Dick.

»Zum Segeln immer, Dick, das weißt du. Und ich denke, dabei zeigen wir Miß Dernburg und ihrem Bruder allerlei Interessantes. Ich meine, wir sind verpflichtet, sie ein wenig mit Frisko bekannt zu machen.«

Und sie besprachen die Segelpartie. Die Herren durften hier draußen rauchen, und auch Gladys nahm eine Zigarette und tat ein paar Züge.

Man saß eine Weile noch draußen im Mondschein, und dabei plauderten die vier jungen Menschen in einer seltsam verhaltenen Art miteinander. Es lag etwas Traumhaftes über der ganzen Szenerie und etwas Traumhaftes über ihrer Unterhaltung. Das wurde erst anders, als auch Miß Clara herauskam.

Eine halbe Stunde später verabschiedeten sich die Herrn.

XIV

Am nächsten Tag fuhr Gladys mit Rose Marie zu Mister und Mistreß Garring. Auch sie bewohnten ein wunderschönes Haus, das inmitten eines großen Gartens lag.

Mistreß Garring stellte ihrem Mann selbst Rose Marie Dernburg mit einem eigenartigen Lächeln vor.

Und Rose Maries Liebreiz gelang es sehr schnell, Mister John Garring zu bezaubern. Er unterhielt sich vor Tisch, bei Tisch und nach Tisch so angelegentlich mit ihr, daß Dick schließlich höchst unzufrieden wurde und eifersüchtig auf seinen Vater blickte. Er konnte nicht erwarten, bis er Rose Maries Gesellschaft für sich in Anspruch nehmen konnte.

Zum Glück mußte John Garring noch einmal ins Geschäft, und er verabschiedete sich von Rose Marie.

So groß nun auch Dicks Sehnsucht nach Rose Maries Gesellschaft war, folgte er doch seinem Vater ins Vorzimmer.

»Lieber Papa, ich möchte wissen, wie dir Miß Dernburg gefällt.«

John Garring drehte sich langsam nach seinem Sohn um, der in jeder Beziehung sein jüngeres Ebenbild war.

»Hast du es so eilig?«

»Natürlich, Papa. Ich habe ungeheuer viel Kraft verbraucht, um mein Werben um Rose Marie Dernburg so lange zurückzuhalten, bis du sie kennengelernt hast. Jetzt ist es vorbei mit meiner Geduld.«

»Von dieser Tugend besitzt du anscheinend sehr wenig.«

»Well! Das ist ein Erbfehler.«

»Was willst du damit sagen?«

»Daß ich ebenso wenig von dieser Tugend besitze wie du.«

»Unerhört! Frechheit.«

»O no – das ist nicht frech, Papa.«

»Sehr.«

»Well – ich bekenne mich schuldig. Aber nun sag mir auch, wie dir Miß Dernburg gefällt.«

»Wenn ich nun sage: überhaupt nicht?«

»Glaube ich nicht.«

»No?«

»Ausgeschlossen.«

»Deine Zuversicht ist rührend – so rührend, daß ich dir die haarsträubende Geschichte von der Kunstreiterin verzeihen will.«

»Das hattest du schon gestern getan, Papa. Also bitte,

eine andere Belohnung für meine rührende Zuversicht.«

Mister John Garring faßte lachend den blonden Schopf seines Sohnes.

»Also – sie ist entzückend!«

Dick umarmte den Vater und drehte ihn wie einen Kreisel herum, bis der alte Herr lachend und atemlos fragte:

»Willst du mich auf der Stelle umbringen?«

Dick küßte seinen Vater ausgelassen mitten auf die Nase.

»Heute abend bist du der Schwiegerpapa der reizendsten Lady der Welt.«

Der alte Herr pustete.

»Ich hoffe, es ist nicht weiterhin so anstrengend, Schwiegervater zu werden.«

»Nicht bange sein, Papa, das ist nur die erste Freude.«

Lachend ging der alte Herr davon, ausgesöhnt mit der Partie seines Sohnes. Dick kehrte in den Salon zurück, wo er die Damen plaudernd antraf. Er nahm an der Unterhaltung teil, überlegte aber, wie er ein Alleinsein mit Rose Marie herbeiführen könnte.

Endlich kam ihm ein Einfall.

»Wollen Sie sich nicht unseren Garten ansehen, Miß Dernburg?«

Rose Marie sah unsicher zu ihm auf.

»Gern – wenn ich darf.«

»Wir können ja hinausgehen«, sagte Mistreß Garring.

Das war aber nicht nach Dicks Geschmack. Er warf Gladys einen hilfeflehenden Blick zu. Diese verstand so gut in seinen Zügen zu lesen, daß sie sofort einsprang.

»Du solltest jetzt lieber ein wenig ruhen, Tante Garring. Ich bin auch nicht dafür, so kurz nach Tisch herumzulaufen und bleibe bei dir. Dick kann Miß Dernburg allein herumführen. Sie sind nicht böse, liebe Rose Marie, daß ich so faul bin.«

»Aber gewiß nicht, liebe Gladys. Ich kann mir den Garten ja auch ein andermal ansehen.«

»Nein, nein, lassen Sie sich nicht abhalten. Dick brennt darauf, Ihnen die Blumenpracht zu zeigen.«

»Sie müssen allerdings mit meiner Gesellschaft vorlieb nehmen, Miß Dernburg. Hoffentlich wird Ihnen das nicht langweilig.«

Rose Marie wehrte ahnungslos ab.»Wie können Sie so etwas glauben, Mister Garring.«

»So kommen Sie.«

Rose Marie ging mit Dick hinaus in den blütenschweren Garten. Erst markierte Dick noch eine Weile Gleichgültigkeit und zeigte Rose Marie dies und das. Aber dann bogen sie in einen langen Laubengang aus Pfirsichspalieren ein. Und hier blieb er plötzlich vor ihr stehen und sah sie mit erregten Blicken an.

»Miß Dernburg – jetzt müssen Sie mir sagen, was Sie für eine Meinung von mir haben.«

Sie erschrak vor dem erregten Ausdruck seines Gesichts und sah ihn hilflos an.

»Was soll ich Ihnen nur sagen, Mister Garring? Daß ich Sie für einen guten Menschen halte, habe ich Ihnen doch schon gesagt.«

»Ich möchte aber mehr wissen, Rose Marie, ich will von Ihnen hören, ob Sie mir so viel Vertrauen entgegenbringen können, daß Sie Ihre kleine Hand ohne Bedenken in die meine legen möchten. Sie müssen ja längst wissen, daß ich Sie liebe, Rose Marie. Sie haben mich bezaubert, vom ersten Augenblick an, da ich Sie kennenlernte. Ich habe an keine andere Frau mehr denken können als an Sie. Und ich habe ganz fest daran geglaubt, daß auch Sie mich lieben. Rose Marie – süße, liebe Rose Marie –, habe ich in meiner Sehnsucht nach Ihrer Liebe zu viel gesehen, oder ist es wahr, daß Sie mich wiederlieben?«

Rose Marie war nun jäh erblaßt. Ihre Hände, die er in die seinen genommen hatte, zitterten in der seinen.

»Mister Garring – was soll – was darf ich Ihnen antworten«, stammelte sie.

»Was Sie fühlen, Rose Marie – die Wahrheit will ich wissen.«

Sie atmete erregt und sah ihn unruhig und beklommen an.

»Die Wahrheit? O Mister Garring – ich – ich habe Sie lieb, seit ich Sie das erstemal gesehen habe. Aber – ach mein Gott, was soll daraus werden?«

Da hatte er sie schon fest in seinen Armen, an seinem Herzen.

»Ein närrisch glückliches Paar, meine süße kleine Rose Marie.«

Und er küßte sich erst einmal ohne alle Umstände herzhaft satt, Mund und Grübchen redlich bedenkend. Dann sah er ihr lachend in die Augen.

»Oh, das war gut, mein Sweetheart, danach habe ich lange gedürstet.«

Rose Marie war noch ganz benommen.

»Was soll daraus werden, Mister Garring?« fragte sie wieder.

Er küßte sie gleich noch einmal.

»Das tun wir nun alle Tage, Rose Marie. Und du wirst meine Frau – sehr bald.«

»Aber Ihre Eltern, Mister Garring – es kann ja nicht sein. Ihre Eltern werden das nie zulassen.«

Er lachte und zog sie fest an sich.

»Well – sie lassen es zu – ich habe ihre Einwilligung schon in der Tasche. Meinst du, süßes kleines Girl, ich hätte erst das ganze Kilo Salz mir dir aufgegessen, wenn ich nicht erst klare Verhältnisse für dich hätte schaffen wollen. Ich wollte nicht eher um dich werben, bevor ich nicht wußte, daß meine Eltern dich freudig aufnehmen würden. Und du brauchst nun nichts weiter zu tun, als mir zu sagen: Lieber Dick, ich will deine Frau werden.«

Sie sah ihn an mit ihren schönen grauen Augen, die nie so strahlend wie jetzt geleuchtet hatten.

»Lieber Dick – lieber, lieber Dick«, jauchzte sie und warf sich in seine ausgebreiteten Arme.

Er lachte gerührt. »Oh – lieb hat das geklungen –, sage es gleich noch einmal.«

Sie schmiegte sich an ihn. »Lieber, lieber Dick – ich hab dich so lieb, aber nie habe ich daran gedacht, daß ich deine Frau werden könnte.«

»Das war nicht richtig, mein Sweetheart, ich habe immerfort daran gedacht, und das hättest du auch tun sollen.«

»Werden deine Eltern mich wirklich gern als ihre Tochter aufnehmen?«

Er nickte. »Sie werden es bestimmt tun. Mamas Herz hast du schon gestern gewonnen, und Papa hat mir, ehe er vorhin ging, gesagt, was ich so oft zu Gladys über dich gesagt habe: Sie ist entzückend.«

Rose Marie hob den Kopf. »Miß Gladys weiß?«

»Alles, mein Sweetheart. Ich habe ihr schon in Berlin gesagt, daß du meine Frau wirst.«

»Oh, deshalb war sie so lieb zu mir und wollte nicht dulden, daß ich sie meine Herrin nannte?«

Zärtlich begeistert küßte er ihr Augen und Mund. »Du bist sehr klug, meine kleine Rose Marie. Gladys wollte dich von vornherein zur Freundin haben, denn du weißt, wir beide sind treue Kameraden auf Lebenszeit, und was der eine liebhat, muß auch dem andern lieb sein. Deshalb ist es nötig, daß Ihr beiden treue Freunschaft haltet.«

»Soweit es an mir liegt, will ich das meine dazu tun. Ich liebe und bewundere Gladys sehr. Sie ist ein herrliches Geschöpf.«

»Well! Ein ganzer Mensch – nichts Halbes ist an ihr.

Aber – das brauchen wir uns nicht gerade jetzt zu erzählen, wo wir endlich einmal allein sind. Ich habe viel Wichtigeres zu tun.«

Und er zog Rose Marie wieder in seine Arme und küßte sie, bis sie beide atemlos waren.

Und dann gingen sie, zärtlich umschlungen, langsam den Laubengang auf und ab und benahmen sich ganz so wie andere zärtliche Liebespaare. Nur, daß Dick zugleich im glücklichsten Übermut allerlei drollige Einfälle hatte und Rose Marie immer wieder über ihn lachen mußte.

Endlich aber sagte sie erschrocken:

»Mein Gott – Dick –, jetzt sind wir aber sehr lange im Garten geblieben. Wir müssen nun endlich wieder hineingehen zu Gladys und deiner Mutter.«

Zärtlich lachend sah er sie an.

»Müssen wir?«

»Ja doch, Dick! Was soll deine Mutter denken?«

»Oh, sie ist eine kluge Frau, und ich wette, sie weiß ganz genau, was hier unter den Pfirsichspalieren geschehen ist. Und Gladys ist, glaube ich, noch viel klüger und weiß es erst recht. Wir werden die beiden Damen durchaus nicht mit unserer Verlobung überraschen, mein Sweetheart.«

Rose Marie seufzte tief auf. »Ach Dick – wenn das alles nur nicht bloß ein schöner Traum ist, aus dem ich eines Tages erwache.«

»Möchtest du nicht daraus erwachen?«

»Um keinen Preis.«

»Du bist also sehr glücklich?«

»Ach Dick – lieber Dick.«

Er küßte ihr die Hände. »Wenn es in meiner Macht liegt, sollst du es immer bleiben. Hoffentlich stören dich meine schlechten Angewohnheiten nicht.«

Sie sah ihn schelmisch an. »Du hast heute noch nicht ein einziges Mal die Hände in den Taschen gehabt.«

Er staunte sie an. »Diese Untugend hast du also auch schon an mir bemerkt?«

Sie nickte lachend. »All deine Untugenden, wie du es nennst, lieber Dick. Aber – ich habe eine große Bitte an dich.«

»Nun?«

»Gewöhne dir diese Untugenden nicht ab – ich liebe sie alle – und möchte nicht eine einzige missen.«

Er hob sie jauchzend empor. »Du bist ein Juwel, kleine Rose Marie! Jetzt brauche ich keine Angst mehr zu haben, daß mir deine Liebe verlorengeht.«

Ihre Augen wurden feucht. Sie schüttelte lächelnd das Haupt. »Nein, nein! Ich liebe alles an dir, denn so, wie du bist, bist du ein ganz prachtvoller Mensch und sollst es bleiben. Deine kleinen Angewohnheiten zeigen so famos deine Stimmung, sie charakterisieren dich, und ohne sie wärst du nicht vollkommen.«

Da strich er ihr ganz sachte das Haar aus der Stirn, und seine sonst so lachenden Augen blickten weich und zärtlich.

»Mein Sweetheart, wie liebe ich dich! Und nun komm zu Mama und Gladys, sie werden schon warten.«

Arm in Arm gingen sie ins Haus zurück.

Mistreß Garring und Gladys Forester waren wirklich nicht erstaunt, als Dick und Rose Marie wieder eintraten und sich als Brautpaar vorstellten.

Mistreß Garring verlor freilich ein wenig die Fassung und vergoß einige Tränen, aber sie zog Rose Marie in ihre Arme.

»Mache ihn glücklich, mein liebes Kind, und sei mir eine liebe Tochter«, sagte sie.

Rose Marie küßte ihre Hände. »Liebe, teure Mutter, wie danke ich Ihnen, daß Sie mir erlauben wollen, Ihre Tochter zu sein.«

Die alte Dame trocknete ihre Tränen.

»Ja, du wirst mir eine liebe Tochter sein, und darauf freue ich mich, denn dieser ungestüme Wildfang von einem Sohn hat mir selten Gelegenheit gegeben, meiner mütterlichen Zärtlichkeit Ausdruck zu geben. Du wirst deine liebe Not mit ihm haben.«

Mit leuchtenden Augen sah Rose Marie zu Dick hinüber. »Oh, es wird mir wirklich eine liebe Not werden, liebe teure Mutter.«

Das fand Dick so entzückend, daß er Mutter und Braut zusammen in stürmischer Zärtlichkeit umarmte und abwechselnd küßte.

Gladys hatte mit einem lieben Lächeln und feuchtschimmernden Augen dieser Szene beigewohnt. Nun trat sie an Rose Marie heran.

»Darf ich Ihnen nun meinen Glückwunsch sagen, liebe Rose Marie? Es freut mich innig, daß Sie meines lieben Freundes Frau werden. Ich kenne ihn gut genug, um Ihnen gratulieren zu können. Sie haben Ihr Herz einem sehr wertvollen Menschen geschenkt, und ich glaube, Sie sind einander wert. Gott mag Ihnen beiden ein wolkenloses Glück schenken.«

Rose Marie faßte Gladys Hände. »Liebe Gladys, ich danke Ihnen für Ihren Glückwunsch – ich weiß, daß ich zu beneiden bin um Dicks Liebe und mir mein Glück täglich neu verdienen muß. Im Grunde danke ich Ihnen mein Glück, denn wenn Sie mich nicht als Gesellschafterin genommen hätten, wäre ich vielleicht nicht mit nach Kalifornien gekommen.«

»Ihr Bruder wäre nicht ohne Sie mitgegangen, und Dick hätte, nachdem er Sie gesehen hatte, Deutschland nicht ohne Sie verlassen.«

»Auf keinen Fall«, bekräftigte Dick.

Gladys nickte lächelnd. »Sie sehen also, Rose Marie, daß ich mir keinen Dank verdient habe.«

»Doch Gladys, ich habe Ihnen so viel, so überaus viel zu danken. Sie sind mir von Anfang an so lieb und freundlich entgegengekommen.«

Gladys zog Rose Marie an sich. »Ich habe nur getan, wozu mich mein Herz trieb. Sie sind mir vom ersten Augenblick an lieb gewesen. Und – da Sie nun meines lieben Freundes Braut sind, lassen Sie uns richtige Freundschaft schließen. Wir sagen zueinander Du, liebe Rose Marie.«

Diese küßte Gladys herzlich. »O wie gern – von ganzem Herzen, liebe Gladys.«

»Hallo! Das geht nicht. Dein ganzes Herz gehört mir«, begehrte Dick eifersüchtig auf und zog Rose Marie in seine Arme.

Sie lachte.

»Dir gehört meine ganze Liebe, aber Gladys meine ganze Freundschaft.«

»Well, diese Teilung lasse ich mir gefallen.«

Lächelnd sah Gladys auf das glückliche Paar. »Und was wird dein Bruder dazu sagen, Rose Marie?«

Erschrocken fuhr diese zusammen. »Ach – in all meinem Glück habe ich meinen Bruder ganz vergessen. Was er dazu sagen wird? O liebste Gladys, er wird froh und glücklich sein über meine Verlobung, denn er schätzt Dick sehr.«

»Das beruht auf Gegenseitigkeit, Rose Marie, ich schätze deinen Bruder auch sehr. Aber ich muß wohl in aller Form bei ihm um deine Hand anhalten.«

»Er wird sie dir gewiß nicht verweigern, aber er wird an mein Glück gar nicht glauben wollen.«

Gladys sah mit großen Augen vor sich hin. Dann richtete sie sich auf. »Ich werde jetzt ins Geschäft fahren. Dort treffe ich Onkel Garring und Mister Dernburg, und ich werde ihnen mitteilen, was hier geschehen ist.«

Dick lachte. »Famos, Darling! Bringe es Papa hübsch

diplomatisch bei, daß er Schwiegervater geworden ist.«

Rose Marie sah ihn ängstlich an. »Er wird doch nicht böse sein auf mich?«

Dick küßte entzückt ihre ängstlichen Augen. »Dann brauchst du ihn nur so anzusehen, Sweetheart, er vergißt es dann, böse zu sein.«

Gladys nickte Rose Marie beruhigend zu. »Ich gebe dir mein Wort, Rose Marie, daß Dicks Vater dich sehr lieb haben wird. Ich werde ihm aber die Nachricht von Eurer Verlobung sehr schonend überbringen – und deinem Bruder auch. Du bleibst wohl inzwischen hier bei Dick und Tante Garring.«

»Selbstverständlich bleibt sie hier, Gladys. Denkst du, ich habe Lust, mich schon jetzt von meiner Braut zu trennen«, trumpfte Dick auf, die Hände flugs in die Taschen schiebend und vor Gladys balancierend.

Sie lachte. »Nein, Dick, das denke ich nicht, aber ich denke, daß du nun als Bräutigam wenigstens deine schlechten Gewohnheiten aufgibst.«

Er schüttelte energisch den Kopf. »No – ich darf nicht.«

»Du darfst nicht?«

»No.«

»Wer will es dir wehren?«

»Rose Marie«, sagte er triumphierend. »Sie hat mich lieb, so wie ich bin, und will nicht, daß ich irgendeine Veränderung an mir vornehme.«

Lachend sah Gladys Rose Marie an. »Du gibst also klugerweise alle Erziehungsversuche von Anfang an auf.«

Errötend sah Rose Marie in Dicks Augen. »Ich finde selbst das, was du eine schlechte Gewohnheit nennst, an Dick liebenswert. Wenn er so mit den Händen in der Tasche dem Leben trutzig und kampfbereit gegenübersteht – dann liebe ich ihn am meisten.«

Gladys und Mistreß Garring sahen sich lächelnd an.

»Nun gibt es keine Hoffnung mehr, daß er sich diese Unart abgewöhnt«, sagte Mistreß Garring, aber sie küßte Rose Marie herzlich.

»Nein, Tante Garring, jetzt wollen wir unsere Erziehungsversuche aufgeben.«

Dick aber zog Rose Marie in seine Arme. »Sweetheart, es ist entzückend, wie tapfer du für mich eingetreten bist.«

Und er küßte sie herzhaft.

Gladys verabschiedete sich nun lachend, um ins Geschäft zu fahren.

Als sie dann allein im Wagen saß, tat ihr das Herz doch ein wenig weh. Sie hatte ein so strahlendes Liebesglück gesehen, daß es ihr nun doppelt schwer aufs Herz fiel, daß es für sie nie ein solches Glück geben würde.

In heißer Sehnsucht dachte sie an Hans Dernburg.

Als sie im Geschäftshaus ankam, begab sie sich zuerst in das Büro von Mister John Garring. Sie klopfte an die Tür, und er rief herein.

John Garring saß am Schreibtisch.

»Good day, Onkel Garring!«

»Good day, Gladys! Was willst du jetzt noch hier im Geschäft?«

»Dich aufsuchen. Bist du bald fertig mit deinen Geschäften für heute?«

»Soeben bin ich fertig geworden.«

Sie trat neben ihn und legte ihm kindlich zutraulich den Arm um die Schultern.

»Das trifft sich gut! Ich bin gekommen, um dir etwas Wunderschönes zu sagen. Ist dir ein wenig feierlich zumute?«

Er sah zu ihr auf mit einem forschenden Blick.

»Eigentlich nicht.«

»So wird es gleich der Fall sein. Dick hat sich verlobt.«

»Hoho – also wirklich im Eilzugstempo.«

»Er hat lange genug gewartet, weil er erst eure Einwilligung haben wollte, die ihr ihm zum Glück nicht versagt habt.«

»Er hat sie uns abgelistet«, knurrte John Garring.

Sie streichelte seine hohe Stirn. »Sie gefällt dir doch auch, die kleine süße Rose Marie, Onkel Garring.«

Schmunzelnd sah er zu ihr auf. »Sie ist entzückend.«

Gladys lachte hell auf. »Das hast du fast ebenso verliebt gesagt wie Dick.«

»Hm! Es läßt sich nicht leugnen, daß sie mir sehr gut gefällt, diese junge Deutsche. Mir scheint, ich bin schwach den deutschen Frauen gegenüber. Meine Frau ist eine Deutsche – und ich liebe sie sehr, du bist eine Deutsche – und ich habe dich auch sehr lieb. Und nun bekomme ich auch noch eine deutsche Schwiegertochter. Ich fürchte, sie wird mich als dritte bald so um den Finger wickeln wie ihr beiden andern auch.«

»Aber du bist sehr zufrieden mit der Wahl deines Sohnes.«

»Hm – diese junge Deutsche ist sehr arm.«

»Dick hat Geld genug für zwei, und er ist tüchtig genug, um selber Busineß zu machen.«

»Well! So soll er seinen Willen haben. Also – sie sind verlobt?«

»So ist es.«

»Und natürlich sehr glücklich?«

»Unbeschreiblich – das Glück lacht Ihnen aus den Augen.«

»Und Mistreß Garring?«

»Ist auch glücklich und zufrieden.«

»Und Mister Dernburg?«

»Weiß noch nichts. Darf ich es ihm sagen? Ich möchte ihm gern die Freudenbotschaft bringen.«

»Well – tu das.«

»Er ist doch noch in seinem Atelier?«

»Yes – er ist sehr fleißig bei der Arbeit. Und jeder Strich sitzt bei ihm. Fabelhaft – ich glaube, eure Reise nach Deutschland hat sich gelohnt. Dieser junge Mann steckt voll neuer Ideen – man muß staunen. Also geh zu ihm und sage ihm, wie stark er seit einer Stunde mit der Firma Garring & Cie. liiert ist. Und wenn er fertig ist mit seiner Arbeit, dann bringe ihn zu mir. Wir wollen dann zusammen nach Hause fahren und Verlobung feiern.«

Gladys umarmte ihn und küßte ihn auf die Wange.

»Das will ich tun. Bitte warte auf uns.«

Damit huschte sie hinaus.

Draußen schritt sie zum Fahrstuhl und fuhr einige Etagen höher. Dann ging sie einen langen breiten Gang hinab, bis sie vor einer Tür mit blinden Glasscherben haltmachte. Sie blieb eine Weile stehen und drückte die Hände auf das Herz, ehe sie eintrat.

Drinnen in seinem großen Atelier stand Hans Dernburg an einer Zeichentafel und arbeitete eifrig, ohne aufzusehen. Er glaubte, sein Bürodiener sei eingetreten.

»Was gibt es, Brown?«

Gladys atmete tief auf.

»Ich bin es, Mister Dernburg.«

Er richtete sich mit einem Ruck empor und strich sich die Haare aus der Stirn.

»Sie, Miß Forester? Was verschafft mir die Ehre? Wollen Sie neue Skizzen sehen?«

Lächelnd schüttelte sie den Kopf.

»Nein, deshalb kam ich nicht zu Ihnen. Sie sind noch so spät bei der Arbeit? Im ganzen Hause ist schon Feierabend.«

»Danach kann ich jetzt nicht fragen. Sie wissen, meine Arbeit eilt. Wie sollte ich da die Stunden zählen. Ich bin mit allen Kräften bei meiner ersten großen Aufgabe und ringe um den Sieg.«

»Ich wünsche Ihnen und uns Erfolg – und ich zweifle nicht daran.«

Seine Augen leuchteten auf.

»Wie sehr freue ich mich, daß Sie daran glauben. Ich muß den Erfolg zwingen – um vor Ihnen bestehen zu können. Wollen Sie die Arbeit von heute sehen, Miß Forester?«

Sie nickte nur und beugte sich über die Blätter, die er ihr vorlegte.

Eine Weile blieben sie stumm. Dann richtete sich Gladys auf.

»Wir werden gewinnen, das erscheint mir sicher. Die Firma Garring & Cie. kann sich gratulieren zu ihrem Kommen.«

Seine Augen brannten. »Wenn ich Sie enttäuschte – es wäre furchtbar niederdrückend für mich.«

Sie lächelte. »Ich habe doch selbst ein Urteilsvermögen. Sie brauchen nichts zu fürchten. Indes bin ich nicht gekommen, um mit Ihnen über Ihre Arbeiten zu sprechen. Etwas anderes führt mich zu Ihnen.«

Er rückte ihr einen Sessel zurecht. »Darf ich fragen, was Sie zu mir führt,«

Sie sah ihn strahlend an. »Ich habe mir ausbedungen, Ihnen diese Freudenbotschaft bringen zu dürfen. Ihre Schwester hat sich heute nachmittag mit Dick Garring verlobt.«

Ein Ruck ging durch seine Gestalt. Seine Augen hingen unruhig forschend an ihrem Gesicht.

»Ist das wahr?«

»Mit solchen Dingen scherzt man nicht.«

Ein tiefer Atemzug hob seine Brust. »Und Mister Garrings Eltern? Was werden sie dazu sagen?«

Reizend war ihr Lächeln, als sie antwortete: »Ja und Amen – es ist alles in bester Ordnung, Mister Dernburg. Ich soll Sie zu Mister John Garring bringen – wir wollen zusammen hinfahren und Verlobung feiern.«

Hans Dernburg strich sich über die Stirn. »Meine kleine Schwester! Ihr Lebensschiff ist also gottlob in einem sichren Hafen gelandet«, sagte er zärtlich.

»So weit man in die Zukunft schauen kann, gewiß. Und sie ist sehr glücklich.«

Er faßte ihre Hand. »Mir ist, als danke ich Ihnen das Glück meiner Schwester, Miß Forester. Jedenfalls danke ich Ihnen für die Freudenbotschaft, die Sie mir bringen.«

Ihre Hand bebte in der seinen. »Ich brachte Ihnen die Botschaft gern, weil ich weiß, wie sehr Sie sich um Ihre Schwester sorgen. Und – nun lassen Sie heute Ihre Arbeit, und kommen Sie mit mir zu Mister John Garring, der uns erwartet.«

Er preßte ihre Hand an seine Lippen in starker, heimlicher Erregung. Die Verlobung seiner Schwester, die sich so leicht und ohne Hindernisse vollzogen hatte, weckte in seinem Herzen die Hoffnung, daß es in Zukunft auch einen Weg geben könnte, der ihn zu Miß Forester führte.

Ihrem feinen Empfinden entging seine Erregung nicht. Hastig und tief erglühend zog sie ihre Hand aus der seinen und trat einen Schritt zurück.

Er erschrak, weil er darin ein Zeichen ihres Unwillens sah. Aber als er dann in ihre Augen blickte, verlor sich seine Besorgnis. Sie sahen ihn lieb und gütig an wie immer – nur ein wenig traurig. Diesen traurigen Ausdruck konnte er sich nicht deuten, aber er hätte sein Leben hingegeben, wenn er ihr dadurch hätte ein Leid sparen können. Er hatte sie viel zu lieb, um nicht zu merken, daß über ihrem Wesen immer eine leise Traurigkeit wie ein Schleier gebreitet war.

Schnell machte er sich nun fertig, um ihr zu folgen, während sie noch einmal die neuen Entwürfe betrachtete.

Er begleitete sie zu Mister Garring. Dieser sah ihn mit

einem scharf prüfenden Blick an.

»Miß Forester hat Ihnen gesagt, daß mein Sohn sich mit Ihrer Schwester verlobt hat?«

»Ja, Mister Garring.«

»Und was sagen Sie dazu?«

»Daß ich glaube, daß meine Schwester ein großes Glück gefunden hat.«

»Weil sie eine glänzende Partie macht, hm?«

»Nein, Mister Garring, weil ein Ehrenmann, der sie liebt und den sie liebt, ihr seine Hand reichen will.«

»Woher wissen Sie, daß Ihre Schwester meinen Sohn liebt? Hat sie es Ihnen anvertraut?«

»Nein, aber meine Schwester hätte das Werben Ihres Sohnes nicht angenommen, wenn sie ihn nicht liebte.«

»Sie glauben, sie hätte den einzigen Sohn von Mister Garring in Firma Garring & Cie. ausgeschlagen, wenn sie ihn nicht geliebt hätte?«

»Sie hätte in diesem Fall auch den Kaiser von China ausgeschlagen.«

»Hm! Nun also – dann reichen Sie mir Ihre Hand – wir rücken ja nun in eine Art Verwandtschaft zueinander.«

Hans legte seine Hand in die des alten Herrn. Sie sahen sich groß und offen an. John Garring nickte, als habe er in des jungen Mannes Blick gelesen, was er gesucht hatte.

»All right! Nun wollen wir uns das neue Brautpaar ansehen und Glück wünschen.«

Hans Dernburg sah an sich herab.

Gestatten Sie mir, daß ich erst in meine Wohnung gehe und mich umkleide. So, wie ich bin, darf ich Ihrer Frau Gemahlin keinen Besuch machen.«

John Garring nickte. »Well – kleiden Sie sich um. Ich schicke Ihnen meinen Wagen. Du fährst mit mir, Gladys?«

»Ich nehme dich in meinem Wagen mit, Onkel

Garring. Mister Dernburg kann dann deinen benutzen.«

John Garring nickte einverstanden. »Soll geschehen! Also dann, auf Wiedersehen in meinem Haus, Mister Dernburg. Der Chaffeur weiß Bescheid.«

Hans Dernburg verabschiedete sich unten am Portal des Geschäftshauses und stieg in John Garrings Wagen.

Eine Stunde später waren alle im Salon von Mistreß Garring versammelt. Dick und Hans hatten sich ohne viel Worte die Hände geschüttelt, und Rose Marie hatte den Bruder umarmt. Er sah in ihre glückstrahlenden Augen. Sie machten ihn froh. Dick und Hans Dernburg schlossen Freundschaft und Brüderschaft.

Mister John Garring zog Rose Marie in eine Ecke und unterhielt sich lange mit ihr. Er fand seine Schwiegertochter sehr reizend. Und als Dick sich zu ihnen gesellte und mit Besitzerstolz seinen Arm um Rose Marie legte, sagte der alte Herr: »Wir haben dich gar nicht gerufen, Dick. Du bist hier überflüssig.«

Dick lachte. »Das ist nur deine unmaßgebliche Ansicht, Papa. Wenn hier jemand überflüssig ist, bin ich es bestimmt nicht.«

John Garring sah Rose Marie an. »Ich will dich nicht in die heikle Situation bringen, deinem Verlobten klarzumachen, daß er überflüssig ist, wenn ich mich mit dir unterhalte, mein Töchterchen. Deshalb will ich freiwillig das Feld räumen.«

Und seinem Sohn einen kleinen Nasenstüber versetzend, ließ der alte Herr das Brautpaar in der molligen Zimmerecke zurück.

Es ging wie ein leuchtendes Strahlen von dem jungen, glücklichen Paar aus. Dicks Eltern nickten sich lächelnd zu, und Hans Dernburg sonnte sich am Glück seiner Schwester.

Und mitten unter all den glücklichen Menschen fühlte Gladys Forester mehr denn je, wie sehr sie leiden mußte unter der Schuld ihres Vaters. Sie mußte sich zwingen, froh zu scheinen. In ihren Augen brannten ungeweinte Tränen.

Trotzdem merkte ihr niemand ihre stille Traurigkeit an – nur Hans Dernburg vermochte sie nicht zu täuschen. Das Auge der Liebe ist entweder ganz blind oder sehr scharf. Er merkte, daß ein wehmütiger Zug über Gladys Foresters Wesen lag.

Und immer wieder flogen seine Augen mit unruhig forschendem Blick zu ihr hinüber. Er hätte sie so gern fragen mögen: Was ist es, daß deine Augen so traurig blicken macht, während deine Lippen lächeln,«

Aber hatte kein Recht zu dieser Frage. Und Gladys hätte um keinen Preis eingestanden, daß sie traurig war. Sie glaubte sich gut zu verstellen, indem sie sich bemühte, froh und heiter zu erscheinen.

Zum Glück sorgte Dick trotz aller Bräutigamsseligkeit für eine lustige Stimmung. Sein Übermut war noch größer als sonst. Dabei wachte er eifersüchtig darüber, daß Rose Marie sich nur mit ihm beschäftigte. Seine Eifersucht war aber so drollig, daß ihm niemand deswegen böse sein konnte.

XV

Monate waren vergangen seit Dick Garrings Verlobung mit Rose Marie. Die junge Braut lebte nach wie vor in Gladys Foresters Haus, jetzt aber wirklich nur als lieber Gast. Sie sollte bis zu ihrer Hochzeit, die im Frühjahr stattfinden sollte, bei Gladys bleiben.

Zwischen den beiden jungen Damen hatte sich ein sehr inniges Freundschaftsverhältnis entwickelt.

Und es war ganz von selbst gekommen, daß nicht nur Dick Garring, sondern auch Hans Dernburg fast jeden

Tag ins Haus kamen, um Rose Marie zu besuchen – und natürlich auch Gladys zu sehen.

Ende Dezember wurde dann auch der Konkurrenzkampf zwischen der Firma Garring & Cie. und Bill & Wihte entschieden.

Die Firma Garring & Cie. ging als Sieger daraus hervor, Hans Dernburgs Entwürfe hatten diese Entscheidung herbeigeführt.

Damit hatte er einen großen Erfolg errungen. Inzwischen hatte er schon manchen kleineren Sieg erfochten. Garring & Cie. hatten wirklich einen sehr guten Griff getan mit dem neuen Architekten. John Garring war außerordentlich mit ihm zufrieden und freute sich über den genialen Mitarbeiter.

Mit dem großartigen Erfolg steigerte sich auch Hans Dernburgs Einkommen. Er konnte sich nun, zumal seine Schwester versorgt war, mancherlei Annehmlichkeiten verschaffen. Er konnte sich besser kleiden, trat in einen Klub ein, in den ihn Dick einführte, und konnte sich bald ein kleines Bankguthaben zulegen.

So hätte er sehr froh und glücklich sein können, wenn ihn seine Sehnsucht nach Gladys Foresters Besitz nicht von Tag zu Tag mehr gepeinigt hätte.

Er kam täglich mit ihr zusammen – entweder im Geschäft, in ihrem Haus oder bei Garrings. So hatte er immer Gelegenheit, sie stets näher kennenzulernen und sich immer rettungsloser in sie zu verlieben. Seine Liebe zu ihr wurde immer größer und tiefer – aber er fühlte, daß er ihr keinen Schritt näher kam, obwohl sie immer gleich lieb und gütig zu ihm war.

Das Brautpaar und Gladys und Hans Dernburg verbrachten alle Freistunden miteinander. Sie unternahmen große und kleine Segelpartien ins offene Meer oder in die Bay von San Franzisko. Sie besuchten die Bäder in Cliff-House, tummelten sich wie fröhliche Kinder am Meeresstrand, fuhren um die Seal-Rocks herum und segelten im offenen Meer südwärts in Richtung Monterey, immer an der zerklüfteten, wildromantischen Küste entlang.

Die Geschwister Dernburg waren natürlich auch in der Gesellschaft von San Franzisko eingeführt. Die Braut Dick Garrings erregte das allgemeine Interesse, und wenn auch durch ihr Auftauchen manche heimliche Hoffnung zerknickt und zerschlagen worden war, so konnte man doch Rose Maries Liebreiz nicht lange widerstehen.

Noch mehr Eindruck machte Hans Dernburgs stolze, vornehme Art. Er gewann nicht nur schnell das Interesse der jungen Ladys, die einem Flirt mit ihm durchaus nicht abgeneigt gewesen wären, sondern er konnte auch im Klub in der Gesellschaft der Herren durch sein Wesen imponieren.

John Garring rieb sich die Hände. Hans Dernburg war der rechte Mann für San Franzisko und zog neue Kundschaft an, wie der Honig die Bienen. Und da er mit Dick verschwägert war und außerdem einen fünfjährigen Vertrag mit der Firma hatte, konnte er seines Mitarbeiters auf lange, vielleicht auf immer, sicher sein.

In all dieser Zeit wurden nun auch Vorbereitungen zu Rose Maries Hochzeit getroffen. Mistreß Garring fuhr mit ihr von Geschäft zu Geschäft. Es war ihr eine Wonne, ihr liebes Töchterchen auszustatten. Mehr und mehr nistete sich Rose Marie in die Herzen ihrer Schwiegereltern ein, und Dick stellte eines Tages fest, daß er von seinen Eltern nur noch als »unvermeidliche Zugabe zu Rose Marie« eingeschätzt wurde.

Aber dabei strahlte er über das ganze Gesicht, denn er fand es ganz in Ordnung. Seine Rose Marie war eben ein so herrliches, wundervolles Wesen, daß ihr alle Herzen zufliegen mußten.

Eines Tages saßen Rose Marie und Gladys einander in Gladys Salon gegenüber. Sie waren beide mit feinen Handarbeiten beschäftigt, denn Gladys betrachtete es als selbstverständlich, daß sie so viel wie möglich an Rose Maries Ausstattung mithalf.

Rose Marie hatte es erst nicht dulden wollen, daß Gladys jede freie Minute nützte und allerlei reizende Stickereien und Handarbeiten für sie anfertigte. Aber Gladys hatte darauf bestanden.

Auch heute sagte Rose Marie wieder:

»Ich weiß nicht, Gladys, wie ich mich jemals für all deine Güte und Liebenswürdigkeit bedanken und revanchieren soll. Es ist so lieb von dir, daß du mir bei all diesen feinen Handarbeiten hilfst.«

»Mach doch nicht immer wieder so ein Aufheben davon, Rose Marie. Es macht mir Freude, so hübsche Sachen anzufertigen. Und – einmal möchte ich doch auch bei einer Brautausstattung mithelfen.«

Die letzten Worte klangen seltsam schwer und trübe.

Rose Marie schüttelte aber harmlos lächelnd den Kopf.

»Wer weiß, wie bald du über deiner eigenen Aussteuer sitzt«, sagte sie schelmisch.

Gladys seufzte und schüttelte den Kopf. »Das wird nie – niemals geschehen«, sagte sie traurig.

Nun schrak Rose Marie aus ihrer jungen Brautseligkeit auf und sah die Freundin forschend an. »Aber liebste Gladys – wie du das eben gesagt hast – so schwer und trübe –, als sei es wirklich dein Ernst.«

»Es ist auch mein Ernst, Rose Marie«, sagte Gladys ruhig und fest.

Erschrocken faßte Rose Marie ihre Hand.

»Liebe, liebe Gladys – du hast schon manchmal seltsam resignierte Worte gesprochen, die zu deiner Persönlichkeit überhaupt nicht passen. Ich habe sie nie ernst genommen. Aber was du eben sagtest, klingt so ernst –

so schwer – Gladys – liebe Gladys – und deine Augen blicken so traurig. Willst du mir das nicht erklären? Hast du etwas auf dem Herzen, was dich bedrückt? Jetzt fällt mir ein, daß mein Bruder mich kürzlich fragte, ob ich nicht wisse, welcher Kummer dich bedrückt. Ich sagte ihm, daß ich von keinem Kummer wisse, du seiest immer heiter und freundlich, nur zuweilen ernst und nachdenklich, was wohl mit Geschäften zusammenhinge. Aber jetzt – liebe, beste Gladys – du wirst doch nicht wirklich einen ernsten Kummer haben?«

Gegen ihren Willen schossen Gladys die Tränen in die Augen, die sie unwillig unterdrücken wollte. »Laß mich nur, Rose Marie, achte nicht auf mich. Ich will nicht, daß du dir dein Brautglück damit trübst, daß du Notiz davon nimmst.«

Rose Marie warf ihre Arbeit fort und umarmte die Freundin. »Ich soll keine Notiz davon nehmen, daß du Kummer hast? Bin ich nicht deine Freundin, habe ich dir nicht so viel zu danken? Und da soll ich egoistisch sein und nicht darauf achten, daß du traurig bist. Liebste – kann ich dir nicht helfen?«

Gladys lächelte matt unter Tränen.

»Nein, kleine Braut, du kannst mir nicht helfen, du nicht und niemand sonst.«

»Also, du hast einen großen Kummer?«

Gladys sah vor sich hin. »Nun ja, meine kleine Braut, ich habe einen Kummer – einen schweren Kummer –, aber wir wollen nicht mehr davon sprechen.«

»Willst du ihn mir nicht anvertrauen? Vielleicht kann ich ihn dir tragen helfen.«

»Nein – ich kann ihn dir nicht anvertrauen – niemand soll davon wissen.«

»Auch ich nicht? Ich würde, wenn du es wolltest, mit niemanden darüber sprechen, nicht einmal mit Dick, wenn es sein muß.«

Gladys richtete sich auf. »Nein, nein – auch du nicht. Ich will dein junges Herz nicht beschweren. Glaube nicht, daß ich dir nicht vertraue – aber – was mich drückt und quält, ist nicht mein Geheimnis, ich darf es niemandem preisgeben, auch dir nicht. Und ich hätte dir gar nicht eingestanden, daß mich ein Kummer bedrückt, wenn ich dich nicht hätte bitten wollen, mir zu helfen, daß die anderen nichts davon merken. Du sagst, dein Bruder habe dich schon danach gefragt. Wie gut, daß du ihm sagtest, ich sei heiter.

So weit kannst du mir tragen helfen, daß du die Aufmerksamkeit der anderen von mir ablenkst, wenn du einmal merkst, daß ich mich nicht beherrschen kann. Vor allen Dingen darfst du zu niemandem davon sprechen, auch nicht zu Dick und deinem Bruder. Versprich es mir.«

Rose Marie drückte Gladys Hände in den ihren.

»Ich will es dir versprechen, Gladys. Aber wie traurig für deine Freunde, daß sie dir nicht helfen können.«

Gladys zog Rose Marie an sich und küßte sie auf die Wange. »Mach nicht so ein betrübtes Gesicht, Rose Marie. Gleich wird Dick kommen, und wenn er dich traurig sieht, bringt er mich um«, suchte sie zu scherzen.

»Ach, wenn Dick wüßte, daß du einen Kummer hast, er würde nicht ruhen, bis er dir geholfen hätte.«

»Das würde auch Dick nicht gelingen, kleine Braut. Aber nun laß uns von anderen, fröhlicheren Dingen reden, ich werde schon allein mit meinem Kummer fertig. Hast du dich schon entschieden, in welcher Farbe dein Badezimmer ausgestattet werden soll? Dick will doch heute endgültig Bescheid wissen?«

Rose Marie ließ sich seufzend wieder nieder. »Ich mag gar nicht daran denken.«

»Order pariert, kleines Bräutchen – und wieder ein

frohes Gesicht gemacht, damit ich meinen Kummer darüber vergesse.«

»Hilft dir das wirklich?«

»Sehr. Also – was für eine Farbe?«

Rose Marie lächelte. »Ach, Dick verwöhnt mich zu sehr – und sein Vater übertrifft ihn fast noch.«

»Ja, sie stehen im edlen Wettstreit miteinander, wer dir am meisten Gefallen tun darf. Und Tante Garring beteiligt sich nach Kräften an diesem Sport, wenn sie es sich auch nebenbei gern gefallen läßt, von ihrem Töchterchen verwöhnt zu werden.«

»Es sind so liebe, liebe Menschen, Gladys – und mein Dick ist einzig.«

»Aber nun die Farbe, Rose Marie.«

Rose Marie zuckte unschlüssig die Achseln. »Ich habe in solchen Dingen wenig Übung. Hilf du mir, Gladys. Was sagst du zu einem zarten Lavendelblau – das ist meine Lieblingsfarbe.«

Gladys nickte. »Das wird gut zu deinem kastanienbraunen Haar und deinem blütenfrischen Teint passen. Es ist erstaunlich, daß die Sonne keinen Einfluß darauf hat.«

Rose Marie lachte. »Dick wacht eifrig darüber, daß ich der Sonne nicht ohne Hut und Schirm ausgesetzt werde. Also – ich werde mich für Lavendelblau entscheiden. Es ist drollig, wie wichtig Dick das alles nimmt.«

»Nun, er will seinem Kleinod eine würdige Fassung geben. Du wirst die reizendste junge Frau von San Frisko werden.«

»Das versteht sich von selbst«, ertönte in diesem Augenblick von der offenen Tür zur Terrasse her eine Männerstimme.

Rose Marie flog empor, ihre Arbeit fiel zur Erde. Sie lief auf Dick zu, der sie glückstrahlend in seinen Armen auffing.

»Mein Sweetheart! Als ob es nicht selbstverständlich wäre, daß Dick Garrings Frau die schönste und reizendste sein wird.«

Und er küßte Rose Marie innig und zärtlich. Dann legte er den Arm um sie und führte sie an ihren Platz zurück.

»Good day, Darling! Darf man den Tee mit euch einnehmen?«

»Selbstverständlich, Dick, wir warten schon auf dich.«

»Hans kommt auch gleich nach, er hatte nur noch einige Minuten zu tun. Aber ich wollte nicht warten. Hans ist immer unpünktlich, wenn die Arbeitszeit vorüber ist. Immer muß er der Letzte sein beim Feierabend, und der Erste beim Anfang.«

Gladys' Augen leuchteten so hell, daß es dem Brautpaar hätte auffallen müssen, wenn es sich nicht so tief in die Augen gesehen hätte.

»Ja, er ist unglaublich fleißig und tüchtig, dein Schwager Hans«, sagte sie aufatmend.

Dick zog Rose Marie die Arbeit fort, die sie wieder aufnehmen wollte.

»Du sollst mich ansehen, nicht die dumme Stickerei.«

Rose Marie ließ die Arbeit sinken und sah ihn schelmisch an. »Die dumme Stickerei ist eine sehr wichtige Arbeit.«

Er nahm sie ihr aus der Hand und betrachtete sie kritisch. »Laß mich raten, was das wird. Ich glaube, ein Taschentuch?«

Sie lachte.

»Aber Dick – das ist viermal so groß wie ein Taschentuch und wird ein Tablettdeckchen.«

»So – ein Tablettdeckchen? Wozu brauchen wir das? Kannst du das nicht fertig kaufen?«

Sie sah ihn lieb an.

»Es soll unsern ersten Frühstückstisch zieren, Dick,

und ich sticke lauter große, heilige Wünsche hinein.«

Er küßte ihre Hände, jeden ihrer schlanken Finger.

»Dann mußt du es fertig sticken, mein Sweetheart. Hast du gehört, Gladys, wie lieb Rose Marie das gesagt hat von den großen, heiligen Wünschen?«

Gladys hatte sich von dem Brautpaar abgewandt, um nicht zu stören. Nun sah sie sich um.

»Ja, Dick, ich habe es gehört. Und ich sehe euch beide im Geiste schon an dem Frühstückstisch sitzen – so froh und so glücklich. Gott erhalte euch euer Glück.«

»Bekommst du nicht Lust, es uns nachzutun, Darling?«

Ehe Gladys antworten konnte, wurde Hans Dernburg gemeldet. Und als er eingetreten war und die Anwesenden begrüßt hatte, wiederholte Dick seine Frage.

»Du bist mir noch eine Antwort schuldig, Gladys, ob du nicht Lust hast, es uns nachzutun und endlich einen unter deinen vielen Bewerbern auszuzeichnen und mit deiner Hand zu beglücken.«

Dick erinnerte sich zwar sehr gut daran, was ihm Gladys in Berlin anvertraut hatte. Aber er glaubte, ihre aussichtslose Liebe sei längst vergessen und abgetan. Er ahnte ja nicht, wem diese Liebe galt. Und jedenfalls hielt er es für das Vernünftigste, wenn Gladys ihr Herz einem Mann zuwandte, der erreichbar für sie war.

Hans Dernburg hatte Dicks Worte vernommen und sah nun gespannt in ihr Gesicht. Es hatte sich leise gerötet. Und ein leiser Seufzer entfloh ihren Lippen. »Wenn man sieht, wie glücklich ihr seid, könnte man schon Lust bekommen, es euch nachzutun. Aber – ich wüßte nicht einen unter meinen Verehrern, mit dem ich so glücklich sein könnte wie Rose Marie mit dir.«

»Aber liebste Gladys, das findet sich schon, du mußt nur wollen«, redete Dick zu.

Gladys sah ihn mit einem seltsamen Blick an. »Du,

lieber Dick, solltest mich doch gut genug kennen, um zu wissen, daß es für mich keine Halbheiten gibt.«

Reuig faßte Dick ihre Hand. »Verzeih, Darling – ich habe eben wirklich Unsinn gesprochen – weil ich dich gern ebenso glücklich sehen möchte, wie ich es bin.«

Lächelnd nickte sie ihm zu.

»Ich weiß, old fellow, du meinst es gut. Aber ihr habt mir gezeigt, wie ein echtes Glück aussieht, und mit einem Scheinglück würde ich mich nicht abfinden wollen. Alles oder nichts! Ein Glück wie das eure kommt wohl alle hundert Jahre nur einmal auf die Welt – und ganz sicher wird es nicht zu mir kommen.«

Dabei trafen ihre Augen zufällig in die Hans Dernburgs. Und sie erschrak über das sehnsuchtsvolle Aufflammen, das in seinem Blick brannte. Sie wurde glühend rot, und in ihrem Herzen brannte das bittre Weh, das sie bedrückte.

Aber schnell wandte sie sich ab und drückte auf die Klingel. Als ein Diener eintrat, sagte sie zu ihm: »Melden Sie Miß Clara, daß wir sie hier erwarten, und dann bringen Sie den Tee.«

Der Diener verschwand, und einige Minuten später erschien Miß Clara. Als der Diener den Teewagen hereingerollt hatte, füllte Miß Clara die feinen chinesischen Porzellanschalen, und der Diener reichte sie herum.

Man plauderte von unwichtigen Dingen, bis der Diener entlassen war, dann wurde das Gespräch vertrauter. Dick neckte sich dazwischen mit seiner Braut. Im Übermut seines Glücks war kaum ein vernünftiges Wort mit ihm zu reden.

Als sich dann, nachdem man den Tee eingenommen hatte, Miß Clara wieder entfernte, um häuslichen Geschäften nachzugehen, zog Dick seine Braut in den Erkerausbau. Egoistisch wie alle Liebenden fragte er nicht danach, ob sich die anderen dabei langweilten, wenn er mit seiner Braut leise zärtliche Geheimnisse austauschte.

So war Gladys auf Hans Dernburgs Unterhaltung angewiesen. Hastig brachte sie das Thema auf geschäftliche Dinge. Er merkte sehr wohl, daß sie sich hinter dieses unverfängliche Thema flüchtete, um nichts Persönliches aufkommen zu lassen. Er ging jedoch darauf ein. Nur seinen Augen konnte er nicht gebieten, die sprachen nicht von Geschäften, sondern von seiner heißen, innigen Sehnsucht nach ihrem Besitz.

Seit seine Schwester Dick Garrings Braut geworden war und sich diese Verlobung ohne alle Kämpfe vollzogen hatte – seit er in seiner neuen Stellung so überraschende Erfolge erzielt hatte, wollte er nicht mehr an die Aussichtslosigkeit seiner Liebe glauben. Eine leise Hoffnung auf Erfüllung wurde noch dadurch bestärkt, daß Gladys sich all ihren Verehrern gegenüber sehr ablehnend verhielt – und vor allem dadurch, daß er in ihren Augen zuweilen einen Ausdruck sah, der ihn innerlich aufjubeln ließ.

Nur beunruhigte ihn immer wieder die stille Trauer in ihrem Blick. Warum war sie oft so traurig?

Er fand keine Antwort auf diese Frage. Was konnte ein so vom Glück begünstigtes Wesen, wie Gladys Forester, für einen Grund zur Trauer haben?

Wie gern hätte er es gewußt, wie gern hätte er sie getröstet und aufgeheitert. Seinem eigenen ernsten Charakter zum Trotz, versuchte er das letztere immer wieder. Und wenn er dann ein Lächeln auf ihre Lippen lockte, fühlte er sich reich belohnt.

Während er jetzt über allerlei geschäftliche Dinge mit ihr sprach, überkam ihn wieder die heiße Sehnsucht, ihr sagen zu dürfen, was in seinem Herzen für sie lebte.

Das Brautpaar besann sich nun aber, daß es nicht allein war. Dick sprang auf und schlug einen Spaziergang durch den Garten bis zum Strand vor. Dieser Vorschlag wurde angenommen, und plaudernd und lachend gingen die vier jungen Menschen über die Terrassen in den Garten hinab.

Rose Marie hatte ihre Hand in Gladys Arm geschoben, und die beiden Herren folgten den beiden schlanken Mädchengestalten.

Rose Marie suchte Gladys aufzuheitern, und sah immer wieder besorgt in ihr Gesicht. Ihr ganzes Herz litt mit der Freundin, und sie hätte gern ein Opfer gebracht, um sie von ihrem Kummer zu befreien.

Sie kamen an einem reizenden kleinen Pavillon vorüber, der etwas erhöht auf einem Ausguck lag. Als Dick ihn liegen sah, fragte er Gladys lachend: »Erinnerst du dich, Darling, was es mir damals für Mühe gemacht hat, dich von diesem Teil des Gartens fernzuhalten, als dein Vater dir diesen Pavillon als Geburtstagsgeschenk aufbauen ließ.

Es war ein schweres Stück Arbeit, dich immer wieder abzulenken.«

Gladys errötete leicht, als Dick von ihrem Vater sprach. Immer hatte sie in Gegenwart von Rose Marie und Hans Dernburg ein peinigendes Gefühl, wenn von ihrem Vater gesprochen wurde. Und doch erinnerte sie gerade dieser Pavillon daran, daß der Vater ihr jeden Wunsch erfüllt hatte, oft, ehe sie ihn noch in Worte gefaßt hatte. Seit sie sein Bekenntnis gelesen hatte, wußte sie ja, wie lieb er sie gehabt hatte. Und obwohl seine Schuld ihr den Weg zum Glück verbaut hatte, vermochte sie dem Vater nicht zu zürnen. Aber dennoch stieg er immer wie ein Schatten zwischen ihr und Hans Dernburg empor – ein Schatten, der drohend und unheimlich vor ihr stand, sooft ihr armes Herz nach einem Weg suchte, der sie mit dem Geliebten hätte vereinigen können.

Sich zusammenreißend, antwortete sie kurz: »Ja, Dick

ich erinnere mich sehr gut«, und zog Rose Marie mit sich fort.

Die beiden jungen Herren folgten langsam. Und Hans Dernburg sagte nachdenklich:

»Es fällt mir heute nicht zum ersten Mal auf, Dick, daß Miß Forester fast immer still und bedrückt erscheint, wenn von ihrem Vater gesprochen wird. Sie geht nie auf ein solches Gespräch ein. Hat sie ihn sehr geliebt?«

Dick zuckte die Achseln. »Offen gestanden, sehr innig erschien mir Gladys Verhältnis zu ihrem Vater nicht. Ich hatte immer das Gefühl, als seien sie einander innerlich fremd. Nicht, daß sie einander rücksichtslos begegnet wären – im Gegenteil, sie ließen es beide nicht an Rücksichtnahme fehlen. Aber – das Richtige erschien mir das nicht. Weißt du, Hans, zwischen meinen Eltern und mir hat oft ein etwas rauher Ton geherrscht, wir fassen uns gegenseitig nicht mit Handschuhen an – aber im Grunde hängen wir doch sehr aneinander, und ich hatte immer das Gefühl, daß ich meinen Eltern viel näher stand als Gladys ihrem Vater. Sein Tod hat sie freilich sehr erschüttert, viel mehr, als ich angenommen hatte. Aber das liegt wohl an ihrer tiefen Veranlagung. Obwohl sie lustig und übermütig sein kann, hat sie doch ein tiefes Gemüt.«

»Ich glaube wohl, daß sie ein tiefes Gemüt hat, aber daß Miß Forester lustig und übermütig sein kann – glaube ich nicht.«

»Oho – was glaubst du, was wir beide für tolle, lustige Streiche verübt haben. Aber – da du es in Zweifel ziehst – fällt mir ein, daß Gladys jetzt wirklich sehr verändert ist. Wirklich – sie ist jetzt immer ernst und zurückhaltend. Wie lange denn schon? Laß mich einmal nachdenken? – Nach ihres Vaters Tod war sie still und in sich gekehrt – natürlich – dann gingen wir bald nach Deutschland. Da ist es mir kaum aufgefallen, daß sie sich verändert hatte –

wir waren ja ständig unter Menschen, konnten nicht mehr allein herumtollen. Aber trotzdem – so richtig ernst und verändert ist sie erst, seit wir in Berlin waren. Das wird mir jetzt klar. Ich habe nur über meiner Liebe zu Rose Marie ein wenig vergessen, auf Gladys zu achten. Jetzt, wo du mich aufmerksam machst, fällt mir ihre verändertes Wesen doch sehr auf. Sie wird doch nicht . . .«

Dick stockte. Er hatte sagen wollen: Sie wird doch nicht immer noch an jener unglücklichen, aussichtslosen Liebe leiden, von der sie mir erzählt hat? Aber er besann sich, daß er Gladys versprochen hatte, nichts davon zu sagen.

Hans sah ihn fragend an. »Was wolltest du sagen, Dick?«

Dieser machte hastig eine abwehrende Bewegung. »Ach nichts – ich hatte nur eine Vermutung, über die ich nicht sprechen kann. Weißt du, Hans, wir müssen ihr helfen, aus diesem trübseligen Stadium wieder herauszukommen. Sie muß wieder mein alter lustiger Kamerad werden. Ich habe sie eigentlich schändlich vernachlässigt in meiner Bräutigamsseligkeit. Und Rose Marie kommt natürlich an erster Stelle. Du mußt mir helfen, Gladys aufzuheitern, und Rose Marie auch. Wenn sie auch als Chef der Firma Garring & Cie. nicht mehr mit mir übermütig über alle Hindernisse hinwegspringt, so darf sie mir doch nicht trübsinnig werden – wegen so einer Kinderei.«

»Was meinst du für eine Kinderei?«

Dick ärgerte sich, daß ihm diese Worte entschlüpft waren. »Ich meine nur – es kann eigentlich nur eine Kleinigkeit sein, was sie verändert hat. Weißt du – sie müßte heiraten – sie ist bald zweiundzwanzig Jahre alt.«

Hans Dernburgs Blick flog hinter Gladys her, die mit Rose Marie weit vorausgeeilt war.

»Du hast doch gehört, was sie dir vorhin antwortete, als du davon sprachst, daß sie heiraten solle.«

Dick steckte die Hände in die Taschen, wie immer, wenn er sich einem Hindernis kämpferisch in den Weg stellte. »Well, das klang freilich nicht nach Heiratslust. Aber – es muß nur der Rechte kommen. Sie hat das Zeug dazu, jemanden glücklich zu machen. Ich habe früher so oft gesagt, so wie Gladys müsse die Frau beschaffen sein, die ich heimführen möchte. Lernte ich eine junge Dame kennen, verglich ich sie immer mir ihr – und dann war es aus.«

Hans Dernburg sah Dick fragend an. »Und habt ihr nie daran gedacht, euch zu heiraten?«

Dick lachte. »No! Sie nicht, und ich nicht. Darüber waren wir uns immer einig. Wir waren wie Geschwister. Ich habe meinen old fellow von Herzen gern – und sie mich auch – aber zum Heiraten gehört mehr – oder weniger. Trotzdem ist mir Rose Marie gleich beim ersten Anblick so lieb geworden, weil sie mich im Wesen sehr an Gladys erinnert. Findest du nicht auch, daß sie beide viel gemeinsame Charaktereigenschaften haben?«

»Ja – du hast recht –, nur daß meine Schwester von Tag zu Tag heiterer und sonniger wird in ihrem Liebesglück und Miß Gladys immer ernster und stiller.«

Dick atmete auf. »Das muß wieder anders werden, Hans, das dürfen wir nicht zulassen. Wenn alles nichts nützt, muß ich ihr mal gründlich den Kopf waschen.«

»Meinst du, daß das hilft?«

Dick nickte zuversichtlich. »Das haben wir früher gegenseitig oft getan – allerdings war ich meist derjenige, dem der Kopf gewaschen wurde, Gladys nur selten. Aber geholfen hat es immer. Ich werde doch meinen old fellow nicht in Trübsinn untergehen lassen. Aber nun komm, Hans, die Damen sind weit voraus, wir wollen ihnen nachkommen.«

Und Dick eilte in großen Sätzen davon und fing Rose Marie ein, die lachend vor ihm floh. Es gab ein zärtliches Suchen und Finden, ein glückliches Lachen und Kosen. Gladys stand an einen Baum gelehnt und sah ihnen mit wehmütigem Lächeln zu.

Da trat Hans neben sie.

»Wer auch so glücklich sein könnte wie diese beiden«, sagte er leise.

Sie zuckte zusammen und sah dann mit einem rätselhaften Blick zu ihm auf. Das Blut schoß ihr ins Gesicht, denn sie hatte soeben daselbe gedacht.

Einen Seufzer zurückhaltend, sagte sie ernst:

»Nicht alle Menschen können glücklich sein. Wenn lauter Licht in der Welt wäre und keine Schatten, dann würde das leuchtendste Glück seinen Glanz verlieren. Es ist schon ein Wunder, wenn es einem vergönnt ist, ein solches Glück mit anzusehen.«

Er atmete schwer.

»So bescheiden sind Sie, Miß Forester?«

Mit demselben rätselhaften Blick sah sie ihn an. »So bescheiden *muß* ich sein.«

Ehe er antworten konnte, kamen Dick und Rose Marie herbei. Er hatte sie eingefangen und ihr gesagt, sie sei nun seine Gefangene und müsse tun, was er wolle.

»Dann ist es herrlich, gefangen zu sein«, hatte Rose Marie geantwortet.

Sie zogen nun Hans und Gladys in die Unterhaltung mit ein und gingen weiter bis zum Meeresstrand.

Das Brautpaar trieb wieder ein neckendes Spiel, und Gladys sah träumerisch in die Ferne. Da Hans Dernburg neben sie trat, sagte sie, ein unverfängliches Thema aufgreifend: »Siebentausend Meilen von hier liegt Asien.«

Er sah sie fragend an.

»Siebentausend Meilen? Wissen Sie das so genau?« fragte er lächelnd.

Sie nickte. »Ja – kürzlich habe ich das in einem wissenschaftlichen Werk gelesen. Wie lange müßte man wohl laufen in gerade Linie, wenn über das Wasser eine Straße gebaut wäre?«

Er fühlte, daß sie an dem harmlosen Thema festhalten wollte.

»Soll ich es Ihnen genau ausrechnen, Miß Forester?« fragte er lächelnd.

Sie schüttelte den Kopf. »Nein, nein, es war nur eine müßige Frage. Nach Ihrer Heimat ist es übrigens noch weiter als siebentausend Meilen. Haben Sie schon einmal Heimweh gehabt?«

»Nein – mir ist, als sei die alte Heimat ins Meer der Vergessenheit gesunken.«

»Weil Sie nichts Liebes dort zurückließen.«

Er nickte, und sein Blick umfing sie, wie eine Liebkosung.

»Ja, weil ich nichts Liebes dort zurückließ – und weil ich hier Menschen gefunden habe, die mit mir in meiner Muttersprache reden.«

Sie sah zu ihm auf. »So besteht also Hoffnung, daß Sie sich ganz bei uns eingewöhnen. Ihre Schwester wird ja auch eine kalifornische Bürgerin. Und eines Tages – eines Tages werden Sie vielleicht auch eine Tochter dieses Landes heimführen und ganz heimisch werden.«

Diese Worte kamen seltsam schwer aus ihrer Brust, aber sie drängten sich vor, fast gegen ihren Willen. Und zugleich fühlte sie, daß sie würde sterben müssen, wenn Hans Dernburg eines Tages eine andere heimführte. Es ging wie ein Riß durch ihre Seele.

Er sah sie eine Weile schweigend an. Sein Blick ruhte forschend auf ihren Zügen, die in einer gewaltsam erzwungenen Starrheit verharrten. Weshalb sagte sie ihm das? Wollte sie ihm damit andeuten, daß er sich auf sie keine Hoffnung machen dürfe?

Er atmete gepreßt. »Ich wollte, ich könnte einen Blick in die Zukunft tun«, sagte er mit unterdrückter Erregung.

»Warum?« fragte sie.

»Weil ich sehen möchte, ob in der Zukunft eine Frau an meiner Seite gehen wird. Es kann nur eine einzige sein – eine, die ich an meine Seite stellen würde – denn es gibt nur diese eine einzige Frau für mich.«

Sie erschauerte unter dem Ton heißer Zärtlichkeit, der aus diesen Worten zu ihr herüberklang. Es wurde ihr zur völligen Gewißheit in diesem Augenblick, daß er sie liebte, daß er nur sie meinte mit dieser einzigen Frau. Und bei aller Seligkeit, die über sie hinflutete bei dieser Gewißheit, erfüllte sie doch zugleich eine heiße Angst um ihn. Wenn er sie so namenlos liebte wie sie ihn, was wurde dann aus ihm, wenn sie sich ihm versagte?«

Ihr Herz schlug bis zum Hals hinauf. »Und – wenn es diese eine nicht sein kann, Mister Dernburg?« fragte sie heiser.

Er ließ seinen Blick nicht von ihrem erblaßten, süßen Gesicht. »Dann wird mein Lebensweg bis zum Ende einsam sein.«

Sie hätte aufschreien mögen: Wie der meine.

Aber sie preßte die Lippen zusammen, und ehe sie noch ein weiteres Wort sagen konnte, kam das Brautpaar herbei, und Rose Marie sagte, Gladys umarmend: »Liebe Gladys, mein Badezimmer soll also in Lavendelblau ausgestattet werden. Dick findet, daß diese Farbe sehr passend für mich ist.

»Dann sind wir einer Meinung«, erwiderte Gladys, sich gewaltsam zu einem munteren Ton zwingend.

Rose Marie hängte sich nun an den Arm des Bruders.

»Denk dir nur, Hans, eine ganze Reihe von Zimmern soll für meinen persönlichen Gebrauch bestimmt werden. Wie eine Fürstin werde ich ausgestattet. Ich habe

Dick soeben von unserer kleinen Berliner Mietwohnung erzählt. Und er nennt mich Aschenbrödel und bildet sich ein, er sei der Prinz, der mich erlöst hat.«

Dick richtete sich stolz empor.

»Bitte sehr – ich kann es zur Not auch mit einem Prinzen aufnehmen, was heute ohnedies nichts mehr gilt. Übrigens war das Märchen von Aschenbrödel das einzige, das mir meine Mutter, als ich noch ein Knabe war, immer wieder bis zum Ende erzählen durfte, ohne daß ich weglief. Ich wich und wankte nicht, bis sämtliche Erbsen gelesen waren und Aschenbrödel ihren Prinzen bekam.«

Rose Marie umschlang ihn jubelnd. »Weil dein gutes Herz keine Ruhe fand, bis sie erlöst war.«

»All right! Und nun habe ich mir mein deutsches Aschenbrödel aus der engen Berliner Mietwohnung geholt und will sie in einen Palast führen, worin sie mit ihrem Prinzen glückselig bis ans Ende ihrer Tage leben soll.«

Damit küßte Dick seine Braut herzhaft auf den Mund.

Langsam kehrten die vier jungen Menschen in das schöne Haus zurück, das wie ein weißes Märchenschloß im Wundergarten lag.

Rose Marie sprach das aus. Da seufzte Gladys heimlich. Was nützte ihr das Märchenschloß? Zu ihr würde nie der Prinz kommen dürfen, der sie erlöste. Ein drohendes Ungeheuer lag auf der Schwelle und wehrte ihm den Weg. Dies Ungeheuer hieß: die Schuld.

Hans Dernburg kam heute nicht mehr dazu, noch ein unbelauschtes Wort mit Gladys zu sprechen. Dick nahm es ernst mit seinem Vorsatz, Gladys aufzuheitern, und Rose Marie unterstützte ihn dabei.

XVI

Wieder waren einige Tage vergangen. Rose Marie war von Mistreß Garring im Auto abgeholt worden, um mit ihr von Geschäft zu Geschäft zu fahren und Einkäufe zu machen.

Gladys war aufgefordert worden, sie zu begleiten, hatte aber abgelehnt und sich mit Kopfweh entschuldigt. Sie wollte einmal allein sein, ganz allein, denn zuweilen vermochte sie selbst Rose Maries Gesellschaft nicht zu ertragen.

Als Rose Marie fortgefahren war, ging Gladys hinaus in den Garten. Sie suchte den Pavillon auf, an dem sie neulich vorübergegangen war. Dort lehnte sie sich an eine der fensterartigen Öffnungen, die zum Meer hinaus lag. Sie stützte den Arm an die Umrahmung und lehnte ihren Kopf daran. So stand sie, in tiefes, trauriges Sinnen verloren und dachte an ihre unglückliche Liebe, der niemals Erfüllung beschieden sein durfte.

Der Schmerz darüber erfaßte sie plötzlich so stark, mit seiner ganzen Wucht, daß sich ihr die Tränen in die Augen drängten. Sie ließ ihnen freien Lauf – es war ihr fast eine Wohltat, daß sie ungestört weinen konnte, ohne Rücksicht auf ihre Umgebung. Sie war ja allein und brauchte die Maske nicht vorzuhalten, die allen Menschen heiteren Gleichmut vortäuschen sollte.

So stand sie, fassungslos in ihrem Schmerz versunken und merkte nicht, daß eine männliche Gestalt auf den Pavillon zuschritt.

Es war Hans Dernburg. Er war gekommen, um seine Schwester zu sehen – und natürlich auch Gladys. Ein Diener meldete ihm, Miß Dernburg sei mit Mistreß Garring ausgefahren, nur Miß Forester sei zu Hause, befinde sich aber im Garten.

Hans wollte nicht gehen, ohne Gladys begrüßt zu haben.

»Wissen Sie, in welchem Teil des Gartens sich Miß Forester befindet?«

»Ich sah Miß Forester den Weg zum Pavillon einschlagen. Soll ich sie rufen, Mister Dernburg?«

Hans winkte ab. »Lassen Sie, ich werde Miß Forester selbst aufsuchen.«

Und schnell war er davongegangen, die Richtung zum Pavillon einschlagend. Als er sich ihm näherte, sah er, um eine Gebüschgruppe biegend, Gladys an der Fensteröffnung stehen. Schon wollte er sie ansprechen, da sah er, daß sie von Weinen und Schluchzen geschüttelt wurde. In ihrer Haltung prägte sich eine so haltlose Schmerzversunkenheit aus, daß er bis ins tiefste Herz erschrak. Sein Fuß stockte. Gladys wähnte sich allein, wenn er sich ihr näherte, drängte er sich in eine Situation, die nicht für ihn bestimmt war.

Mit heißen Augen starrte er auf die von haltlosem Schluchzen geschüttelte Gestalt.

Sollte er diskret verschwinden – oder seine Hilfe anbieten?

Der Wunsch, ihr helfen zu dürfen, war stärker und besiegte alle Schranken. Er eilte auf sie zu. »Miß Forester, teure Miß Forester – verzeihen Sie mir, wenn ich Sie in einem Schmerz störe, mit dem Sie allein zu sein wünschen. Ich kann nicht fortgehen – jetzt, da ich Sie in Tränen gesehen habe – ich kann nicht, ohne den Versuch gemacht zu haben, Ihnen meine Hilfe anzubieten. Was Ihnen auch Schmerz bereitet – verfügen Sie über mich, wenn ich Ihnen Trost und Hilfe bringen kann.«

So sagte er in tiefer Erregung.

Sie erschrak und sah fassungslos in sein blasses zukkendes Gesicht, sich mühend, ihren Tränen Einhalt zu gebieten. Aber der hilflose Jammer überfiel sie bei seinem Anblick von neuem.

»Gehen Sie – bitte, lassen Sie mich allein, und vergessen Sie, daß Sie mich so gesehen haben«, stieß sie hervor.

Er blieb aber wie gebannt stehen und streckte die Hände nach ihr aus. Seine Erregung ließ alle Selbstbeherrschung schwinden. »Schicken Sie mich nicht fort! Gladys – ach Gladys –, ahnen Sie nicht, wie es in mir aussieht – wie ich leide, weil ich Sie leiden sehe. Ich liebe Sie, Gladys – einmal muß ich Ihnen das sagen – ich liebe Sie unsagbar und habe keinen heißeren Wunsch, als Ihnen die Hände unter die Füße legen zu dürfen. Darf ich Sie nicht beschützen und behüten, Sie trösten und aufrichten? Schicken Sie mich nicht fort – ich liebe Sie.«

Gladys trank seine Worte in sich hinein wie süßes Gift. Aber nun schüttelte sie den Kopf im verzweiflungsvollen Schmerz.

»Nein – gehen Sie, lassen Sie mich allein. Zwischen uns kann es nie eine Gemeinschaft geben, zwischen uns ist eine tiefe Kluft, die nichts überbrücken kann. Selbst – wenn ich – Sie liebte, ich könnte nicht über diese tiefe Kluft zu Ihnen hinübergelangen – gehen Sie – und vergessen Sie«, stieß sie bebend und an allen Gliedern zitternd hervor.

Sein Gesicht wurde schlaff und fahl, und dann schien es zu versteinern. Seine Hände krampften sich zusammen.

»Verzeihen Sie, Miß Forester, daß ich einen Moment schwach war, im Bemühen, Ihnen helfen zu dürfen. Ich übersah in diesem Moment der Schwäche die Kluft, die Sie, die reiche Erbin, von Ihrem armen Angestellten trennt. Aber – Sie hätten mich nicht mit solchen Augen ansehen dürfen, wie Sie es getan haben, Sie hätten mir nicht sagen dürfen, daß eine solche Kluft nur zwischen gebildeten und ungebildeten Menschen besteht. Damit haben Sie Hoffnungen in mir geweckt, die Sie nun grausam zerstören. Sie haben gespielt mir mir, Miß Forester – mit dem redlichen Herzen eines Mannes, der Sie vom ersten Augenblick an über alles geliebt hat. Das will ich Ihnen wenigstens sagen. Und nun will ich Sie von meiner Gegenwart befreien und mich wieder jenseits dieser Kluft zurückziehen, die arm und reich trennt. Leben Sie wohl!«

Ohne eine Antwort von ihr abzuwarten, eilte er, ohne sich noch einmal umzusehen, davon.

Sie hatte wie gelähmt gestanden und den Kopf gesenkt unter seinen heiseren, erregten Worten. Nun starrte sie ihm fassungslos verzweifelt nach. Ihre Hände streckten sich aus, als wollte sie ihn halten, aber dann sanken sie schlaff herab, und in dumpfer Verzweiflung brach sie zusammen.

Zu all ihrem Leid kam nun auch noch der Schmerz, von ihm verkannt zu werden. Mußte sie das dulden ohne Gegenwehr? Mußte sie schweigen und in seinen Augen als eine herzlose Kokette gelten, die in müßiger Laune mit seinem Herzen gespielt hatte und sich nun stolz von ihm wandte, als er seiner Liebe Worte gab? Wie gering mußte er nun von ihr denken? Mußte sie das dulden? Nein, nein – tausendmal nein –, er durfte nicht glauben, daß er seine Liebe einer Unwürdigen geschenkt hatte – jetzt mußte es klarwerden zwischen ihm und ihr – nicht nur ihretwegen, sondern auch seinetwegen. Es war genug der Qual, die sie schuldlos getragen hatte – mehr konnte sie sich nicht auferlegen. Er sollte wenigstens wissen, daß sie nicht mit ihm gespielt hatte, daß nur ein Verhängnis trennend zwischen ihnen stand, an dem sie ebenso schuldlos war, wie er selbst. Tränenlos starrte sie vor sich hin. Jetzt war ihr die Wohltat der Tränen versagt. Sie sann darüber nach, was sie jetzt tun wollte, tun mußte. Nun war ja doch alles aus zwischen ihr und ihm.

Seine Verachtung würde sie so und so treffen – aber lieber wollte sie von ihm verachtet sein als die Tochter ihres Vaters, nur nicht als eine herzlose Kokette.

Er sollte wissen, daß sie nicht mit ihm gespielt hatte, sondern daß sie ihn liebte und um dieser Liebe willen namenlos gelitten hatte und bis an ihr Lebensende leiden würde. Und er würde sie dann vielleicht bemitleiden. Ja – es mußte Klarheit zwischen ihnen geschaffen werden, sie konnte ihr Geheimnis nicht mehr für sich behalten. Was auch daraus entstehen würde – er mußte es wissen, was allein trennend zwischen ihnen stand.

Sie erhob sich mit schmerzenden Gliedern, ganz gebrochen an Leib und Seele, und ging langsam zum Haus zurück. Sie war froh, daß Miß Clara, die beim Zahnarzt war, ihr nicht über den Weg kam. Ohne Zögern suchte sie das Arbeitszimmer ihres Vaters auf und öffnete den Schreibtisch und den dahinter befindlichen Safe. Hier verwahrte sie noch immer den letzten Brief ihres Vaters mit dem Bekenntnis seiner Schuld.

Sie las ihn noch einmal durch und ging dann lange Zeit ruhelos im Zimmer auf und ab, darüber nachsinnend, was sie jetzt tun mußte.

Und endlich hatte sie sich zu einem Entschluß durchgerungen. Sie schloß das Schriftstück vorläufig wieder ein und läutete nach einem der Diener.

Als er eintrat, fragte sie: »Ist Miß Clara wieder zurück?«

»Soeben ist sie heimgekehrt, Miß Forester.«

»Bitten Sie Miß Clara, daß sie hierherkommt!«

Der Diener verschwand, und wenige Minuten später trat Miß Clara ein.

Gladys hatte ihre äußere Fassung zurückgewonnen.

»Liebe Miß Clara, ich habe soeben von meinem Pächter ein Telegramm erhalten. Meine Anwesenheit auf meiner Hazienda in San Mateo ist dringend erforderlich, und ich muß heute noch, wahrscheinlich für längere Zeit, hinausfahren.«

Die alte Dame sah Gladys besorgt an.

»Sie haben doch hoffentlich keine Unannehmlichkeiten? Sie sehen so bleich aus, liebe Miß Gladys.«

Gladys schüttelte hastig den Kopf. »Nur ein wenig Ärger – das geht vorbei.«

»Soll ich Sie begleiten?«

»Nein, nein – das sollen Sie gerade nicht tun. Ich will nicht, daß Miß Rose Marie irgendwie gestört wird. Sie wissen, ihre Hochzeit findet Ende nächster Woche statt, und wenn ich Sie mit mir nehmen würde, könnte Rose Marie nicht allein hier zurückbleiben. Sie aber jetzt von ihrem Verlobten zu trennen wäre grausam. Deshalb bleiben Sie bitte hier zurück und beschützen Rose Marie in meiner Abwesenheit. Sie darf natürlich nicht ahnen, daß ich Rücksicht auf sie nehme. Geben Sie sich bitte den Anschein, als sei es ganz selbstverständlich, daß ich allein nach San Mateo gehe.«

»Wie Sie wünschen, Miß Gladys, Sie sind wie immer, voll gütiger Rücksichtnahme für Ihre Umgebung. Aber werden Sie sich nicht zu einsam fühlen in San Mateo?«

»Nein, nein – ich habe zu arbeiten, und im übrigen sind ja der Pächter und seine Frau da. Also bitte, Miß Clara, lassen Sie mir sogleich für einige Wochen meine Koffer packen. Was ich für den Landaufenthalt brauche, weiß meine Zofe, die mich begleiten soll. Ich habe noch einen Brief zu schreiben und will dann nur noch Rose Maries Rückkehr abwarten. Dann fahre ich im Auto nach San Mateo, damit ich nicht zu spät dort ankomme.«

»Werden Sie erwartet?«

»Es ist ja immer alles bereit für mich, die Zimmer sind stets in Ordnung. Also bitte – lassen Sie schnellstens alles besorgen, damit meine Abreise nicht verzögert wird.«

Miß Clara entfernte sich. Als Gladys allein war, preßte

sie die Hände auf das Herz und schloß eine Weile die Augen. Dann ließ sie sich aufseufzend in den Sessel vor dem Schreibtisch sinken und begann zu schreiben:

»Sie sollen nicht schlechter von mir denken, als es nötig ist, Hans Dernburg. So falsch, wie Sie mich beurteilt und verurteilt haben, sollen Sie es in Zukunft nicht mehr tun.

Ich habe nicht mit Ihnen gespielt – o nein –, nichts lag mir ferner als das. Meine Augen haben mich wohl, ohne daß ich es ahnte, verraten, und, um mich vor Ihnen, so gut es geht, zu rechtfertigen, will ich jetzt ganz ehrlich sein und Ihnen eingestehen, daß ich Sie liebe – mehr als mich selbst, mehr als mein Leben, mit allen Fasern meines Seins. Vom ersten Augenblick an, da ich Sie sah – als Sie mir noch ein Fremder waren, erwachte in meinem Herzen dieses starke, tiefe Gefühl. Es war eine Liebe auf den ersten Blick. Hätte ich damals schon Ihren Namen gewußt – vielleicht hätte ich mich dann gegen dieses Gefühl zur Wehr gesetzt. Ob es etwas geholfen hätte? Ich weiß es nicht, weiß nur, daß es für mein Herz schon zu spät war, als ich hörte, daß Sie Dernburg heißen.

Es liegt eine andere tiefe Kluft zwischen mir und Ihnen, Hans Dernburg, als daß Sie arm sind und ich reich bin. Lesen Sie das beiliegende Schriftstück, es wird Ihnen alles erklären. Es ist das Vermächtnis meines Vaters, ich fand es nach seinem Tod in seinem Nachlaß. Und niemand außer mir hat dieses Schriftstück gesehen, niemand außer mir weiß um die Schuld meines Vaters, die allein eine tiefe Kluft zwischen Ihnen und mir aufgerissen hat. Ich lege diesen Beweis von meines Vaters Schuld vertrauensvoll in Ihre Hände – ich weiß, Sie werden es mir ersparen, vor der Welt für meinen Vater erröten zu müssen. Bitte vernichten Sie das Schriftstück, wenn Sie Kenntnis davon genommen haben. Und – ich bitte Sie herzlich – sagen Sie Rose Marie nichts davon, wessen

Tochter ich bin. Ich bin ja schon so arm geworden, weil ich meine Liebe opfern muß – lassen Sie mir in Rose Marie die geliebte Freundin. Gönnen Sie mir das armselige Glück, ihr Liebes und Gutes tun zu dürfen. Wie gern hätte ich mehr für sie getan, um zu sühnen, was mein Vater getan hat. Ich wagte es nicht, weil ich nicht verraten wollte, daß mein Vater es war, der an dem Unglück Ihrer Familie die erste Schuld trug.

Wie ich unter diesem Bewußtsein gelitten habe, verstehen Sie vielleicht, Hans Dernburg. Die Schuld meines Vaters habe ich mit meinem Lebensglück bezahlen müssen – mit einem Glück, so groß und leuchtend, wie ich es nur in meinen sehnsuchtsvollen Mädchenträumen wünschen konnte. Ich schäme mich nicht, Ihnen das offen einzugestehen – weiß ich doch, daß Sie mich geliebt haben. Ob Ihre Liebe diese Beichte überdauern wird? Ich weiß es nicht, ich weiß nur, daß ich Ihnen wünschen muß, daß dieser Brief in Ihrem Herzen die Liebe für mich tötet. Denn Sie sollen nicht unglücklich werden – das wird mir der Himmel nicht auch noch auferlegen wollen. Vergessen Sie mich – weil ich die Tochter meines Vaters bin.

Ich sende Ihnen diese Zeilen durch Rose Marie. Wenn Sie sie erhalten, bin ich schon auf dem Weg zu meiner Hazienda. Ich kann Ihnen jetzt nicht begegnen, muß erst meine Ruhe und Fassung zurück erlangen. Ich bitte Sie, so sehr ich kann – vernichten Sie mich nicht ganz dadurch, daß Sie Ihre Stellung aufgeben. Ich werde Ihre Nähe meiden, so gut ich kann, werde den größten Teil des Jahres auf meinem Landgut leben und nur nach Frisko kommen, wenn es unbedingt nötig ist. Und auch da werden wir einander ausweichen können. Wo ein Wille ist, da ist auch ein Weg. Ich werde Rose Marie mitteilen, daß mich Geschäfte auf meine Hazienda rufen. Rose Marie bleibt unter Miß Claras Obhut in meinem

Haus, wenn Sie es gestatten wollen. Bitte – erlauben Sie es ihr, und ersparen Sie es mir, vor Rose Marie erröten zu müssen. Ihnen allein bin ich nach dem, was heute geschehen ist, Offenheit schuldig – ich könnte ihre Verachtung nicht ertragen.

Verzeihen Sie mir, wenn ich Ihnen Schmerzen bereiten mußte – ich trage ja selbst viel größere Schmerzen. Lassen Sie mir den Trost, daß Sie mir verzeihen, daß ich Ihnen so lange verschwieg, wer mein Vater ist. Ich habe keine andere Entschuldigung als die, daß es eben *meines Vaters* Schuld war, die ich Ihnen verschwieg. Bitte – senden Sie mir eine Zeile nach San Mateo, ob Sie mir verzeihen – und ob Sie Rose Marie Geheimnis bleiben lassen, was Ihnen der beiliegende Brief enthüllen wird. Rose Maries Hochzeit werde ich fernbleiben, um Ihnen eine Begegnung mit mir zu ersparen. Ich werde Krankheit vortäuschen, da dies der einzige Entschuldigungsgrund sein wird, den Dick gelten lassen wird.

Und nun leben Sie wohl, Gott möge Ihnen helfen, mich zu vergessen – er möge alles Leid auf meine Schultern legen, damit Sie frei davon bleiben. Nochmals, verzeihen Sie

Ihrer
unglücklichen Gladys Forester.

Während Gladys diesen Brief schrieb, brannten ihre Augen starr und tränenlos darauf nieder. Ihr Herz war tot und leer. Sie hoffte und wünschte nichts sehnlicher, als daß Hans Dernburg ihr verzeihen möge.

Als Sie fertig war, steckte sie ihren Brief mit dem ihres Vaters zusammen in ein Kuvert und versiegelte es.

Dann ordnete sie einige Kleinigkeiten und sah immer wieder auf die Uhr. Endlich hörte sie einen Wagen vorfahren. Sie trat an das Fenster und sah Rose Marie aus dem Wagen steigen, in dem Mistreß Garring sitzen blieb.

Sie nickte nur herauf und fuhr wieder ab, als Rose Marie ausgestiegen war.

Langsam ging Gladys Rose Marie entgegen, die auf sie zugeeilt kam.

»Da bin ich wieder, Gladys! Ach – wir haben wieder die Läden von halb Frisko ausgekauft. Mama konnte nicht genug bekommen an allen Herrlichkeiten für mich. Aber nun ist sie todmüde und gleich nach Hause gefahren. Sie läßt dich herzlich grüßen.«

Gladys streichelte mit mattem Lächeln Rose Maries Wange.

»Ich kann gut verstehen, daß es ihr Freude macht, dich zu beschenken. Du hast eine so herzerfrischende Art, dich an allem zu freuen.«

Rose Marie seufzte glücklich. »Ach liebste Gladys, du kannst dich nicht mehr so an solchen Dingen freuen, weil du schon immer alles gehabt hast. Mir ist das alles neu. Aber nun erst einmal zu dir. Was macht dein Kopfweh?«

»Es ist besser geworden, Rose Marie. Aber nun habe ich ärgerliche Geschäfte. Mein Pächter hat mir Nachricht gesandt – ich muß sofort für einige Tage auf mein Landgut. Du mußt so lange mit Miß Claras Gesellschaft vorlieb nehmen.«

Rose Marie machte erstaunte und betrübte Augen. »Du willst fort? Gerade jetzt? O wie schade, liebe Gladys. Es ist sehr bitter für mich, mich jetzt von dir trennen zu müssen.«

»Aber es wäre noch viel schlimmer, wenn du dich von Dick trennen müßtest. Er wäre sicher sehr böse, wollte ich den Versuch machen, dich mitzunehmen. Du mußt also allein bleiben mit Miß Clara. Aber – ich habe noch einen Auftrag für dich.«

»Was kann ich für dich tun?«

Gladys wandte sich ab, um ihre Erregung zu verbergen. »Meine schnelle Abreise hindert mich, etwas Geschäftliches mit deinem Bruder zu besprechen. Er muß es aber noch heute erfahren. Du sollst deshalb gleich zu ihm fahren – in seine Wohnung, wo du ihn hoffentlich treffen wirst. Hier, diesen Brief sollst du ihm überbringen. Sage ihm, daß er wichtige geschäftliche Mitteilungen enthält. Aber du gibst diesen Brief nur in seine Hände, versprich mir das.«

»Selbstverständlich handle ich so, wie du mir vorschreibst, Gladys.«

»Ich danke dir, Rose Marie. Es ist von großer Wichtigkeit, daß dein Bruder den Brief sobald wie möglich erhält. Also bitte – leg gar nicht erst ab und fahre gleich zu ihm. Ich habe bereits mein kleines Coupe für dich anspannen lassen, weil ich das Auto selbst brauche, um nach San Mateo zu fahren.«

Ohne das geringste Mißtrauen, daß der Brief etwas anderes enthalten könnte, als Gladys angab, nahm Rose Marie den Auftrag entgegen. »Sollte ich Hans nicht in seiner Wohnung treffen, dann hinterlasse ich ihm eine Nachricht, daß ich ihn unbedingt heute noch sehen muß und ihn hier erwarte. Du seist verreist und habest wichtige geschäftliche Nachrichten für ihn hinterlassen.«

Gladys nickte lebhaft. »Ja, das ist sehr gut, dann bekommt er den Brief sicher noch heute. Aber nun geh schnell – und leb wohl, Rose Marie.«

Rose Marie umarmte und küßte Gladys.

»Auf Wiedersehen, liebste Gladys! Du wirst doch nicht zu lange auf deiner Hazienda bleiben müssen?«

»Ich denke nicht – aber einige Tage werden sicher vergehen.«

»Bis zu meiner Hochzeit bist du doch sicher zurück?«

Gladys nickte mit erzwungenem Lächeln. Sie wußte, daß sie Rose Maries und Dicks Hochzeit fernbleiben mußte, aber das durfte sie heute noch nicht verraten.

»Grüß Dick herzlich von mir, Rose Marie – und auf Wiedersehen.«

Damit verabschiedeten sich die beiden jungen Damen.

Rose Marie bestieg draußen das kleine elegante Coupe, und fünf Minuten später fuhr Gladys in ihrem Auto weg, auf dem ihre Koffer schon verladen waren, ehe sie einstieg. Ihre Zofe begleitete sie und saß vorne beim Chauffeur. Gladys lehnte sich mit geschlossenen Augen in den Wagen zurück und atmete auf. Endlich war sie wieder allein und konnte die Maske abwerfen, endlich konnte sie den Schmerz ungehindert in sich austoben lassen. Sie hatte das Gefühl, als fahre sie in die Verbannung, als gäbe es für sie nie mehr eine Rückkehr zu den Freuden des Lebens. Alles war tot und leer in ihr. Sie fand nicht einmal Tränen, um ihr Unglück zu beweinen.

XVII

Während Gladys nach San Mateo fuhr, hatte Rose Marie schon fast die Wohnung ihres Bruders erreicht. Als der Wagen vor der Pension hielt, sprang sie heraus und betrat den weiten Flur des peinlich sauber gehaltenen Hauses. Man kannte sie in der Pension. Der chinesische Diener, der im Flur abstaubte, kam ihr entgegen und verneigte sich tief vor ihr, sie mit seinen Schlitzaugen erwartungsvoll ansehend.

»Ist Mister Dernburg zu Hause?«

»Er ist in seinem Zimmer, Herrin. Soll ich dich zu ihm führen?«

Rose Marie winkte ab. »Ich finde es schon selbst.«

Sie wußte, wo das Zimmer ihres Bruders lag, und eilte die mit Matten belegte Treppe hinauf. Über die Treppenbrüstung neigte sich das gelbe Gesicht eines anderen chinesischen Dieners. Er trat aber sofort mit einer Verbeugung zurück und ließ Rose Marie passieren. Sie schritt einen mit Matten belegten Gang hinab, der ebenfalls peinlich saubergehalten war, und klopfte an eine Tür.

Sie bekam indes nicht gleich Antwort. Hans Dernburg war in einer unbeschreiblichen Gemütsverfassung nach Hause gestürmt, als er Gladys verlassen hatte, und hatte sich auf den Diwan geworfen.

Hier lag er noch, in seinen Schmerz vergraben, die Zähne fest zusammengebissen und starrte mit brennenden Augen vor sich hin. Er kämpfte mit seiner Liebe wie mit einem Feind, und konnte doch nicht Herr darüber werden. Vergeblich hielt er sich immer wieder vor, daß Gladys Forester eine herzlose Kokette sei und mit ihm ein grausames Spiel getrieben habe, vergeblich sagte er sich, sie sei einer so tiefen, starken Liebe nicht wert, wie sie ein Mann wie er empfand. Immer wieder sah er im Geiste Gladys' tränenüberströmtes Gesicht vor sich, ihre zuckenden Lippen und die traurigen Augen. Sah so eine leichtfertige Kokette aus?

Trotz alledem suchte er nach Entschuldigungsgründen für sie, aber er bezweifelte nicht, daß sie mit der tiefen Kluft ihre unterschiedliche soziale Stellung meinte. Die stolze, reiche Senatortochter wollte nicht herabsteigen zu einem Angestellten ihres Hauses, so meinte er.

Und wie gelähmt lag er noch immer und fuhr erst auf, als es an seine Tür klopfte. Er vergaß jedoch, Herein zu rufen. Erst als sich das Klopfen wiederholte, raffte er sich dazu auf.

Und als nun Rose Marie ins Zimmer trat, fuhr er auf.

»Du, Rose Marie?«

Sie glaubte ihren Bruder im Schlaf gestört zu haben und lachte leise. »Ach Hans – du hast wohl ein Schläfchen gehalten, und ich habe dich gestört. Ich habe zweimal angeklopft.«

Er faßte sich. »Ja – ich war allerdings eingeschlafen – ich hatte Kopfweh und legte mich ein wenig hin. Da habe ich dein erstes Klopfen überhört. Verzeih, daß ich so verschlafen bin. Was führt dich zu mir?«

»Ein Auftrag von Gladys.«

Er zuckte zusammen und wandte sich ab.

»Von Miß Forester.«

Rose Marie legte die Hand auf seinen Arm. »Hans, du siehst sehr blaß aus – du wirst doch um Himmels willen nicht krank werden?«

»Nein, nein – es ist nur – ich habe etwas viel gearbeitet und davon Kopfweh. Das ist nichts Besorgniserregendes. Also – was führt dich zu mir?« stieß er heiser hervor.

»Ich glaube, ich bringe dir neue wichtige Arbeit, Hans.«

»Was für Arbeit?«

»Ja – das weiß ich nicht. Hier ist ein geschäftlicher Brief von Gladys an dich. Er ist sehr wichtig, ich soll ihn dir persönlich geben. Sie mußte nämlich plötzlich abreisen.«

Er fuhr sich über die Stirn. »Abreisen? Sie ist fort?«

Ja, auf ihre Hazienda in San Mateo. Ihr Pächter hat sie rufen lassen, und sie mußte abreisen. Deshalb konnte sie die Geschäfte, von denen in diesem Brief die Rede ist, nicht mehr mit dir besprechen, wie sie vorgehabt hatte. Mir scheint, sie hat sehr ärgerliche Nachrichten von ihrem Pächter bekommen, denn sie sah sehr blaß und verstimmt aus. Ich bin natürlich sehr traurig, daß ich mich jetzt von ihr trennen muß, die letzten Tage, die ich noch in ihrem Hause bin. Aber natürlich ist das nicht zu ändern. Also – hier ist der Brief, Hans. Mein Auftrag ist damit erfüllt, und ich will gleich wieder heimfahren, da Dick sehr bald kommen wird. Miß Clara fungiert als Ehrendame, Gladys hat alles aufs beste geordnet. Sie ist ein einzig lieber und guter Mensch. Kommst du heut abend auf ein Stündchen zu mir? Dick bleibt sicher zum Abendessen.«

So plauderte Rose Marie, ahnungslos, was in ihrem Bruder vorging. Er stand vor ihr und hielt Gladys' Brief krampfhaft in seiner Hand. Was dieser Brief enthielt, ahnte er nicht, aber es erschien ihm sicher, daß es keine geschäftlichen Mitteilungen waren.

Er atmete auf. »Ja natürlich – das heißt, ich weiß doch nicht – wenn dieser Brief mir einen wichtigen Auftrag erteilt – dann kann ich vielleicht doch nicht kommen. Warte nicht bestimmt auf mich,« sagte er unsicher.

»Aber wenn du Zeit hast, dann kommst du?«

»Ja – dann komme ich, Rose Marie.«

»Dann will ich dich nicht länger aufhalten und mich nicht verspäten – du weißt – Warten ist Dicks stärkste Seite nicht.«

»Ja ja – geh nur, halte dich nicht auf.«

In ihrer Hast, heimzukommen und Dick nicht warten zu lassen, fiel Rose Marie das starre, seltsame Wesen ihres Bruders nicht auf. Sie hielt es für Schlaftrunkenheit. Herzlich küßte sie ihn zum Abschied und eilte hinaus.

Kaum war Hans allein, schloß er zuerst sein Zimmer ab und fiel dann in einen Sessel. Er starrte auf den Brief in seinen Händen herab. Schwer und gewichtig war er, als befänden sich mehrere Schriftstücke darin. Und er war sorgfältig versiegelt. Was enthielt dieser Brief?

Er fürchtete sich, ihn zu öffnen, denn er glaubte, daß er ihm nur neuen Schmerz bringen konnte. Aber endlich warf er entschlossen den Kopf zurück und riß das Kuvert auf. Mit bebenden Händen zog er die beschriebenen Blätter heraus und sah betroffen, daß nur das eine Blatt Gladys Foresters Schriftzüge enthielt. Er kannte diese schöne, klare Handschrift, die ihm immer wie ein Abbild ihres reinen lauteren Wesens erschienen war, sehr genau. Und nun las er zuerst diesen Brief, in dem sie sich offen zu ihrer Liebe bekannte.

Seine Augen brannten auf diese Worte herab, und seine Brust hob sich in schnellen, erregten Atemzügen. Und je weiter er las, desto mehr strahlten seine Augen. Was auch trennend zwischen ihnen stehen mochte – gespielt hatte sie nicht mit ihm. Sie liebte ihn und bekannte sich offen und ehrlich zu dieser Liebe. Nur von einer Schuld ihres Vaters sprach sie, die trennend zwischen ihnen stand. Das also lag wie ein Schatten über ihrem sonst so sonnigen Wesen – das Bewußtsein einer Schuld, die ihr Vater auf sich geladen hatte. Das also war die Kluft, von der sie gesprochen hatte?

Seine Brust hob sich leicht und frei. Was konnte ihn von ihr trennen, wenn sie ihn liebte, wie er sie liebte? Was galt ihm die Schuld eines Toten, mochte sie bestehen, worin sie wollte? Er liebte Gladys, sie allein, und sie stand nun wieder rein und klar vor seinen Augen. Und sie liebte ihn – sie liebte ihn!

Er preßte den Brief an sein Herz, an seine Lippen.

»Gladys! Gladys!«

In heißer Sehnsucht rief sein Herz ihren Namen. Er sah ihr tränenüberströmtes Gesicht wieder vor sich und ihre traurigen Augen. Und er war hart und ungerecht zu ihr gewesen, hatte sie gekränkt in seiner Verzweiflung. Sie war aus seiner Nähe geflohen, fuhr allein nach San Mateo, um sich dort mit ihrem Schmerz zu vergraben.

Was war es nur, was, wie sie wähnte, sie beide trennen könnte, da sie sich doch liebten?

Und hastig entfaltete er nun auch das andere Schriftstück, und las es durch, mit staunenden Augen.

Als er es zu Ende gelesen hatte, ließ er das Schreiben sinken. Das also war es! Das hatte lastend auf Gladys' Seele gelegen, sie geängstigt und bedrückt. Und er hatte diese Last noch verstärkt durch seinen Bericht, daß die

Schuld ihres Vaters seiner Familie zum Verhängnis geworden war.

Tiefstes Mitleid mit ihr erfüllte seine Seele. Wie sehr mußte ihr reiner, stolzer Sinn gelitten haben unter dem Bewußtsein der Schuld ihres Vaters. Nun war ihm alles, alles klar.

Eine heiße, sehnsüchtige Zärtlichkeit wallte in ihm auf. Verlangend streckte er die Arme aus.

»Gladys – süße Gladys, wie konntest du glauben, daß uns dies trennen könnte? Mein armes stolzes Herz – daß ich nicht bei dir sein kann, um diesen Kummer von zu nehmen.«

Noch einmal las er ihren Brief durch, berauschte sich an dem stolzen, ehrlichen Bekenntnis ihrer Liebe. Wie mußte sie gelitten haben? Und wie stark mußte ihr Vertrauen zu ihm sein, daß sie ihm rückhaltlos den Brief ihres Vaters auslieferte. Oh, sie sollte sich in diesem Punkt nicht in ihm getäuscht haben – die Schuld ihres Vaters blieb Geheimnis zwischen ihr und ihm. Und diese Schuld sollte gesühnt werden – durch ihre Liebe. Ihr Vater hatte wahrlich genug gebüßt für den Fehltritt seines Lebens.

Er sprang auf und sah zur Uhr.

Gladys durfte nicht lange auf Antwort warten, durfte nicht lange mit ihrem Schmerz allein sein. Wie kam er am schnellsten zu ihr?

Angestrengt dachte er darüber nach. Endlich reifte ein Entschluß in ihm. Ohne langes Besinnen steckte er die Briefe zu sich und machte sich zum Ausgehen fertig. Und dann eilte er zu Gladys Foresters Haus.

Er fand Miß Clara und Rose Marie zusammen im Wohnzimmer.

»Ist Dick noch nicht hier, Rose Marie?« fragte er hastig, nachdem er die beiden Damen begrüßt hatte.

Sie sah ihn erstaunt an, weil er sehr erregt schien.

»Nein, Hans, Dick hat telefoniert, daß er noch einen geschäftlichen Termin hat. Um sieben Uhr will er aber bestimmt hier sein. Was willst du von Ihm?«

Auch etwas Geschäftliches, Rose Marie.«

»Ah – es hängt sicher mit den Geschäften zusammen, über die Gladys dir berichtet hat?«

»Ja, ja – sie sind sehr wichtig – weißt du nicht, wo Dick sich jetzt befindet?«

»Nein, das hat er mir nicht mitgeteilt.«

»Aber vielleicht wissen es seine Eltern?«

»Möglich! Ruf doch an.«

Hans ging zum Telefon und rief bei Garrings an. Nur Mistreß Garring war zu Hause, und teilte ihm mit, ihr Mann sei im Klub, und Dick habe sich nach Geschäftsschluß noch nicht daheim sehen lassen.

Hans dankte ihr für die Auskunft. Es half nichts – er mußte warten, bis Dick kam.

Damit mußte er die schwache Hoffnung aufgeben, Gladys heute abend noch folgen zu können.

Endlich hörte er Dicks Wagen vorfahren. Er sprang auf. »Du mußt deine Sehnsucht nach Dick noch eine Weile bezähmen, Rose Marie, ich muß ihn unbedingt erst mit meiner Angelegenheit aufhalten.«

Rose Marie nickte lächelnd. »Natürlich, Hans, Busineß geht vor, das habe ich mir als Frau eines Geschäftsmannes einzuprägen. Aber macht es kurz – ich habe Dick heute noch gar nicht gesehen.«

»So kurz wie möglich – nur einige Minuten Geduld, liebe Schwester.«

Damit eilte Hans hinaus.

Unten im Eingang traf er mit Dick zusammen.

»Hallo, Hans! Da bist du ja auch. Wo ist Rose Marie?«

»Oben im Wohnzimmer.«

Dick wollte mit langen Sätzen an ihm vorbei und die Treppe hinauf. Hans hielt ihn aber fest. »Einen Augenblick, Dick, ich muß unbedingt erst mit dir über eine dringende Angelegenheit sprechen.«

Dick sah sehnsüchtig empor. »Ich habe heute meine Braut noch nicht gesehen. In Geschäften bin ich jetzt nicht mehr zu sprechen – morgen früh im Büro.«

Er wollte sich davon machen. Hans hielt ihn aber fest.

»Es sind keine Geschäfte, Dick – es handelt sich um Gladys Forester« sagte er ernst, mit gedämpfter Stimme.

Dick stutzte und sah in sein blasses, erregtes Gesicht.

»Gladys? Was ist mir ihr?«

Hans sah nach dem Diener, der in respektvoller Entfernung stand. »Bitte, geben Sie uns ein Zimmer, in dem wir ungestört etwas Geschäftliches besprechen können«, sagte er zu ihm.

Der Diener verneigte sich und öffnete ein kleines Empfangszimmer.

Hans zog Dick mit sich hinein.

Als die Tür sich hinter ihnen geschlossen hatte, sagte Dick: »Du machst mich gespannt, lieber Hans. Ich möchte doch wissen, weshalb ich meine Braut nicht erst begrüßen darf. Was ist denn mit Gladys?«

Hans atmete tief auf. »Gladys ist fort – nach San Mateo!«

Erstaunt sah ihn Dick an. »Well, dahin fährt sie öfter einmal, wenn sie mit ihrem Pächter Geschäfte hat.«

Hans faßte seine Hand. »Nein, Dick – sie ist geflohen – vor mir.«

Dick stutzte und wurde nun ernst. »Geflohen – vor dir? Geflohen? Wie soll ich das verstehen? Weshalb ist Gladys vor dir geflohen?«

Hans atmete erregt. »Dick – das vertraue ich dir, nur dir allein an – Gladys und ich, wir lieben uns.«

Mit einem Ruck richtete sich Dick auf. »Du? Und Gladys? Wie denn? Gladys hat mir doch gesagt, in Berlin – daß sie dort ihr Herz verloren hat – Herrgott – jetzt wird mir alles klar – du also – du bist das gewesen? Daß ich nie auf diesen Gedanken gekommen bin! Das ist famos – wundervoll paßt ihr zusammmen, du und Gladys! Aber da ihr euch liebt – warum ist sie denn vor dir geflohen?«

Hans Dernburgs Augen brannten. »Ein Mißverständnis zwischen uns beiden, Dick – ich kann es dir nicht erklären. Heute nachmittag sprach ich mit ihr – gestand ihr meine Liebe – und war vielleicht zu ungestüm – zu rauh –, weil ich glaubte, sie habe mit mir gespielt. Fortgerannt bin ich – ich habe sie gekränkt, weil ich töricht war. Und deshalb ist sie nach San Mateo – ein Mißverständnis hat sie zur Flucht getrieben. Aber wir lieben uns beide – namenlos –, und ich muß ihr folgen, so bald wie möglich, und sie um Verzeihung bitten, sie zurückholen. Ich wartete sehnsüchtig auf dein Erscheinen, weil du mir sagen sollst, wo die Hazienda liegt, wie ich sie am schnellsten erreichen kann. Ich darf es außer dir niemand wissen lassen, daß ich ihr folgen will. Heute abend kann ich nun leider nicht mehr zu ihr – aber sofort morgen früh. Du mußt mir helfen, hinzukommen, Dick, mußt mich im Geschäft entschuldigen. Ich muß unbedingt zu ihr.«

Dick sah ihn eine Weile schweigend an. Sein sonst so vergnügtes Gesicht war sehr ernst. Dann sagte er erregt: »Wirst du Gladys wieder versöhnen können, Hans? Ich müßte dir zürnen, wenn du ihr weh tun würdest.«

Hans faßte seine Hand. »Dick – mein Leben gebe ich für sie hin. Es ist nicht meine Schuld, und nicht die ihre, daß sie Schmerzen ertragen muß. Es ist wirklich nur ein Mißverständnis, was uns quält. Bin ich nur erst bei ihr, dann ist in fünf Minuten aller Schmerz gebannt. Also, hilf mir, daß ich morgen früh gleich zu ihr fahren kann.«

Dick nickte. »Well – ich schicke dir morgen früh mein Auto. Mein Chauffeur weiß genau den Weg zu Gladys' Hazienda, er hat mich oft hinausgefahren, wenn Gladys dort war. Wann soll er dich abholen?«

»Ich möchte spätestens um elf Uhr bei ihr sein.«

»Allright, du brauchst dich um nichts mehr zu kümmern. Aber wehe dir, wenn du Gladys nicht als glückstrahlende Braut zurückbringst.«

Hans Dernburgs Augen hatten einen feuchten Schimmer. »Könntest du mir ins Herz sehen, Dick.«

Sie drückten sich fest die Hände. Dann richtete sich Dick hastig auf.

»Nun aber laß mich endlich zu Rose Marie!«

»Noch einen Augenblick, Dick. Sag Rose Marie, daß ich geschäftlich mit dir sprach und ich in Geschäften morgen früh eine kleine Reise antreten muß. Ich will sie nicht unnötig beunruhigen.«

»Well! Sonst noch etwas?«

»Nein – nun kannst du gehen.«

Dick eilte davon, die Treppe mit Riesensätzen emporstürmend und ziemlich ungestüm oben im Wohnzimmer landend.

»Sweetheart!«

Rose Marie flog in seine Arme, und er küßte sie, als sei er Jahre von ihr getrennt gewesen. Dann wandte er sich, Rose Marie im Arm haltend, an Miß Clara.

»Verzeihung, Miß Clara, daß ich so stürmisch hier eindringe. Aber mein Schwager hat mich mit Geschäften so lange unten aufgehalten, daß ich meine Sehnsucht nach Rose Marie nicht länger bezwingen konnte.«

Miß Clara lachte. »Ich verstehe und verzeihe alles.«

Dick schüttelte ihr die Hand. »Sie sind ein famoser Mensch, Miß Clara. Überhaupt – mein ganzes Glück verdanke ich Ihnen.«

»Mir?« fragte die alte Dame erstaunt.

Er nickte energisch.

»Wenn Sie damals auf dem Dampfer meinen Heiratsantrag angenommen hätten – und ich wäre Rose Marie dann begegnet.«

Rose Marie sah Dick lachend an.

»Aber Dick, nun treibst du wieder übermütige Späße mit Miß Clara.«

Dick zwang sein Gesicht in ernste Falten. »Miß Clara – habe ich Ihnen einen Heiratsantrag gemacht oder nicht?«

Humorvoll blickte das alte Fräulein auf das Brautpaar. »Ja, ja – das haben Sie getan.«

»Aber Dick!« rief Rose Marie erstaunt.

Er schloß ihr den Mund mit einem Kuß. »Sweetheart, diese Beichte mußte ich doch noch ablegen vor der Hochzeit.«

»Dick – was treibst du nun wieder für Unfug?«

»Bist du eifersüchtig auf Miß Clara? Sei unbesorgt, mein Sweetheart – ich war im höchsten Grade seekrank, als ich Miß Clara bat, meine Frau zu werden.«

Miß Clara lachte herzlich über Rose Maries unsicheres Gesicht. »Ja ja, Miß Rose Marie, Ihr Verlobter konnte seinen Übermut nicht einmal beherrschen, als er so seekrank war, daß er entweder sterben oder mich heiraten wollte.«

Nun mußten alle drei lachen, und Dick bekam von Rose Marie erst einen kleinen Nasenstüber und dann einen Kuß. Und als gleich darauf Hans eintrat, sah er das Brautpaar Arm in Arm neben Miß Clara sitzen.

XVIII

Gladys war in einer trostlosen Stimmung auf ihrer Hazienda angelangt. Sie wurde von den Pächtersleuten erfreut begrüßt.

Ihre Zimmer waren stets bereit, sie mochte kommen, wann sie wollte. Schnell wurde ihr auch ein Essen bereitet, obwohl es schon spät abends war.

Während ihre Zofe die Koffer auspackte, nahm Gladys

einen Imbiß und ein Glas Tee. Dann entließ sie ihre Zofe und begab sich zur Ruhe. Schlaf fand sie aber nicht in dieser Nacht. Ihr junges Herz kämpfte den schweren Kampf der Entsagung. Erst am hellen Morgen fiel sie in einen unruhigen Schlummer, und da träumte sie, daß sie von einem schrecklichen Ungeheuer bedroht wurde, vor dem sie nicht fliehen konnte. Mit einem Schrei erwachte sie, als sich dieses Ungeheuer auf sie stürzte.

Ihre Zofe war auf diesen Schrei herbeigeeilt und fragte, ob die Herrin gerufen habe.

Gladys richtete sich auf und sah zur Uhr.

»Ich will aufstehen, Jessy.«

Und mit müden Gliedern erhob sie sich und kleidete sich an. Sie wählte gedankenlos irgendein schlichtes weißes Kleid, das ihr Jessy vorlegte. Es fiel in weichen Falten an ihr herab. Sie sah sehr bleich, aber rührend schön aus in diesem schlichten Gewand.

Als sie fertig war, trat sie hinaus auf die blumengeschmückte Veranda. Draußen lachte die gesegnete Natur im üppigsten Frühlingsschmuck. Wie ein Blütenmeer lag es vor Gladys' müden Augen. Dies Blühen rings um sie her machte sie noch trauriger. Gerade diese blühende, lachende Umgebung brachte ihr so recht zum Bewußtsein, wie unglücklich sie war.

Es wurde immer stiller um sie her. Fast alle Haziendabewohner gingen ihrer Arbeit in den Plantagen nach. Der Pächter war längst davongeritten. Jessy befand sich oben in ihrem Zimmer, nur die hübsche, schwarzäugige Pächterin trat zu ihr heraus und brachte ihr das Frühstück.

Gladys dankte und plauderte ein wenig mir ihr. Die Pächterin meinte, Miß Forester sei blaß und schmal geworden, und Gladys antwortete, sie sei gekommen, um sich ein wenig zu erholen.

Dann zog sich die Pächterin zurück, um ihren häuslichen Geschäften nachzugehen. Es gab immer viel Arbeit. Gladys nickte ihr zu, sie möge sich in keiner Weise von ihr stören lassen.

Als Gladys allein war, schob sie das Frühstück von sich weg und erhob sich. Sie schritt über den weiten Hof vor dem reizenden Landhaus zu den Obstplantagen hinüber. Hier stand jeder Baum und Strauch in voller Blüte. Es war ein zauberhaft schöner Anblick. Und die schlanke weiße Mädchengestalt paßte so wundervoll in dieses Blütenmeer, in diesen Frühlingszauber eines gesegneten Landes. Auf einer schlichten Holzbank ließ sie sich nieder, lehnte den Kopf mit den goldbraun schimmernden Haar an einen Baumstamm und sah traurig hinauf in die Blütenkronen. Ihre Seele weilte aber nicht hier, die flog zu Hans Dernburg und hielt Zwiesprache mit ihm.

Sie ahnte nicht, daß er auf dem Weg zu ihr war, merkte nicht, daß jetzt Dick Garrings Auto mit Hans Dernburg drüben vor dem blütenumsponnenen Landhaus hielt. Die Pächterin kam neugierig aus dem Haus. Sie erkannte Dick Garrings Chauffeur, aber den fremden Herrn, der vor ihr stand, kannte sie nicht.

Hans begrüßte sie höflich und fragte nach Miß Forester. Die Pächterin hätte ihm wohl kaum so bereitwillig Auskunft gegeben, wenn sie den Chauffeur nicht gekannt hätte. Nun kam auch Gladys' Zofe herbei und knixte vor Hans.

»Miß Forester ist drüben in der Obstplantage, unter den Pfirsichbäumen, Mister Dernburg. Soll ich Sie führen?«

Hans schüttelte den Kopf. Seine Begegnung mit Gladys sollte keine Zeugen haben.

»Nein, Jessy, ich danke Ihnen, ich finde den Weg schon allein. Bitte sorgen Sie dafür, daß Mister Garrings Chauffeur einen Imbiß bekommt.«

»Das soll geschehen, Mister Dernburg. Also bitte, erst

geradeaus, bis zur Kreuzung, dann links ab zu den Pfirsichbäumen. Dort werden Sie Miß Forester finden, ich sah sie vom Fenster aus dahingehen.«

Hans Dernburg eilte in die angegebene Richtung.

Er mußte aber doch eine ganze Weile suchen, ehe er Gladys unter den Pfirsichbäumen entdeckte. Ihr weißes Kleid hob sich kaum von der leuchtenden Blütenpracht ab, die balsamische Düfte ausströmte.

Aber endlich sah er sie sitzen, die Hände im Schoß gefaltet, den Kopf müde zurückgelehnt.

Ihre müde, apathische Haltung rührte ihn. Mit laut pochendem Herzen eilte er auf sie zu. Der weiche Rosenboden dämpfte seine Schritte, und sie sah ihn nicht kommen.

Kurz vor ihr blieb er stehen und sah sie mit sehnsüchtigen, brennenden Blicken an. Er sah, daß sie sehr bleich war und mit traurigen Augen in die Baumkronen starrte. Ein tiefer Seufzer hob seine Brust.

Da zuckte sie zusammen und sah um sich. Und als ihr Blick auf ihn fiel, fuhr sie hoch empor und wurde erst glühendrot, dann leichenblaß.

Ihre Hände streckten sich abwehrend aus und sanken dann mit hilfloser Gebärde wieder herab.

»Warum haben Sie uns das nicht erspart, Mister Dernburg? Haben Sie meinen Brief nicht erhalten?« fragte sie in zitternder Erregung.

»Gladys – liebe teure Gladys –, ich habe den Brief erhalten, der mir verriet, welch liebe kleine Törin du gewesen bist. Deshalb bin ich hier. Gladys, dachtest du so klein von meiner Liebe, daß du annehmen konntest, ich würde ein Hindernis – welches es auch sei – zwischen uns respektieren, nachdem du mir gesagt hast, daß du mich liebst?« sagte er erregt.

Sie sah zu ihm auf mit einem Ausdruck, der ihn erschütterte.

»Sie kommen zu mir, Hans Dernburg, nachdem Sie alles erfahren haben, was zwischen uns liegt?« fragte sie zitternd.

Er preßte seine Lippen auf ihre bebenden Hände.

»Konntest du wirklich etwas anderes von mir erwarten, Gladys? Wenn du wüßtest, wie froh du mich gemacht hast, daß du mir den Zweifel an deiner Liebe aus dem Herzen nahmst. Wie danke ich dir, daß du Vertrauen zu mir hattest und mir den Brief deines Vaters sandtest. Ich habe die Minuten gezählt, bis ich bei dir sein konnte. Und jetzt wirst du mich nicht wieder fortschicken?«

Ihre Augen wurden feucht, und ihre Lippen zitterten. »Trennt uns die Schuld meines Vaters nicht für immer? Kann es – darf es sein, daß wir uns angehören?«

Er umfaßte sie, zog sie neben sich auf die Bank und sah zärtlich auf sie herab.

»Meine Gladys – gibt es wirklich etwas, das du jetzt noch als trennende Mauer zwischen uns errichten lassen willst? Ich nicht, mein geliebtes Herz, ich bestimmt nicht. Du liebst mich – o tausend Dank für dieses Geständnis, das mich unsagbar beglückt hat –, und ich liebe dich. Was bedeutet uns die Schuld eines anderen Menschen – mag es auch die Schuld deines Vaters sein. Hat er sie nicht schwer gebüßt, schon dadurch, daß er es nicht wagte, sich die Liebe seines Kindes zu erwerben? Und wenn es noch einer Sühne bedarf, die du unbedingt auf dich nehmen willst – so mache mich gl0cklich, mein geliebtes Leben. Ich kann ohne deine Liebe kein Glück finden, niemals. Das wußte ich schon, als du nur wie ein leuchtender Traum durch mein Dasein huschtest, ehe ich deinen Namen kannte. Wenn du dich mir versagen willst – dann machst du dich schuldig an mir. Denn ich liebe dich unsagbar. Nicht wahr, mein geliebtes Herz – du wirst mein – mein – du läßt mich nicht allein in Kummer und Verzweiflung. Ich kann nicht von dir lassen.

Sie sah zitternd und zagend zu ihm auf mit ihren schönen, lieben Augen.

»Darf ich wirklich glücklich sein – Hans, lieber Hans?« fragte sie mit erstickter Stimme.

Da zog er sie fest in seine Arme, an sein klopfendes Herz. »Meine Geliebte, meine holde Gladys – meine Herrin. Wie soll dich meine Liebe noch nennen?« flüsterte er in heißer Zärtlichkeit und preßte seine Lippen auf die ihren in einem langen, heißen Kuß.

Sie lag ganz still an seinem Herzen, erschauerte nur unter seinem Kuß und ließ den Tränen des Glücks freien Lauf, die ihren Augen entströmten und alles Leid fortspülten.

Er küßte diese Tränen fort und trocknete sie mit zärtlicher Sorgfalt, all die heißen Liebesworte flüsternd, die er ihr so oft schon im Geiste gesagt hatte. Sie hörte ihm zu wie im Traum. Diese sonst so energische und zielbewußte junge Dame war jetzt nichts als ein liebendes, hingebendes Weib. Und unter seinen zärtlichen Worten wich langsam der Bann von ihrer Seele, und das Bewußtsein ihres Glückes wachte in ihr auf. Sie umfaßte seinen Hals und schmiegte ihre Wange an die seine.

»Hans! Lieber, lieber Hans, wie danke ich dir, daß du so schnell zu mir gekommen bist und mich von meiner Qual erlöst hast. Ich habe so namenlos gelitten, seit du so zornig von mir gingst.«

Er küßte ihre Augen und ihre Hände.

»Wüßtest du, wie böse ich mir selber war, daß ich dir so harte Worte sagte in meinem schmerzlichen Groll. Am liebsten wäre ich noch gestern abend zu dir geeilt, aber ich wußte nicht, wo deine Hazienda lag, und wollte niemand fragen außer Dick.«

»Er hat es dir gesagt?«

»Ja, aber er kam gerade gestern so spät zu Rose Marie,

daß ich erst mitten in der Nacht hätte hier sein können. Aber er versprach mir sein Auto für heute morgen. Sein Chauffeur fuhr mich hierher, und so schnell er auch fuhr, ich hätte fliegen mögen.«

»Was hast du Dick über meine Flucht gesagt,«

Er berichtete.

»Und die andern«, fragte sie weiter, wissen sie, daß du bei mir bist?«

»Nein, nicht einmal Rose Marie. Sie glauben, daß ich eine kleine geschäftliche Reise unternommen habe. Ich wollte ihnen doch nichts verraten von unserer Liebe, bis ich deiner Einwilligung sicher war. Denn ich hatte eine wahnsinnige Angst, meine Gladys, du könntest halsstarrig sein und mich wieder fortschicken.«

Sie sah in seine zärtlich aufflammenden Augen hinein.

»O nein, mein lieber Hans – nachdem du wieder zu mir kamst, obwohl du alles wußtest – nein, das hätte ich nicht über mich gebracht. Ich bin ja so glücklich, daß du gekommen bist.«

Und sie sprachen sich beide alle Not und alle Ängste vom Herzen, die sie getragen hatten, seit sie sich ihrer Liebe bewußt geworden waren. Immer wieder hatten sie sich Neues zu sagen, und immer wieder küßte Hans die Worte von Gladys' Lippen. Ein tiefes, heiliges Glück erfüllte sie beide. Und als Gladys nach einer Weile fragte, ob Hans das Geständnis ihres Vaters vernichtet habe, da zog er es aus seiner Brieftasche.

»Nein, Gladys, das wollte ich vor deinen Augen tun.«

Und er zerriß das Papier in tausend kleine Fetzen und streute es in alle Winde.

»So, mein geliebtes Herz, da fliegen die Reste einer längst gebüßten Schuld davon – und mischen sich mit den Blüten der Bäume. So soll aus einer Jugendverfehlung deines Vaters unser Glück erblühen. Die Schuld deines Vaters soll vergessen sein. Nie wird ein Mensch davon erfahren, wir beide schließen dieses Geheimnis in uns ein. Und ich bin so froh, daß ich dir damit etwas zu schenken habe, sonst stünde ich doch mit ganz leeren Händen vor dir, meine kleine Königin. Sieh, meine Liebe zu dir ist so groß, daß ich mich darüber hinwegsetze, daß in unserer äußeren Lebensstellung ein so großer Unterschied besteht. Ich liebe dich viel zu sehr, als daß ich mir noch darüber den Kopf zerbrechen sollte. Du bist du! Alles, was nicht zu deiner Person gehört, ist für mich so nebensächlich, daß ich kein Gewicht darauf lege.«

Und er küßte sie mit heißer Zärtlichkeit.

Gladys war das Herz nun leicht und frei, und ein beseligendes Gefühl war es für sie, sich in den Schutz des geliebten Mannes zu begeben und ihn für sich denken zu lassen.

Sie willigte ohne weiteres ein, Hans wieder nach San Franzisko zu begleiten.

»Ich will dich noch heute abend deinem Freund Dick als meine Braut vorstellen, sonst kündigt er mir die Freundschaft«, sagte er lächelnd.

Nachdem sie sich alles vom Herzen gesprochen hatten, gingen sie zum Landhaus zurück. Die Pächterin war sehr erstaunt, als sie hörte, Mister Dernburg sei nur gekommen, um Miß Forester nach San Franzisko zurückzuholen, da sie in einer sehr wichtigen Angelegenheit dort gebracht würde.

Bei diesen Worten sah Hans neckend in Gladys' Augen.

Die Zofe mußte also schleunigst Gladys Sachen wieder einpacken. Inzwischen nahm Hans mit Gladys einen Imbiß ein. Und dann fuhren sie in Dicks Auto nach San Franzisko zurück, während die Zofe mit dem Gepäck in Gladys' Auto folgte.

So war das junge Paar auf der Fahrt allein und konnte ungestört goldene Zukunftspläne spinnen.

Sie trafen gerade zur Teestunde in Gladys' Heim ein. Miß Clara, Rose Marie und Dick Garring saßen um den Teetisch und schauten mehr oder minder erstaunt auf Hans und Gladys.

Dick faßte sich zuerst und sprang auf. Die leuchtenden Gesichter der beiden Angekommenen verrieten ihm schon, was er wissen wollte.

»Hallo! All right?« fragte er in seiner knappen Art.

Hans nickte strahlend. »Ja, Dick, die Ausreißerin hat kapituliert. Meine verehrten Herrschaften – vor Ihren staunenden Augen steht ein unbeschreiblich glückliches Brautpaar. Von mir kann ich wenigstens behaupten, daß ich unsagbar glücklich bin, und meine Braut, Miß Gladys Forester, wird Ihnen hoffentlich dasselbe bestätigen.«

Rose Marie war aufgesprungen und flog auf Gladys zu. »Gladys – ist das wahr? Du und Hans – und ihr habt euch verlobt?« jauchzte sie.

Gladys nickte strahlend. »Ja, Rose Marie – und ich bin sehr, sehr glücklich.«

»Aber – wie kamst du mit ihm zusammen? Wo habt ihr euch getroffen?»

»In San Mateo. Er ist mir gefolgt, weil ich so dumm war, vor ihm davonzulaufen.»

»Ah – es war also gar kein geschäftlicher Brief, den ich zu Hans tragen mußte. Und du mußtest nicht wegen deines Pächters nach San Mateo?»

»Nein, Rose Marie – ich floh vor Hans, weil uns ein törichtes Mißverständnis entzweite.»

»Und das war dein Kummer, daß ein Mißverständnis zwischen euch stand?«

»Ja, Rose Marie – ich war so furchtbar traurig, weil ich glaubte, zwischen Hans und mir könne es keine Gemeinschaft geben.«

»Es war also der Unerreichbare, von dem du zu mir in Berlin sprachst?« fragte Dick lachend.

»Ja, Dick – er war es!«

Dick zuckte die Achseln. »Hättest du mir das gleich gesagt, dann hättest du schon lange glücklich sein können, ich hätte das zwischen euch schon in Ordnung gebracht.«

Gladys sah zu Hans auf mit ihren schönen, lieben Augen. Er zog sie fest an sich. »Sie war eine süße, holde Törin, Dick, aber nun ist alles klar zwischen uns.«

»Gottlob – gottlob!« jubelte Rose Marie und umarmte das Brautpaar.

Nun kam auch Miß Clara mit einem Glückwunsch zu Wort.

»Gott sei Dank, Miß Gladys, endlich sehen Sie wieder so froh und sonnig aus den Augen wie vor dem Tod des Herrn Senators. Das habe ich lange an Ihnen vermißt. Nun will ich nur von Herzen wünschen, daß es immer so bleiben möge.«

»Meine liebe, gute Miß Clara, es liegt eine schwere, trübe Zeit hinter mir, aber sie soll nun vergessen sein. Ich bin so glücklich – und so dankbar, daß ich es sein darf.«

Hans zog Gladys an sich und küßte ihre Hände.

Es gab noch ein langes, aufgeregtes Durcheinander. Dick wußte vor Freude und Übermut nicht, was er anstellen sollte.

»Erst jetzt bin ich ganz zufrieden, old fellow – denn es wollte mir gar nicht gefallen, daß du so resigniert auf das Glück der Liebe verzichtet hattest. Und da du eine Wahl ganz nach meinem Herzen getroffen hast, bin ich sehr zufrieden mit dir« sagte er zu Gladys.

XIX

Hans Dernburg und Gladys Forester gaben offiziell ihre Verlobung während Dick Garrings Hochzeitsfeier bekannt.

Diese Verlobung erregte natürlich ebensoviel Aufsehen wie die Dick Garrings mit Rose Marie Dernburg. Gladys' zahlreiche Verehrer machten lange Gesichter, mußten sich aber mit der Tatsache abfinden, daß sie für sie verloren war. Als John Garring von Gladys erfuhr, daß sie sich mit Hans Dernburg verlobt hatte, war er sehr überrascht gewesen, aber er hatte dann schmunzelnd gesagt:

»Keine schlechte Partie, Gladys, du hast damit Hans Dernburg auf Lebenszeit an die Firma Garring & Cie. gebunden. Jetzt kann er uns nicht mehr entwischen.«

Schelmisch hatte ihn Gladys angesehen und die Hand ihres Verlobten gefaßt. »Deshalb habe ich mich auch mit ihm verlobt, Onkel Garring.«

Dieser sah Gladys und Hans eine Weile forschend an. Dann sagte er trocken: »Well – man sieht es euch an, daß ihr nur aus schnöder Berechnung heiraten wollt.«

Aber dann hatte er beiden herzlich gratuliert. Das tat auch Mistreß Garring.

Diese fragte aber Hans ganz ernsthaft: »Wirst du, lieber Hans, deiner Frau in Zukunft gestatten, Busineß zu machen und im Büro zu sitzen?«

Hans sah Gladys bei dieser Frage der alten Dame lächelnd an. »Verbieten kann ich es ihr nicht – aber ich werde dafür sorgen, daß ihr Leben auch ohne Busineß voll und ganz ausgefüllt wird.«

Mistreß Garring nickte. »Dann tust du ein gutes Werk. Eine Frau soll keine Busineß machen.«

Hans und Gladys ließen unter sich diese Frage jedoch offen. Sie wußten, was sie auch künftig tun und lassen würden, sie würden immer eins sein.

Als aber Gladys Forester ein Vierteljahr später Hans Dernburgs Frau wurde, übertrug sie ihm die Prokura und die Teilhaberschaft an der Firma Garring & Cie. Er rückte in alle ihre Rechte ein. Und das gereichte der Firma zum großen Vorteil, denn Hans Dernburg wurde von Jahr zu Jahr immer mehr der geistige Führer der Firma, die unter seiner Mitwirkung einen ungeahnten Aufschwung nahm.

Zwischen Dick Garring und Hans Dernburg herrschte ein schönes, freundschaftliches und brüderliches Verhältnis, und ebenso fest und treu blieben Gladys und Rose Marie verbunden in ehrlicher Freundschaft.

Die Flitterwochen verlebten Hans und Gladys auf der Hazienda in San Mateo. Hier, wo sie ihr Glück gefunden hatten, wollten sie die ersten Wochen ihrer jungen Ehe verbringen.

Und wenn das junge Paar Arm in Arm durch die herrliche Umgebung streifte, dann sahen die Leute fast andächtig auf die beiden jungen Menschen, denn das Glück leuchtete aus ihren Augen – das volle, reine herrliche Menschenglück.